지역감정

지역감정

차호일 소설집

도화

차례

사리신앙

마악 아침 출근할 때였다. 전화가 한 통 걸려 왔다. 평소 친하게 지내는 영천永川 불광정사佛光精舍 근처의 김법진 법사였다.

"이단 같던데 한번 취재해 봐. 그들 말로는 뭐 사리종이라고 한다나."

그의 말인즉슨 영천에서 얼마 떨어지지 않은 건천에 불교 이단 집단이 있다는 것이었다. 의식도, 교리도, 행사도 일반적인 불교 양식과는 전혀 다른 신흥종교라는 것이었다. 그의 말을 듣고 순간적으로 떠올린 것은 한때 텔레비전에서 소개된 산청읍의 연꽃 연못 목책로의 수선사 같은 이색사찰인가 하는 것이었다. 설마 그런 것은 아니겠지. 그런데 더욱 놀라운 것은 그 이단을 이끄는 자가 바로 대학의 불교 동아리에서 같이 활동했던 바로 그 친구라는 것이었다.

거참 이상했다. 불교에 이단이 있다니? 게다가 그 집단을 이끄는 것이 바로 그 친구라니? 불교에는 서로 다른 종파는 있을지언정 이단이라고는 말하지 않는다. 웬 소리인가 하면서도 전화를 준 법사가 엉뚱한 소리를 할 사람은 아니었기에 마침 기사 거리가 없기도 해서 나는 불현듯 그쪽으로 차를 몰았다. 취재해 볼 가치가 있다는 것을 기자의 감으로 느끼고 있었다.

나는 취재차 내려가기 전에 그 이단이라고 불리는 사리신앙 중심의 그 사찰에 대해 노트북을 두드려 보았다. 사리신앙이라고 하는 것으로 보아 사리에 무척 의미를 두는 믿음이라고 생각했다. 그러나 신흥종교라 그런지 아직 인터넷상에 뜨지 않고 있었다. 순전히 그 이단에 대한 것은 김 법사에 의존할 수밖에 없었다.

김 기자가 사리신앙에 관심을 가졌던 것은 대학교 불교 동아리 모임에서였다. 불교 동아리에서는 매년 사찰여행을 하고 있었다. 1박 2일의 공짜 여행의 매력인지는 몰라도 불교 동아리에 들어오려는 신입생들이 많았다. 차츰 연륜이 쌓여 갈수록 거기에 들어가는 비용이 만만찮았기 때문에 사찰여행을 하는 기준을 매우 엄격히 했다. 첫해는 이 규칙이 조금 통했지만 이듬해부터는 정말 이 사찰여행에 참여하려고 일주일에 한번 있는 법회에 그야말로 지각하는 사람조차 없을 정도였다. 더욱이 정통 불교 신자라면 또 몰랐다. 전부 다 공짜 사찰 여행을 시켜준다고 하니 듣기 싫은 법회도 억지로 참석하는 것이었다. 또 그렇게 억지로 1학기 내내 참석하다 보면 그런대로 들을만한 것이 법회이기도 하였다. 그렇다고 그 한 학기 동안 들은 법회가 끝난 다음에 불교 신자가 되는 것도 아니고 사찰여행이 끝나고 와서는 동아리를 그만두는 것이 대부분이었다.

어쨌거나 1박 2일간의 사찰여행은 가난한 우리 대학생들에게는 비용없이 여행을 할 수 있어서 기분 좋은 것이었고 또 무기력한 대학 생활에 조금이나마 활력소도 되는 것이어서 아무튼 우리는 종교가 같거나 다르거나 아니면 무신앙이거나 간에 그 여행을 위해서 억지로라도 동아리 활동에 참여하였던 것이었다.

동아리에서 이번에는 사리신앙의 흔적을 찾아가는 여행을 계획하였다.

사십여 명 내외로 두 차례로 나누어 사리신앙의 본산들을 찾아 떠나기로 하였다.

"부처님 사리를 실제로 본 적이 있어?"

"아니 말만 들었지. 실제 보진 못했어."

"난 한번 해인사에서 돋보기를 통해 사리를 본 적이 있는데 수정처럼 영롱했어. 사리란 것이 저런 것이구나 하고 생각했지."

"부처님 사리는 아니겠구나?"

"맞아, 큰스님 사리라고 하는데 부처님 사리는 아니야."

"어쨌건 사리를 보긴 했구나. 사리가 어떤 것인 줄은 알겠네. 나는 말로만 들었지 실제로 본 적은 없어."

"사리란 어떻게 해서 생기는 걸까?"

"정신의 결정체라고 하던데."

"무어, 정신의 결정체?"

"사람들을 화장하면 그 뼛조각이 남아있을 것 아니겠어. 그런데 그 뼛조각에는 이상하게 동글동글한 게 유리처럼 빛나는 것이 있다고 해. 그 빛나는 동글동글한 것을 특히 사리라고 해."

"그런데 그 사리의 성분은 무엇일까?"

"뼈의 성분과 같다고 해. 그중에서 물렁뼈 부분에서 사리가 많이 발견된다고 하지. 아마 수행을 많이 해서 별로 물렁뼈가 발달하지 못한 흔적이 아닌가 생각하는 사람이 있더군."

"보통 사리가 나온 스님을 크게 치기도 하고."

"그래서 특히 사리에 특별한 의미를 두고 숭상하는 불교 신앙을 사리신앙이라고 하지."

우리는 우리가 아는 한의 사리에 대한 것을 이야기했다.

"그렇다면 나오지 않은 스님도 있겠군."

"당연히 있고 말고. 사람이라고 다 같은 사람이 아니잖아. 스님이라고 다 같은 스님이 아니듯이."

"그런데 사람 심리가 어디 그런가? 사리에 큰 의미를 둔 사람들은 사리가 많이 나온 스님을 큰 스님으로 치기 마련이지. 사실 따지고 보면 아무것도 아닌데."

"또 저명한 경봉 스님 있지. 그 스님의 경우는 사리가 하나도 안 나왔어. 그렇다고 경봉 스님을 누가 무시해."

"성철 스님의 시자들이 그랬다는 거야. 혹 성철스님에게서도 사리가 나오지 않으면 어쩌지, 그 명성에 금이 가는 것이 아닐까, 사리 수습하기 전까지 고민을 많이 했다는 거야."

"그래서 어떻게 되었지?"

"다행히 성철스님 화장된 법신에서 사리가 무더기로 쏟아져 나왔다는 거야? 특히 목뼈 속에 좁쌀 같은 사리가 촘촘히 박혀있었다고 해."

"사리 같은 것은 죽어서야 나오는 것인가?"

"그렇지도 않아. 살아가면서도 사리가 나온다고 하더라구."

"어, 그런데 이상하네. 사리가 신골身骨이라고 하면서 살아서도 나온다니 말이야?"

"사리가 신골인데 사람이 죽지 않고 어떻게 나오겠어. 사리라고 착각한 것이겠지."

"아냐, 실제로 있었던 이야기야. 해인사 선방에서 한 도반이 입속에서 사리가 나왔다고 소동이 있었던 모양이야. 그 소식을 들은 성철스님이 내려와서 그 사리를 집어던지면서 호통을 쳤다지. 그까짓 사리가 무어라고 난리냐며 수행에나 정진하라고."

"여하튼 일반 사람에게는 나타나지 않는 것이 스님들에게는 나타난다고 하니까 신기하지."

"아니, 누구에게나 사리가 나온다고 해. 우리한테서도 사리가 나온다고 하네. 다만 그것이 너무도 작아서 수습 못할 정도지."

"그렇다면 스님에게서 우리가 알아볼 수 있을 정도의 사리가 나온 그 이유는 무얼까?"

"우선 생각해볼 수 있는 것이 스님들은 섹스를 하지 않잖아. 두 번째는 수행을 많이 하다 보니 우리 일반인보다 앉아 있거나 가부좌하는 경우가 많아. 그리고 깨끗한 선식을 하잖아. 그런 것에서 원인을 찾을 수 있는 것 아닐까?"

"글쎄, 뼈면 뼈지, 그 뼛속에 동그란 모습의 영롱함이 깃든 구슬이 있는 것이 이상해."

우리는 우리가 아는 한의 사리에 대한 구순 본능을 즐겼다.

우리가 이번 사찰여행에 먼저 찾아간 곳은 사리신앙의 시작인 통도사였다.

"적멸보궁이라니? 뭐 통도사 대웅전엔 불상이나 부처님을 대신하는 그 어떤 것도 없다잖아."

옆에 있는 후배 경희가 말했다. 그 말을 듣는 그는 웃음을 지었다. 불교의 지식이 하찮아 보였기 때문일 것이었다. 옆에 있는 경희는 원래 천주교 신자였다. 팔에 연비를 하려고 할 때 비명을 지르며 도망치던 모습이 생각났다. 공대 출신이 대부분이었는데 경희만이 국문과 출신이었다. 대학 신입생이 주축이 된 이번 동아리 여행은 그에 맞는 불교 지식과 그에 맞는 역할 여행이 필요했다. 진정 참다운 여행은 여행에 맞는 안내를 해주는 것이었다. 가이드의 역할이 컸다.

이때 이들의 가이드 역할을 했던 그 친구는 어쨌든 재미있게 이끌어야 했고 그들에 맞는 불교 지식을 길러주어야만 했다. 그리고 그렇게 노력하였다.

"통도사의 특징은 개산조인 자장율사라는 스님의 이름에서처럼 율이 엄격한 절입니다. 부처님의 진신사리가 모셔져 있는 절이기도 하구요. 총림이구 한국의 3대 사찰 중 하나입니다. 특히 극락보전의 반야용선도가 유명한데 그 반야용선도의 뒤에서 일곱번째 사람은 뒤돌아보고 있어 많은 추측을 불러일으키고 있습니다. 왜 소돔과 고모라의 소금기둥 여인 같은……"

한 스님이 나와서 간단히 통도사를 소개했다. 우리는 그의 뒤를 따라다니며 통도사의 이곳저곳을 돌아다녔다. 사리신앙에 대한 이야기도 들었다.

"우리나라 사리신앙이 시작된 곳이 바로 이 통도사라고 할 수 있어요. 자장율사가 중국에 가서 문수보살을 친견하고 받아온 부처님 진신사리를 모셔 둔 적멸보궁이 바로 저겁니다."

그러나 듣는 사람은 별로 없었다. 동아리 회원들은 불교에 관한 것보다 이렇게 밖으로 여행을 나왔다는 것이 즐거운 모양이었다. 버스는 또 다른 적멸보궁이 있는 영월의 사자산 법흥사를 향했다. 사자산의 법흥사를 찾았지만 역시 우리들은 주변의 모습, 느낌 등을 참새처럼 조잘대느라 우리의 사리신앙에 대해서는 큰 감동을 느끼지 못했다.

그 후 우리는 뿔뿔이 흩어졌다. 사실 대학 동아리라는 것이 느슨한 것이어서 들고나는 경우가 흔했고 그렇다고 눈치를 준다던가 왜 나오지 않느냐고 힐난을 받는 경우도 없었다.

학교를 졸업하고 동아리 활동은 끝났지만 김 기자는 불교에 대한 공부는 계속하였다. 불교는 이상한 종교였다. 처음 발을 디딜 때에는 거부감이 없는 것이 아니었지만 갈수록 자신도 모르게 서서히 빠져 들어갔다. 교회처럼 밝고 요란하고 화려하지 않았다. 더욱이 김 기자처럼 글을 써야 하고 혼자 많은 생각을 하는 사람에게는 결코 무시할 수 없는 종교였다.

그 후로 김 기자는 신문이나 그밖에 불교 저널에서 사리와 관련한 소식이 들려올 때는 놓치지 않고 관심을 보였다. 그리고 큰스님의 다비식이 있다거나 부처님 진신사리에 관한 행사가 있다고 하면 가서 참관해보는 것이 취미의 하나로 자리를 잡았다. 특별한 종교를 갖고 있지 않았던 김 기자였지만 이상하게 사리에는 관심이 가는 것이었다. 불교 하면 무엇보다 사리가 생각났고 언젠가 본 영롱한 사리의 모습이 머리에서 떠나지 않았다.

사리와 사리신앙의 의미가 어떤 것인 줄 몰랐던 때는 사리가 신앙의 중요한 대상이라고 생각하고 사리를 남긴 스님이야말로 훌륭한 스님이라고 생각했지만 어느 정도 지식이 쌓이게 되고부터는 또 반드시 사리라는 것이 스님에게서 나오는 것이 아니라는 것을 알게 되고는 사리에 특별한 의미를 두지는 않았다. 그래도 많은 불도들이 큰스님이라면 사리가 나올 것이라고 생각하는 것처럼 김 기자는 고승이 열반하면 사리는 얼마나? 하는 생각이 우선 떠오르는 것은 어쩔 수 없었다. 많은 절들이 고승들의 사리를 모시려고 드는 것 역시 이런 불도들의 생각과 무관치 않은 것 같았다.

김 기자는 다비식이 있는 곳이라면 어디든지 망설이지 않았다. 큰스님이라는 수식어가 붙는 스님일수록 사찰에서는 다비식이 요란했다. 그 스님의 화장된 뼛속에서 영롱한 사리를 채취하는 것이 큰 화제였다. 그 사리가 얼마나 나왔는가에 따라 문도들의 위상이 오르고 내리는 모습을 보면서 그는 이것이 사리의 참모습일까 하고 고민에 빠진 적도 있었다.

우스운 것은 사찰들의 사리신앙이었다. 저마다 부처님의 진신사리를 모서놓았다고 하니 부처님의 사리가 얼마나 많아서 그 많은 사리가 온 세계로 흩어지고도 남았을까. 그냥 신앙이니 믿는 것일까 하는 생각도 들었지만 사리신앙을 두고는 안타까운 마음이 들기도 하였다.

얼마 전에는 불국사에서 부처님의 진신사리를 보여준다는 전시회가 있다길래 김 기자는 다녀왔다. 자장율사가 가져왔다는 진신사리는 무엇이고 불국사가 가지고 있는 진신사리는 또 무엇이란 말인가? 두 절이 또 만만하기나 한 사찰이란 말인가? 모두 우리나라에서 쌍벽을 이루는 사찰들이라 아니할 수 없다. 그런데 진신사리전眞身舍利展이라니 불국사의 진신사리는 누가 가져왔다는 말인가? 거기에도 그럴듯한 이야기가 있다는 말인가?

사리를 두고 가진 의문이 몇 가지 있다. 도대체 사리란 것은 어떻게 해서 생기게 되는 것일까? 수행을 많이 한 스님만이 사리가 생기는 것일까? 사리를 과학적으로 분석해보면 성분은 보잘 것 없다. 그러나 사리가 갖는 의미는 자못 큰 것이라 아니할 수 없다. 정신의 결정체? 말도 안되는 소리라고 생각들지만 그래도 스님들에게서 그런 사리가 나오는 것을 보면 마냥 무시할 수만도 없는 노릇이었다. 사리를 소중히 생각하고 그것이 수행을 많이 한 스님에게서 나오는 것이라고 믿는 일은 사리신앙의 중요한 부분이라 할 수 있다. 사리가 단순한 유골이 아닌 믿음의 대상이 된 것이었다.

그렇게 사리에 관심을 가지고 김 기자는 독특한 사리를 찾아다녔다. 처음에는 그냥 취미로 이곳저곳으로 만행을 하듯이 사연이 있는 사리가 있는 곳이라면 찾아다녔다. 그런 것이 저절로 사리신앙에 관심을 갖게 되고 사리가 갖는 의미가 무엇인지 파악하게 되고 그러면서 김 기자는 사리가 가지고 있는 묘한 신비에 빠졌다.

사리는 주로 탑과 관련 있었다. 탑의 용도는 사리를 봉안하기 위한 것이었다. 우스운 것은 사리라고 하는 것이 사리가 아닌 옥구슬, 돌 같은 것을 봉양한 탑도 있었다. 또 오래된 절의 탑을 해체할 때 그 안에는 대체물 사리가 들어 있기도 했다. 그런데도 그 탑 속의 사리들이 부처님 진신사리라고 사찰마다 우기는 데에는 아연할 수밖에 없었다. 그러나 신앙이란 것이 진실 여부를 따지는 것이 아니라 그저 믿는 것이라고 생각을 하면 그대로 이해할 수도 있는 일이었다. 그것이 누구의 사리든 무슨 상관일까? 부처님 사리라고 생각해 진심으로 불교를 믿는다면 그만큼 신앙 생활에 도움이 되지 않겠는가? 김 기자가 사리신앙에 대해 깨달은 것은 그런 정도의 것이었다.

김 법사가 일러준 그 사리종을 이끈다는 친구와는 불교 동아리에서 서로 협력하는 관계에 있었다. 그렇다고 특별히 가깝거나 그렇다고 먼 것도 아니었다. 한때 김 기자는 동아리 활동을 하면서 그와 이야기를 나눈 적이 있었다.

"어때, 불교가 몸에 맞아?"

신앙도 자신에게 맞는 것이 있다고 하는 것을 알고 있었기 때문에 김 기자는 그의 꾸준한 모습을 보며 그렇게 물었다.

"맞고 아니고가 어디 있어? 그냥 믿으면 되는 거지."

"불교 지식이 깊어는 지던가?"

"불교는 깨달음의 종교지 지식이 깊어지고 아니고가 문제가 아냐."

"내가 말하는 것은 부처님에 대한 믿음이 깊어지던가 하는 거야."

"응, 생각이 많아지고 내가 누구인가 라는 생각이 수시로 화두로 잡혀."

"그래서 결국은 무엇인가?"

"그냥 조금 더 나아가면 나도 깨달을 수 있겠구나 하는 생각이 들더군."

"그게 가능하다고 보는가?"

"가능이구 말구를 떠나 그냥 부처님 말씀대로 따르면 누구나 깨달을 수 있구나 하는 생각이 들더라구. 부처가 되고 말고는 그 다음 일이지."

"그 다음은?"

"모르겠어. 그 다음 어떻게 되는지 아직 깨달음을 얻지 못했는데 어떻게 다음을 생각할 수 있을까?"

"만일 깨닫는다면 그 다음은?"

"적극적으로 포교 활동을 해보고 싶어."

"어떤 포교?"

"깨달음에 이르기 전의 부처님의 여러 흔적들을 찾는 작업, 그리고 그 흔적들을 신앙의 대상으로 삼아 하나의 불교종을 만들 수 있지 않을까 하는. 모든 거짓을 버리고 현실 세계에서 참된 보시를 베풀어 종래는 열반의 경지에 이르는 것을 종지宗旨로 하는 종파……"

"또 다른 종이라면?"

"응, 기성의 종단에 불만이 많아. 그러나 지금은 종단에 대한 비판을 삼가고 싶어. 나만의 깨끗한 종단을 만들고 싶다는 것은 오래된 꿈이야."

"예를 들면?"

"사리신앙을 목표로 하는 새로운 종단…… 이른바 사리종."

그 후 김 기자는 그를 만나지는 못했다. 김 기자는 불교 관련 신문사에 근무하고 있었고 그는 출가해 불국사에 있다는 소식을 듣고 있었다.

그런데 바로 그가 자신의 말대로 사이비 사리종을 만들어 이끌고 있다는 것이었다.

어쨌거나 어떻게 된 것인지는 가서 보겠다고 생각하고 김 기자는 차를 몰고 경주 근처 건천乾川의 그가 주석하고 있는 사리정사를 찾았다.

그가 있는 사리정사는 우습게도 가정집 같은 곳이었다. 산 중턱에 있는 그 절은 돈이 없어 그런지 절의 형태와는 멀었다. 마당은 비교적 넓게 닦여져 있었는데 건물 하나만 있는 참 황량한 모습이었다. 특징이 있다면 딱 한 가지 그 절을 들어가는 입구에 사리정사舍利精舍라고 하는 조잡한 글씨로 새겨진 문이 있는 것이었다. 그 집 같은 절에서 가운데 방에 부처님을 모셔 놓았고 그 옆 사리당에서 그는 신도들에게 한창 교리를 설하고 있었다. 김 기자가 들어서자 그는 이내 김 기자를 알아보고 하던 설교를 잠시 멈추고 매우 반가운 표정으로 김 기자를 맞았다. 김 기자가 찾아온 취지를 말해주자 그는 기꺼이 인터뷰에 응하겠다고 말하였다. 그는 사리에 대해 말하였는데 그는 사리정사를 세운 이유와 사리에 대한 새로운 해석을 말해놓고 불교의 참모습을 사리에서 찾는다고 말하였다. 김 기자는 옛날 사리에 대해 그가 무식하게 떠들어 대던 때를 떠올렸다.

"참 그때는 사리에 대한 이해가 박하면서 사리가 무엇인지도 몰랐지. 그런데 그런 네가 사리를 중심으로 하는 새로운 종단인 사리종을 만들었으니 아이러니한 일이기도 하네."

"특별한 거는 없어. 보다 부처님 말씀에 가까운 불교를 만들자 하는 생각에 사리종을 세운 것 뿐이지."

"그런데 사리에 그렇게 큰 의미를 둘 수 있는 것은 아니잖아? 그까짓 사리가 무어라고."

"그랬지, 그런데 신도들이 사리에 그렇게 집착하더라 말이지. 큰스님일수록 사리가 많이 나온단다. 성철스님은 사리가 100여과가 넘게 나왔다고 하고 부처님은 팔 섬 너 말, 그리고 말을 하지 않아 그렇지 수행이 높을수록 사리가 많이 나온다고 믿고 있는 거야. 그래서 사리를 이용하기로 했지. 신도들이 그렇게 사리신앙에 빠져있고 보니 사리를 이용해 포교하고 있는 거야."

"어떻게?"

"사리의 개념을 다르게 보는 거지."

"다르게 보다니?"

"으응, 믿는 사람 모두가 차라리 사리가 되는 법을 가르치는 거지."

"사리가 되는 법을 가르치다니?"

"자신이 죽어 사리를 남기는 법이지."

"자신이 죽어 사리를 남기다니?"

"자신도 그렇게 사리를 남길 수 있도록 보시를 쌓으라는 거야."

"그런데, 스님과 일반 신도가 같을 수 있을까?"

김 기자는 그 친구의 말을 이해할 수 없어 자신이 가지고 있는 사리 관점을 가지고 묻지 않을 수 없었다. 그가 답 대신 엉뚱한 말을 했다.

"우리 같은 땡땡이 중과 부처님이 같을 수 있을까? 우리가 부처님을 닮도록 노력하는 것처럼 일반대중도 스스로 사리를 남길 수 있을 만큼 보시를 쌓자는 것이지."

"그렇다면 사리가 남지 않으면 사리신앙은 잘못 깨달은 거라 할 수 있는가?"

"사리 문제는 최후의 문제야. 생전 깨달아 죽어 사리를 남길 수 있게끔 하자. 사리를 남길 수 있도록 생전에 노력하자 뭐 그런 뜻이지."

"잘 이해 안 되는데. 마치 사리가 깨달음의 전부인 것처럼 불교 논리를 호도하는 것 같네."

"잘 이해 안 되면 이렇게 생각해봐 봐. 깨달음을 추구하는 종교가 아니라 부처님 말씀을 실천하는 종교, 나 같은 밥 빌어먹는 땡땡이중 놈이나 신도들은 보시를 많이 쌓을 수 있도록 노력하고 깨달음을 얻으려고 하는 진정한 스님들은 그냥 깨달을 수 있도록 수도에 정진하고."

"그래도 무슨 뜻인지 이해가 안가는데."

"그래, 그럼 내 법문 한번 들어보고 가게나."

그는 김 기자에게 자신의 법문을 듣고 가라고 했지만 김 기자는 기획 기사 마감을 앞두고 있었기 때문에 그냥 올라오고 말았다.

그는 김 기자가 사리의 의미를 잘 모른다고 했다. 사리신앙이 갖는 의미도 잘 모른다고 했다. 그런 얄팍한 지식을 가지고 무슨 불교신문 기자를 하느냐고 마치 꾸짖듯 말하기도 했다. 그러나 김 기자는 오히려 속으로 그에게 화를 내고 있었다.

'자식, 사리라면 내가 더 잘 알지. 감히 스님이라는 이름을 가졌다고 나를 무시해. 적반하장도 유분수지.'

어쨌거나 김 기자는 그날 그가 말하는 사리신앙을 잘 이해하지 못했고 다만 그가 말하는 사리신앙과 김 기자가 생각하는 사리신앙이 관점이 다르다는 것을 느꼈다. 결국은 사리신앙과 그에 대한 기사는 써내지 못했다. 그 한편으로 자신이 사리에 대해 잘 모른다고 한 그의 말에 충격을 받아 김 기자는 사리에 대한 부처님 열반 후 이제껏 있었던 사리신앙에 대한 모든 것을 체계적으로 알아보았다.

고승이 열반하면 세인들은 사리 수에 관심을 갖는다. 다비한 후 맑고 영롱한 사리는 고승의 생전 수행을 말해주는 스님의 분신으로 받아들여 신도들이 앞다퉈 친견한다. 사리신앙은 석가모니 부처님 열반부터 시작돼 일찍부터 여러 불보살 신앙과 함께 중요한 신앙으로 자리 잡았다.[1]

그러나 아무리 공부해도 김 기자가 생각하는 사리신앙은 이 정도에서

1 '한국불교신앙의 뿌리를 찾아서9-사리신앙', 「불교신문」 2010호, 2004.3.2.

벗어날 수 없었다. 그 사리신앙을 펼치고 있다는 친구를 이해할 수 없었다. 그리고나서 김 기자는 이를 바탕으로 불교신문에 사리신앙에 관해 글을 썼다. 사리와 사리신앙의 기원, 전래, 자장율사에서 시작된 우리의 사리신앙과 사리신앙의 의미, 적멸보궁, 탑, 부도 이런 것에 약간의 선승들의 지식을 빌려와 글을 썼다. 물론 신문에 낼 정도의 대략적인 것이었다. 구체적인 것은 아니었다. 그리고 그런 것을 사리신앙이라고 생각했던 것이었다.

그런데 신문이 배달된 이튿날, 김 기자는 그로부터 전화를 받고 된통 호되게 그의 비난을 들어야 했다.

"사리가 무엇인지도 모르고 사리신앙의 원리도 모르는 개 같은 놈. 네가 기자냐. 모르면 모른다고 할 것이지 아는 척 하긴."

정말 기자로서는 제일 듣기 싫은 소리를 들은 것이었다. 심지어 '너 같은 놈이 무슨 기자 노릇을 하고 있어 당장 집어치워' 하는데 정말 눈물이 쏘옥 나올 지경이었다. 김 기자는 그의 말을 듣고 혹시나 싶어 자신이 쓴 기사를 다시 읽어 보았다. 그러나 자기가 쓴 기사를 다시 읽어 보아도 잘못된 부분은 없는 것 같았다. 더욱이 그것도 김 기자의 주장 같으면 모르겠는데 어찌 일개 신문기자가 자신의 주장을 말할 수 있다는 말인가? 기자는 그냥 있는 사실을 그대로 전달하는 사진기에 불과한 것이다. 아무리 읽어도 잘못된 것이 없었다. 그에게 항의하고 싶지만 김 기자는 그냥 그런대로 두고 보았다. 다행히 자신이 쓴 글은 그 말고는 다른 항의를 받지는 않았다. 그래도 그가 김 기자에게 한 말은 잊혀지지 않고 크게 상처로 남았다. 뭐, 사리신앙이 무엇인지도 모르는 무식한 놈? 차라리 기자 짓을 그만두라고? 너가 뭐길래 우리의 사리신앙을 무너뜨렸냐며 대노하는 데에는 참. 김 기자가 알고 있는 사리신앙은 사리신앙이 아니라는 것이었다.

그 후 간간 들리는 소식은 그의 사리종 집단이 발전해 그가 주변으로부터 젊은 나이에 큰스님으로 떠받들어진다는 것과 그를 따르는 신도들이 많아져 그들만의 절을 갖게 된다는 것이었다. 그의 사리신앙이 어떤 것인지 구체적으로도 알 수 없지만 그래도 인근의 주민들을 불교로 이끌고 있다는 것이 고맙고도 대단하다고 생각하였다.

그러나 김 기자는 곧 그의 법문을 듣지 않아도, 그가 세운 불사를 찾아가지 않아도 사리종과 사리신앙이 어떤 것인지 알게 되었다. 그것은 시흥始興 근처에 사는 한 친구가 전해준 전화 한 통화 때문이었다. 건천 사리종의 신자였던 그 친구는 불교 문단에서는 이미 널리 알려진 시인이기도 하였다. 그는 기사에 목말라 하고 있는 김 기자에게 큰 기삿거리를 제공이나 한 것처럼 큰소리쳤고 그 한 건으로 김 기자에게 그동안의 진 빚─주로 김 기자가 술을 사는 편이었다─을 한 번에 갚았다는 듯 으스대는 것이었다. 도대체 무얼까 궁금하기도 했고 워낙 허풍이 많은 친구라 또 무슨 허풍을 치는가 하는 생각도 했지만 이번에 말하는 데에는 그전의 경우와는 달리 목소리에 힘이 들어가 있었다.

"드디어 우리나라에서도 진짜 사리를 발견했어. 빨리 와 봐."

그 친구의 전화를 받은 것은 마악 점심을 먹고 난 때였다. 여름이어서 그런지 낮은 길었고 또 따분한 기삿거리를 찾으려고 애쓰던 김 기자에게 김 시인의 전화는 사무실을 벗어날 구실이 생겨 고맙기도 하였다.

"진짜 사리라니? 진신사리인가? 뭐 부처님이라도 환생했다는 말인가?"

"아니, 글쎄 와 봐. 이번엔 진짜 사리를 진짜 진짜 보았다 아이가."

보통 어조로 말하는 김 기자의 태도와는 달리 그는 정말 부처님 진신사리를 발견이라도 한 것처럼 호들갑스럽게 사투리 섞인 말투로 말하고 있었다. 왜인지 모르지만 전화기 너머 그의 목소리는 떨리기까지 하였다.

"진짜 사리라니?"

옛날도 아니고 최근에 나타났다는 진신사리가 어디 있겠느냐며 그의 흥분한 목소리와는 달리 김 기자는 속으로는 다소 비아냥거리면서 시큰둥해했는데 그는 김 기자가 올동말동 하자 꼭 와 보아야 한다며 아주 간곡하게 말하는 것이었다. 더욱이 이번에는 그 사리종 교주도, 김법진 법사도 함께 있다는 것이었다.

정말일까? 지금 진신사리라고 떠도는 많은 것들이 가짜라는 것을 익히 알고 있던 김 기자는 그가 호들갑스럽게 굴어도 그것도 가짜겠거니 싶어 큰 기대는 하지 않았다. 최근의 신흥사찰에서 자주 등장하는 부처님 진신사리가 어찌 그게 실제일 수 있겠는가? 신앙이란 것이 믿는 것이어서 그냥 진신사리라고 믿어 버리면 되겠거니 하는 생각도 없지 않았는데 그래도 비판 없이 믿는다는 것이 제대로 된 신앙이라 할 수 있겠는가? 그러나 건천의 그 사리종 교주와 김 법사까지 온다는 말에 서둘러 그가 가리키는 곳으로 차를 몰았다. 사리가 있는 곳이 무슨 큰 사찰인가도 했는데 그냥 경기도의 시흥에 있는 한 동네였다. 처가가 마침 광명에 가까운 곳에 있었기 때문에 막힘없이 가면 시간 내에 도착할 것 같다는 생각에 차를 몰았지만 웬걸 퇴근 시간도 아닌데 도로에 웬 차가 그리 많은지 그쪽으로 가는 차들이 줄지어 늘어서 시간이 늦어지고 있었다. 이쪽 방향으로는 처음이어서 이렇게 차가 밀리는 줄 몰랐다. 네비를 켰지만 이상하게 딱히 알만한 지역을 표시해주지는 않았다. 그래서 나는 친구에게 그 사리가 있다는 근처의 건물을 알려달라고 말했다. 그러나 역시 그의 답은 주변에 큰 건물이 없다는 것이었다. 다만 번지를 따라 네비가 가리키는 대로 오라고 하는 것이었다.

그런데 그의 말은 좀 이상했다. 장소를 알 수 있는 큰 건물이 없다는 것도 그랬다. 산인가, 강인가? 그러나 그쪽에 산은 몰라도 강은 없었다. 차를 몰고 갈수록 서울과 농촌의 경계에서나 볼 수 있는 판잣집과 슬레이트집이 계속 나타났다. 정말 변변한 건물 한 채 없는 마을이었다. 시흥이 수도권인데 아직 이런 동네가 있다니?

김 기자가 마침내 도착한 곳은 상당히 낙후한 동네였고 영화 속 빈민가나 또는 외로움, 고독, 쓸쓸함 같은 것을 형상화할 때 비추어주는 그런 곳이었다. 김 기자가 가자 기다리고 있던 김 시인이 손을 흔들어주었다. 그런데 놀랍게도 그 옆에는 김 시인이 말한 대로 소위 사리종의 교주라는 그 친구와 김 법사가 같이 서 있었다. 우리는 동네에서 조금 떨어진 그 동네의 유일한 커피점이라고 할 수 있는, 그 동네 수준에 맞는 인테리어와 조명을 갖추고 있는 곳으로 들어갔다.

"아니, 여기에 무슨 진짜 사리가 있다고 그래. 어디 허름한 절이라도 있는 것도 아니잖아."

김 기자는 좀 짜증스런 목소리로 말했다. 그 지역에 다비식이 있다는 소리를 듣지 못했다. 좀 엉뚱한 친구이긴 하였지만 그래도 이건 아니라고 생각했다. 분명 그가 사리를 발견했다고 말했기 때문에 사리신앙에 함몰해 사리와 사리신앙에 관한 한 자신이 가장 잘 알고 있다고 생각하고 있는 김 기자는 망설이지 않고 찾아왔던 것이었다. 그런데 사리는커녕 하다못해 조그만 부도, 사찰, 그런 것이 있을 만한 동네가 아니었다. 김 기자는 혹시 이 마을 조금 떨어진 산이 이어진 곳에 사찰이 있는가 보다 생각했을 뿐이었다. 그런데 산새로 보아 그곳에는 그런 것은 있을 것 같지 않았다. 김 기자는 지금 그가 자신을 가지고 놀리고 있다고 생각했다.

김 기자가 좀 흥분을 해 화를 내자, 사이비 사리종 교주인 그는 엉뚱한 말로 김 기자를 가라 앉히려 하는 것 같았다.

"요즘도 아직 사리에 빠져 지내시는가?"

"음, 그래."

"사리 찾기는 여전히 계속 하구 있구?"

"그래서 찾아 왔잖아."

김 기자는 그의 말이 거슬리고 신경질도 나서 좀 거칠게 말했다. 그는 그런 김 기자의 모습을 보고 미소를 지었다. 그 웃음마저 기분이 나빴다.

"아직도 스님들 다비식 찾아다니고 사리가 얼마큼 나오는지 그걸 기사로 쓰고 다녔겠네?"

그는 다소 비웃듯이 받았다.

"그야, 정신의 결정체니까 그렇지."

김 기자는 할 말이 없어 생각과는 다르게 아무렇게나 내뱉고야 말했다.

"아직도 그걸 믿어? 사리에 대한 과학적 연구는 해보았어? 사리를 비판적으로 생각은 해보았냐구?"

그 친구의 말에 김 기자는 좀 움찔했다. 사리에 관심을 가졌지만 사리신앙 자체에 대한 분석이나 비판은 전혀 생각지 않았기 때문이었다. 사리신앙이 그런 것이 아니라고 생각하면서도 일반적으로 사람들이 생각하고 있는 것에서 벗어나지 못하고 있었다. 과학적 분석과 신앙이 충돌되는 면이 신앙에는 적잖이 있는 것이었다. 그때 그것을 극복하는 가장 좋은 방법은 그냥 그것을 믿어 버리면 되는 것이었다. 사리신앙도 역시 단순히 그렇게 생각한 것이었다.

무시하는 듯한 그의 말에 김 기자도 지지 않고 그를 무시하며 쏘아댔다.

"너는 사리신앙 한 가지를 가지고 마치 교주처럼 행동했어. 아마 불교의 여러 종파 중 사리에 중심을 두는 생각은 네가 처음이라 생각했겠지. 그리고 네가 사리를 중심으로 불경을 해석하고 부처님의 사리에 여러 의미를 부여하고 사찰을 하나 마련하려고 드는 것도 알고 있어. 그것도 정통 불교 신앙에서는 안되니까 대학의 불교 동아리를 파고들었던 것도 알고 있어. 네가 통도사 암자에서 자랐다는 것도 알고 있어. 그리고 규율을 견디지 못해 뛰쳐 나왔다는 것도 알고 있어."

그는 그렇게 자신을 원색적으로 비난하는 것에, 아니 사리신앙을 폄하하는 것에도 아무 표정 없이 그냥 김 기자를 물끄러미 바라보고 있었다. 김 기자가 무슨 말을 하는지 모르겠다는 듯이.

그러나 김 기자가 볼 때 그는 분명 그런 마음을 지니고 있는 야망적인 친구였던 것이었다. 그는 승리재단이나 아니면 신앙촌 또는 통일교 같은 거대한 꿈을 불교계에서 나름 꾸고 있었다. 그것이 사리를 중심으로 한 신앙이었다는 것은 김 기자만이 믿고 있는 사실이기도 하였다. 김 기자는 그런 그가 위험한 생각을 갖지 못하도록 사리의 모습이 어떤 것인지 사실적으로 보여주고 싶기도 했다. 그러면서 속으로 '지금 같은 세상 진신사리가 어디 있다구 나에게 공갈을 쳐' 하는 마음도 없지 않았다.

그는 김 기자의 말에 아무 말도 않고 묵묵히 듣고만 있다가 이윽고 김 기자를 한 언덕바지로 데리고 갔고 그리고 한 허름한, 이제 막 양생을 한 무덤 앞에 김 기자를 세웠다.

"바로 이거야. 우리가 믿는 사리신앙, 그리고 네가 사이비라고 부르는 우리 사리종의 참모습……"

무덤은 너무나 평범했다. 주변의 무덤과 달리 무엇을 나타내려는 것도 없었다. 이름 없는 공동묘지일 뿐 아무런 표지가 없었는데 다만 다른 무덤과 달리 차이 나는 것이 있다면 무덤가에 그것도 앞이 아니라 자세히 보지 않으면 그냥 지나칠 정도로 작은 비석에 글이 담겨져 있는 것이었다.

'한평생 구두닦이로 살던 기부 천사, 코로나로 죽다. 농아였던 그는 삼백만 원이 든 통장과 도장을 농아협회에 기증하고, 그리고 자신이 입원했던 병원에 장기 기증 서약서를 남겼다.'

비석은 마치 그렇게 서 있는 것조차 미안한 듯 정면이 아니라 옆에 비스 듬히 누워있는 모습으로 세워져 있었다.

라오스의 봄

그 라오스 여행은 봄이 어느 정도 접어든 3월에 있었다.

내가 너무도 번아웃되어 무기력과 우울증에 빠져 있자 김형은 직접 대놓고 말하기는 무엇 했던지 짧은 충고 메시지를 남겼다. 어디 그가 내 앞에 그런 충고를 할 입장이었던가(그러니 직접 대놓고 말은 못하고 그런 메시지를 남긴 것이겠지). 나는 처음에는 그냥 쓸 데 없는 것인양 스팸 처리하려고 했지만 그냥 지우지 않고 두었다. 김형은 나보다 연배였지만 사실 나와는 비교할 만한 처지에 있는 사람이 아니었다.

그는 평소에는 그냥 인사만 하고 지내던 동향의 선배였다. 내가 그의 부모님의 부탁을 받고 집에서 놀고 있는 그를 친구에게 부탁하여 친구 회사에 입사시켰을 때 그의 부모님은 나를 찾아와서는 내가 고개를 들지 못할 정도로 고마워하는 것이었다. 그것은 김형도 마찬가지였는데 그는 끝에 가서는 자신으로 인해 내가 혹 곤란을 당한다면 그것은 정말 자신이 못할 짓이라면서 감사해하면서도 주저하였다. 그 모습을 보고 나는 김형에게 그런 쓸 데 없는 걱정 말고 내일부터 당장 출근하라고 호통을 쳤다.

그렇게 김형은 내가 소개한 친구 회사의 직원이 되었다. 그가 현장직이

나마 취직을 하고 나서는 사귀던 여성과 결혼도 하게 되었다. 더욱이 그런 연유로 나는 정말 젊은 나이에 그의 주례까지 서게 되었는데 어느 정도 세월이 지나서는 그도 그의 집안도 잘 풀리는 것 같았다. 그러니 나에게 그의 부모나 그의 아내가 얼마나 잘했겠는가? 그가 대학을 나오지 못한 것도 아니었기에 친구에게 한 번 더 부탁해 그를 현장직이 아닌 다른 내근을 시켜보았지만 그는 자신은 내근에 맞지 않고 그냥 현장에서 일하는 것이 좋다고 하여 그대로 하던 일을 보게 하였던 것이었다. 그것이 벌써 10여년 전의 일이었다.

그런 김형에게서 충고를 받게 되니 자존심이 상하는 것에 앞서 이제 김형마저 나를 무시하나 하는 생각이 들기도 해 가뜩이나 가라앉은 마음에 그만한 무게를 더 얹은 느낌이었다. 그 충고가 있고 일주일쯤 후 나는 이번에는 직접 그의 전화를 받았다.

"라오스의 봄을 한번 느끼고 오게나."

아니, 라오스의 봄이라니? 아열대인 라오스에 무슨 봄이? 그리고 백 보 양보해서 그런 뜻이 아니라면 라오스 같은 나라에서 무슨 민주주의 혁명이? 나는 도저히 김형의 뜻을 알아차릴 수 없었다.

"아니, 내가 라오스의 봄이라니까 무슨 오렌지혁명이나 홍콩의 봄 같은 것을 기대하셨는가? 그냥 아무 생각 말고 라오스 한번 다녀오게."

그러면서 그는 호탕한 웃음을 터뜨렸다. 그러나 그 웃음 또한 내게는 묘한 여운을 남기는 것이었다. 내가 우울증에 빠져 있기 때문에 그런 것일까?

그때의 내 형편이란 것이 정말 말이 아니어서 나는 어떻게든 나 자신을 이 번아웃 위기에서 벗어나려고 발버둥을 치고 있었다. 이렇게 되기 전까지 나는 적어도 내가 이렇게 남을 취직 시켜줄 만큼 자신감이 있는 사람이라고 나 스스로 오만하게 여기고 있었다. 내가 일하지 않아도 될 만큼 집안에서 뒷받침이 가능했기에 나는 세상의 모든 일을 조금은 내 아래에 두고 보려고 하였다.

그렇게 자신감 하나로 얕보기 시작한 세월은 어느덧 나이 40을 넘기게 되었다. 나는 닿아도 닿을 수 없는 곳을 향해 가고 있는 느낌이었다. 내가 이루려는 것은 무엇인 것일까? 내가 지금 무엇을 향해 가고 있는 것일까? 내가 특별한, 이를테면 병을 앓고 있다던가 아니면 사기를 당해 재산을 몽땅 잃고 실의에 잠겨 있는 것이라면 분명한 목표와 의지가 정해져 있을 텐데 그런 것이 아니었다. 무언가 낯모를 초조감, 정체감, 우울감, 무언가 알 수 없는 먹구름 같은 분위기가 나를 욱죄이고 있었다. 그게 무얼까? 몇 번이고 되뇌이면서도 나는 그것의 정체를 밝혀내지 못하고 허덕이고 있었다.

그런 형국이었는데 김형의 전화를 받자 나는 처음엔 웬 뜬금없는 라오스 여행이냐면서 다소는 불쾌한 감정이 들었다. 그러나 나에게 신경을 써준 것이 고마워서 또 나 역시 무언가 나를 정리할 때도 되었다고 생각해서 나는 그의 말 때문만은 아니었지만 여하튼 라오스 여행을 계획하게 되었다. 그것이 3월이었던 것이다. 이왕 여행을 하려면 철저히 하자. 한 달 라오스 살기를 작정했다. 그러나 이내 끈기가 없고 변덕이 심한 내 성격을 생각하자 오래 버티지 못할 것 같아 4박 6일짜리 패키지 여행을 끊었다.

잠깐 다녀오리라. 라오스에 도대체 무엇이 있다고 김형은 굳이 저러는 것일까? 아무리 생각해 보아도 라오스 여행에서 별 건질 것은 없어 보였다. 그래도 김형이 그런 말을 함부로 할 사람이 아니었기 때문에 나는 그의 말을 듣기로 한 것이었다. 도대체 김형은 왜 자신을 찾지 못해 허둥지둥대는 내게 그런 말을 한 것일까? 라오스에 가면 내가 무언가를 발견할 수 있을 것이라고 생각한 것인가? 김형의 성정이나 태도로 보아 그냥 라오스 여행이 바람이나 한번 쐬고 오라는 그런 이야기는 아닐 것 같았다.

사실 나는 라오스를 한 번 다녀온 일이 있었다. 그때는 수도인 비엔티안과 방비엥을 중심으로 한 여행이었기에 이번에는 북쪽 루앙프라방까지 들르는 여행을 준비하였다.

　루앙프라방을 거칠 때까지만 해도 나는 패키지 여행이 그런 거려니 하는 생각에서 조금도 벗어날 수가 없었다. 왜 내가 그 아까운 시간을 쪼개 이 라오스까지 오게 된 거지(그러나 생각은 이러했지만 실제로는 별 아까울 것 없는 시간이었다). 더군다나 이번 여행에 같이 동행한 팀은 어찌된 셈인지 그 흔한 취준생 하나 없었다. 전부 나이가 많은 사람들이었다. 내 또래의 사람은 아예 없었다. 혼자 외톨이가 되어 여기저기 따라다니는 수준밖에 되지 않았다. 나는 그냥 가이드가 하자면 하자는 대로 시키면 시키는 대로 하는 수밖에 없었다. 처음엔 그것이 불편하였는데 하루가 지나자 그것도 썩 괜찮았다. 때 맞추어 밥을 먹게 하고 때 맞추어 재워주니 그야말로 편한 생활을 넘어 천국에 온 것 같았다. 패키지 여행이 이런 좋은 면도 있구나. 우선 서울을 떠나오니 아무런 근심 걱정이 없었다. 이제껏 내가 가져왔던 마음의 보따리 속에 담겨있던 근심 걱정이 다 사라져내렸다. 아무런 생각이 없었다. 일정에 따라 진행이 되다 보니 내가 계획 걱정할 필요가 아무것도 없는 것이었다.

　더욱이 이틀 동안을 루앙프라방에 있다가 방비엥으로 옮겼을 때의 그 즐거음은 어떠했을까? 옛날 내가 라오스에 왔을 때와는 전혀 다른 여행의 맛을 느끼며 내가 편하게 지내고 있구나 하는 생각을 비로소 갖게 되었다. 편안하다는 느낌, 나는 막연한 즐거움, 쾌락, 웃음, 그리고 아무 생각도 없이 멍 때리며 있는 것에 묘한 매력을 느꼈다.

　'아, 이런 것도 있구나.'

　그런 생각은 방비엥의 강과 마을이 훤히 내려다보이는 한 호텔에 들자 말자 더욱 와닿았다. 그것은 좋았다는 표현을 넘어 보는 것만으로도 힐링이 되었다. 조용히 흐르는 강, 고개를 돌리면 라오스 방비앵 라오족의 드문드문 엿보이는 삶, 마을이라고는 하지만 몇 집 붙어있고 떨어지면 또다시 몇 집 붙어있고 옛날 우리들의 시골 모습이었다. 그곳에 사는 사람들의 아무런 걱정을 하지 않는 듯한 모습, 사는 것이 무엇인지 모르는 듯 사는 모습, 그것은 아련한 향수를 불러 일으켰다. 오늘 못하면 내일 하고 내일 못하면 또 그 다음 날 하고, 진지함이나 노력, 치열함을 왜 가져야 하는 것을 모르는 것 같았다. 왜 살아야 하는 것일까, 우리들이 흔히 할 수 있는 생각들을 그들은 전혀 생각조차 못하고 있는 것 같았다.

통유리로 된 다른 쪽으로 또 다른 곳을 내려다보니 한 아이가 닭을 쫓아가고 있었다. 그 아이를 피해 닭들이 요리조리 도망다니고 있었다. 아이는 재미있는지 작은 막대기를 들고 연신 쫓아다녔다. 닭들이 오히려 가소로워 그 아이를 놀리며 도망다니고 있는 것 같았다. 문득 어린 시절을 떠올렸다. 서울로 오기 전까지 나도 저런 시골 동네에 살았는데 그러나 서울로 오고 나서 시작된 이 팍팍한 서울살이에서 내가 건져낸 것은 무엇이란 말인가? 아등바등 산 그 결과는 무엇일까? 소위 가성비를 따지면 그것은 영에 가까웠다. 결국 돌아보면 한동안 나 혼자만 발버둥치다 만 것이었다. 무엇인가 있을 것 같은데 열과 성을 다해 쫓아 보지만 그것은 무지개를 잡는 것 같은 허무한 것일 뿐이었다. 그래서 지금의 무기력한 내 신세에 황망해 하고 있는 것이었다.

그러나 한편으로는 김형에 대한 의구심이 끊이지 않았다. 지금 이 편안함을 느껴보라고 내게 그렇게 라오스 여행을 권했던 것일까? 아마 그랬던 것 같다는 생각도 들었다. 그러나 아직 김형에 대한 의구심은 여전했고 김형이 라오스행을 권했던 이유가 급격히 와닿지 않았다. 겨우 이 정도 때문에 라오스 여행을 추천한 것일까? 무얼까? 무엇이 있길래 김형은 내게 그렇게 라오스행을 권했던 것일까?

방비앵에서의 이틀은 완전 먹고 마시고 즐기는 생활이었다. 나의 이런 라오스에서의 행각이 미심쩍다고 생각했던 것일까? 나흘째 되던 날, 나는 김형의 국제 전화를 받았다.

"고맙게도 내 말을 들었군. 그래, 지금은 어디인가?"

"그냥 잠깐 다녀올 요량으로 패키지 여행을 택했습니다. 지금은 방비앵이고 내일 비엔티안으로 들어갑니다."

그러자 김형은 뜬금없이,

"내일 비엔티안에 간다고? 그러면 비엔티안의 나이트클럽 같은 데를 한번 가보게나. 가서 실컷 즐기다 오게나. 꼭이야."

"아, 네, 고맙습……"

그러나 내 말이 끝나기도 전에 김형의 전화는 끊어졌다. 이건 무슨 심보인가? 이것은 조금 괘씸한 전화이기도 하였다. 그가 나에게 어떻게 이런 무례한 전화를 할 수 있는가 말이다. 그러나 그런 생각 또한 여행을 하는데 거슬리고 신경이 쓰이는 것 같아 관심 끄기로 하였다. 여기 와서까지 그런 하찮은 일로 신경을 앗기는 것이 싫었다. 라오스로 와서 멍 때리는 인생사용서도 있다는 것을 모처럼 알았는데 김형의 전화로 인해 멍 때림을 방해받고 싶지 않았다.

그러나 침대에 누워서도 김형이 국제 전화를 넣어 가면서까지도 라오스의 밤 문화를 꼭 경험해 보라는 말이 떠나지 않았다. 라오스에서 밤 문화라고 할 수 있는 것이 있을까? 겨우 사이키 조명과 무대에서 현란하게 노래 부르고 있는 가수들, 퇴폐와 향락이라고는 할 수 없는 곳에서 도대체 김형은 무엇을 보라고 한 것일까? 라오스는 동남아 국가 중에서도 가장 빈곤한 나라가 아닌가? 게다가 공산주의국가였다. 우리의 어느 소도시에 불과한 평온한 도시에 우리가 생각하는 그런 밤 문화는 없을 것이었다. 게다가 라오스는 퇴폐나 향락과는 먼 불교국가가 아닌가. 이것은 루앙프라방을 거쳐오면서 느꼈던 것이기도 하였다. 그런데 뜬금없이 비엔티안의 나이트클럽을 가보라니?

나는 곰곰 생각 끝에 김형의 말을 무시하기로 하였다. 김형의 충고에 따라 라오스에 오기는 하였지만 도대체 내가 그의 말을 따를 이유가 어디 있는가? 더욱이 그는 내가 추천해 친구 회사에 입사한 고향 선배가 아닌가? 그렇다면 내가 오히려 큰 소리를 좀 쳐도 될 것이었다. 하등 그의 말을 들을 필요가 없었다. 그러나 결론은 그렇게 냈을지라도 찜찜함은 있었다. 라오스의 밤 문화를 보고 오라는 말은 왜 했던 것일까?

그렇다고 김형의 라오스 여행 충고를 받아들인 것이 잘못이라고는 생각 들지 않았다. 누가 무어라 했든 라오스 여행을 결정했던 것은 나였고 라오스 여행을 하면서 얻었던 것이 한 두 가지가 아니었기 때문이었다. 떠나오기 전 나의 상황은 어땠던가? 그리고 라오스 여행을 하고 있는 지금의 나는 긴장은 이완되어 머리는 아프지 않고 몸과 마음이 많이 풀려져 있음을 느끼고 있는 것이다.

그날 오후 방비앵에서 비엔티안으로 오면서 나는 가이드에게 라오스에서 가장 화려한 나이트클럽에 가서 맥주 한 잔 할 것을 부탁했다. 물론 그 비용은 우리가 내기로 하고 말이다. 반대할 것 같았던 나이 드신 어르신들도 이런 일에 빠지지 않았다. 아니 그동안의 젊은 시절 이런 것을 즐기지 못한 것에 대한 분풀이라도 하려는 것인지 오히려 열성적으로 환영하는 것이었다.

그런데 한편으로 생각해보니 꼴볼견이었다. 젊은이들로 활기 넘치고 우리 8, 90년대의 중독적인 사이키 조명, 그리고 그런데 어울리는 음악이 요란할 것 같은 곳에 나이 든 노인들이 한쪽을 점령하고 있다고 가정해보라. 꼴불견이 아닐까? 심지어 나이 많은 할망구까지 그 자리에 있는 것은 역시 웃기는 일이었다.

가이드는 고민하는 것 같았다. 그 역시 이런 일은 처음 있는 일이었을 테고 남녀 다양한 사람들이 함께 어울릴만한 밤 문화의 장소가 라오스에는 있던가? 하는 생각을 했을 것이었다. 그러나 라오스의 나이트클럽을 경험해 볼 수 있는 기회는 고민하지 않아도 되었다. 우리가 버스에서 내리고 있는데 바로 우리 앞에 이제 갓 소년을 벗어난 것 같은 앳된 청년이 다가와 좋은 곳이 있다며 호객 행위를 하는 것이었다. 별 생각없이 우리는 그를 따라 갔고 아직 그렇게 어둡지는 않았는데 식당을 겸한 클럽 무대에서는 벌써 가수가 나와 노래를 부르고 있었다. 그 아래는 초등학교 운동장의 반 정도 되는 홀에 식탁 테이블이 놓여 있었고 화려한 표식의 맥주와 와인이 놓여 있었다. 노래 부르는 가수들은 노래를 부르고 식사를 하는 사람들은 식사를 하고 그런 정도의 나이트클럽이었다. 우리는 우리가 생각했던 것과 많이 다른 클럽의 모습을 보며 참으로 멋쩍은 웃음을 흘렸다. 우리는 그렇게 비엔티안의 밤거리와 밤 문화를 즐기다 호텔로 돌아왔다.

이튿날 라오스의 태양은 잔고장도 없는지 한 치의 오차도 없이 밝고도 잔인하게 떠올랐다. 한국은 봄이라고는 하지만 아열대에 속한 라오스는 아침부터 녹록지 않았다. 4계절 없이 건기와 우기만이 있다고 하지만 그래도 좀더 덥고 덜 더운 계절은 있을 것이다. 여름은 덥고 겨울은 조금 덜 덥다. 그러나 봄 가을은 역시 그냥 덥다. 아열대의 기후 특성이라는 것이 바로 그런 것일 것이었다.

그날은 비안티안의 거리를 보고 저녁 비행기로 한국으로 오는 일정이 잡혀 있었다. 나는 가이드가 시키는 대로 아무런 생각 없이 따라 하였다. 부담이 되지 않는 날들의 연속이었다. 그러나 그런 가운데 의심나는 것이 있었으니 왜 김형은 국제 전화를 하면서까지 내게 라오스 나이트클럽을 찾아보라고 한 것일까? 그날 내내 가이드를 따라 다니면서도 나는 김형이 내게 한 말을 흘리지 못하였다. 분명 무슨 까닭이 있는 것 같은데 도무지 김형의 의도를 나이트클럽을 다녀오고 나서도 나는 알 수가 없었다. 이게 무언가, 북한의 지령을 받는 것도 아니고……

우리는 이튿날 아침부터 비엔티안 시내의 불교사원과 유적지 등을 돌아다녔다. 루앙프라방에서 아침 보시 행렬을 보았을 때 이미 불교가 아주 흥한 국가라는 것은 알고 있었지만, 비엔티안 시내에서 여러 사원들을 순례했을 때 느끼는 불교는 루앙푸라방과는 또 다른 불교의 모습을 보여주고 있었다. 라오스가 불교국가라는 것을 다시 확인할 수 있는 계기였다. 그렇게 라오스에서의 4박 6일 일정을 마쳤다.

라오스에서 돌아온 며칠 후 나는 김형의 전화를 받았다. 한번 만나자는 것이었다. 불면에 시달리고 있었지만 별로 피곤함을 느끼지 못하였기에 '그럽시다' 약속을 하고 우리는 남산 근처의 한 카페에서 만났다. 그는 오자마자 마치 기다렸다는 듯이 급박하게 말했다.

"내가 시킨 대로 라오스 여행을 해주어서 고맙네."

마치 내가 라오스 여행을 한 것이 김형 자신의 뜻에 의한 것처럼 말하는 것에 조금은 기분 나빴지만 나는 그냥 참았다. 내가 어디 김형의 말을 들을 위치에 있는 사람이란 말인가? 그냥 동향 선배만 아니었더라면 그냥 모르고 지나칠 사람이라고 생각해 그 말에 특별한 의미를 두지는 않았다. 놀고 있는 그를 고향 선배라고 해 내 친구에게 부탁해 취직시켜주었던 것이었는데 오히려 지금 만나 보니 말투로 보아 그는 내게 분노, 불만을 가진 것 같았다. 나에 대한 무슨 억하심정, 유감이라도 있는 것일까?

"혹 라오스 밤의 문화도 보았는가? 밤의 모습은 어떻던가?"

"네, 별 느낌은 없었습니다. 그냥 여기가 라오스구나 하는 정도, 그러나 목가적이고 순박하고 친절한 사람들의 모습은 제게 큰 위안을 주었습니다. 정신없이 바쁘게 살다 그 바쁨에 지쳐 그냥 될 대로 되라 하는 심정이었는데 이것도 아니고 저것도 아니고 그런 상태를 한 번에 극복하게 하는 여행이었습니다. 라오스가 공산주의 국가이면서 공산주의가 도대체 무엇인지 느끼지 못하게 하는 모습, 사람 사는 세상 주의나 이념 같은 것이 무슨 소용일까 하는 생각도 들었습니다."

"'서울의 봄'에 대한 자네의 글 잘 보았어. 그런데 그 '봄'이라는 것 말이야, 그 '봄'이라는 말이 계절을 나타낸 것도 같고 읽으면 민주주의가 다시 돌아온다는 뜻으로도 읽히고 도대체 무엇인가?"

"느끼는 대로 읽으면 되겠지요. 원래 글이란 것이 그런 것 아니겠습니까?"

"그렇다면 '라오스의 봄'에 대해 자네의 의견을 묻고 싶군. '라오스의 봄'은 어떻던가? '라오스의 봄'이란 무엇일까? 내가 알기에 라오스의 계절은 아열대성 기후로 알고 있고 계절은 없고 건기와 우기로 나타난다고 알고 있네. 자네가 다녀온 3월은 우리로 치면 봄에 해당되지. 그렇지만 라오스에 있는 동안 '봄'의 기운을 느꼈는가, 아니면 그냥 따듯한 기후로 느꼈는가? 3월은 건기인가 무엇인가?"

"제가 갔을 때 비는 없었습니다. 날씨도 비교적 더운 편이었어요. 우리나라는 조금 추웠을 터인데 그런 것을 느끼지 못했어요. 참 한가한 나라, 부담이 없는 나라, 멍 때리기 좋은 나라 라는 생각을 했습니다."

"그래 라오스의 밤도 돌아다녀 보았는가?"

"네, 그런데 김형이 갑자기 그런 이야기를 한 이유를 알 수 없었습니다. 그리고 제가 김형의 의지에 따라 이래저래 움직일 상황도 아니고 그런 전화를 하니 조금 기분이 나빴던 것도 사실입니다."

나는 김형에게 노골적으로 그때의 내 심정을 말했다.

"미안하네. 기분 나빴다면 용서하시게나. 그렇지만 나는 지쳐 보이는 자네가 라오스를 한번 가보기를 원했네. 가서 뭐랄까? 신비함, 힐링, 느리게 살기, 평온, 가벼움 같은 것을 한 번쯤 자네가 경험해 보기를 원했네. 라오스에 가서 그걸 느껴보지 못했다면 다녀오나 마나 한 일이겠지."

"네, 방비엥에서 이틀 밤을 보냈는데 636호 호텔 방에서 내려다보는 라오스의 전원풍경은 제게는 환상적이었어요. 고향에 온 느낌이랄까, 아주 어릴 적 고향 모습을 떠올리게 하는 풍경이었어요. 저 자신 많이 떠들고 텔레비전에 출연해서 되지도 않는 소리를 이죽이고 제 상황이나 형편은 생각지 못하고 시류에 영합하는 일을 많이 떠벌렸던 것 같아요. 어느 정도 지나니까 밑천이 떨어지고 잊혀지고 그러니까 공허해지고 연예인도 아니면서 허무해지고 우울증이 오고 허언증이 오고 아무튼 이런 증세에서 표현되는 말은 전부 제게 오는 것 같더군요. 이번 여행을 하면서 많이 저 자신 그런 생각이 수그러드는 것을 느꼈습니다. 라오스 여행 추천해주셔서 고맙습니다."

"그밖에는?"

"예?"

"다른 것은 더 보지 못했나? 비엔티안의 밤 문화는 보지 않았나? 거기서 뭐 느낀 것 없었나?"

"네. 평온, 은둔, 평화, 순수 뭐 그런 정도, 향락이나 퇴폐 같은 것은 전혀 느끼지 못했습니다. 제가 본 라오스의 밤 문화는 그랬습니다."

"나는 자네가 출연한 티브이 장면은 모두 다 보고 있지. 그리고 꿰뚫고 있네. 자네가 한 말 한 마디 한 마디. 참, 자네는 옛날 동네에서 수재 소리를 듣더니 여기 서울에 와서도 수재 소리를 듣네. 우리 마을 그 많은 사람들 중 티브이에 얼굴을 알린 사람은 자네가 유일하지 않을까? 정말 자네와 같은 시대에 태어나 같이 산다는 것이 영광이기도 해."

그런데 김형의 말은 이상했다. 정작 말해야 할 것은 말하지 않고 괜히 알맹이 없는 말만 빙빙 돌리는 것 같았다. 단도직입적으로 나는 김 형에게 따지듯 물었다.

"그런데 라오스 밤 문화를 가서 보고 오라고 하셨는데 라오스 밤 문화 그런 것도 있는가요? 저는 밤 문화라고 해서 지금의 서울의 바와 여자, 러브호텔, 휩쓸려 다니는 젊은이의 모습, 이런 것을 생각하였는데 라오스는 내가 생각한 것보다 훨씬 순수하고 순결했고 아름다웠어요. 때를 덜 탔다고나 할까, 빨래로 치면 애벌 빨래하는 정도의 것을 느꼈습니다. 그런데 김형이 생각하는 라오스 비엔티안의 밤 문화라는 건 무엇입니까?"

"'라오스의 봄'은 있던가?"

내 말에 김형은 오히려 말꼬리를 돌리며 빠져나가려는 것 같았다.

"아까 형도 말하지 않았습니까? 라오스는 봄이 있지 않습니다. 지금은 3월이고 아직 건기 중에 있지 않습니까? 라오스에 있었던 6일 내내 비를 만나지는 못했습니다. 하루는 흐렸습니다만 그것도 오후가 되자 늦봄 볕이라고 할 만큼 따가웠습니다. '라오스의 봄'은 없습니다. 라오스에는 다만 건기와 우기가 있을 뿐입니다."

나는 라오스의 건기와 우기를 신경질적으로 말해버렸다. 알 만큼 알고 있는 사람이 그런 쓰잘 데 없는 말을 하니 심기가 불편했다. 나를 시험해보려는 것일까?

"아니 내가 한 말은 '라오스의 봄'은 있었느냐? 아니 있을 것 같았느냐는 말이지?"

"네, 금방 말씀드리지 않았습니까? 라오스에 무슨 '봄'이 있겠습니까? 아열대 기후인데."

"아니 라오스에 '봄'이 올 것 같냐는 말이지?"

김형은 답답한지 내가 조금은 짜증 섞인 목소리로 말하자 감정을 낮추라며 나를 가라앉히려는 듯 부드럽게 말했다. 그러나 나는 빙빙 돌리는 김형이 오히려 패씸해 짜증스런 소리를 놓지 않았다.

"아니 금방 말하지 않았습니까? 라오스에는 '봄'이 없다구 아열대 기후라구요."

내가 언성을 높이자 김형은 체념한 듯 고개를 숙이며 말했다.

"홍, 꼴도 안되는 놈을 가지고 내가 놀아났네."

그러면서 김형은 비웃는 듯한 웃음을 흘렸다. 그것은 패자가 목숨을 구걸할 때 승자가 보이는 웃음 같았다.

"네?"

나는 화들짝 놀라서 그를 바라보며 말했지만 그는 한동안 나를 노려보면서 아무 말도 않고 있었다. 그렇게 서먹한 시간이 지났고 나는 식은 커피를 들었다. 꼴도 안되는 놈이라니? 그런 김형은 내게 무슨 기대를 걸고 있었단 말인가? 화는 났지만 그렇다고 결코 김형의 말이 딱히 싫지는 않았다. 그가 나를 그렇게까지 생각할 정도였는가 싶어 고마움도 일어났다. 그렇다면 김형은 나의 라오스 여행에서 무엇을 기대했던 것일까? 무얼 보고 왔으면 좋겠다 싶었던가?

"김형은 제게 무엇을 기대했던 것입니까?"

한참 만에 내가 답답해 김형에게 물었다. 김형은 힐끗 나를 한번 쳐다보

더니,

"자네 이유진 씨를 돕고 있다는 소리를 듣고 있는데 그게 사실인가?"

이유진 선배는 고향의 또 다른 선배이기도 하였다. 서울의 내 대학 동문이기도 하였다. 그가 어느 날 나를 찾아와서 자기 좀 도와달라고 부탁했다. 이번 시의원 선거에 나왔던 모양이었다. 나는 별생각 없이 그가 대학 동문이라는 사실에 '그러마' 하고 대답은 했지만 사실 그를 위해 무슨 특별한 일은 하지 않았다. 그런데 들리는 소문으로는 그는 나의 허명을 철저히 이용하는 것 같았다. 돌아다니며 내가 자신을 돕고 있는 것처럼 적극적으로 내 이름을 팔고 있었다. 그는 심히 왼쪽으로 기울어 있는 사람이었다. 사람이 어떻게 중립으로만 있겠냐만 그래도 그는 좀 심하게 왼쪽으로 기울어져 있는 편이었다. 소위 경기 동부 연합에 속해 있던 그는 좌파 신념이 확고해서 그의 머릿속에 무얼 집어넣어도 튕겨져 나올 것 같았다.

"왜 비엔티안의 밤 문화를 보고 오라고 하였던 가요? 사실 비엔티안에 식당을 겸한 라이브쑈 같은 것이 있고 그곳에서 공연을 보며 식사를 하는 것이 있었을 뿐 별다른 밤 문화를 느끼지는 못했습니다."

"자네, 공산주의와 민주주의 차이가 무어라고 생각하는가?"

"갑자기 왜 그런 질문을?"

"자네 알고 있는가? 그 이유진이란 자가 엄청난 좌파라는 것."

"그거 알고 있습니다. 신문에 날 정도니 더 말해 무엇하겠습니까?"

"왜 자네 그런 친구를 돕고 있나? 자네 같은 똑똑한 친구가 말이야."

"단지 같은 동문 선배라서 그런 것일 뿐 다른 의도는 없습니다. 그렇다고 그와는 여러 면에서 생각이 달랐기 때문에 특별한 접촉은 없었습니다. 그건 그렇고 라오스의 밤 문화는 왜 느껴보라고 하신 겁니까?"

"아니 '라오스의 봄'은 올 것 같던가?"

나는 비로소 라오스가 공산주의 국가라는 것을 알고 라오스에 민주주의는 올 것인가 라는 뜻으로 김형의 말을 이해했다. 그러나 내가 '라오스의 봄'이라는 말을 그렇게 이해한 것이 바른 것인지도 몰랐다. 도저히 요리조리 피해 가는 김형의 말을 이해할 수가 없었기 때문이었다. 김형은 왜, 무엇 때문에 이런 말을 하는 것일까? 왜 직접 말을 하지 못하고 이렇게 빙빙 돌려 말하는 것일까? '라오스의 봄'이라, 라오스는 봄이 없다. 그렇다면 '라오스의 봄'도 올 리가 만무인 것은 아닐까? 같은 소리로 '평양의 봄', 이렇게 생각해보다가 '평양의 봄'은 올 것인가 그래도 평양은 라오스와는 달라 4계절이 있다. 그런 논리라면 '평양의 봄'은 올 것이 아닌가? 그런데 라오스는?

　"글쎄요, 잘 모르겠습니다."

　"그래, 라오스의 밤 문화에서 무엇을 느꼈는가? 비엔티안의 밤거리에서 '봄'을 느낄 수 있지 않던가?"

　"이해가 되지 않는군요. 밤거리에서 본 것이라곤 나이트 클럽 겸한 식당 밖에 들어가 보지 않아서. 겨우 춤 추고 노래 부르는 무희와 가수⋯⋯"

　"그래, 그럼 그 식당에서 밥 먹는 사람들에게서 무엇을 느꼈는가?"

　"글쎄요, 잘 모르겠어요, 그냥 맛있게 먹고 즐겁게 놀고 젊은 친구들도 많고 나 정도의 나이 되는 사람들이 아내와 아들, 딸 데리고 와서 먹고, 그리고 무대에서는 라오스인 가수가 노래 부르고 그리고 잘 차려 입은⋯⋯"

　"그런 곳에 있던 사람들과 그런 식당에 들어간 사람들을 잘 살펴는 봤나? 특히 젊은이들 말이야. 그리고 나이 든 사람들 말이야. 어떤 사람들이던가?"

　"글쎄요, 저는 무슨 말인지 잘 모르겠는데요?"

　"허, 똑똑한 자네가 그걸 발견하지 못하다니? 그 아이들 다 공산당원들 간부 자녀야, 거기 있는 사람들 다 공산당원이야, 공산당과 일반인들 차이가 무엇인 줄 아나? 공산주의가 어떻고 민주주의가 어떻고 떠드는 사람들 많지만 실제에선 밝히려고 드는 학자들 하나도 없어. 왜? 그들의 이익에 반하는 일이니까. 라오스 같은 인구가 많지 않은 나라에서 가장 큰 특징은 바로 세습이라는 거야 대물림, 그리고 공산당원은 우대받는 존재라는 거지."

순간 나는 충격을 받았다. 몸을 앞으로 기울였다가 등받이 뒤로 풀썩 기댔다. 어렸을 적부터 나를 잘 알고 있었던 김형은 우리 집의 재산과 부가 나에게로 대물림되고 있었던 것을 우회적으로 비판했던 것이었다. 일정한 직업도 없으면서도 여유있게 할 것 다하면서 살고 있는 나를 김형은 부러워하고 있었던 것임에 틀림없었다. 그는 대학을 나와 배경이 없어 취직을 못하고 있었고 그나마 내 도움으로 그렇고 그런 낮은 일자리 밖에 할 수 없는 자신과 나를 항상 비교하여 살았을 것이었다. 그리고 아버지로부터 이어진 자산이 나의 대에서도 끊어지지 않고 이어지고 있는 것에 어쩌면 소시민적인 분노, 아니면 좌파적인 분노, 아니면 태생적 한계의 좌절감을 느꼈을지도 모르리라.

라오스에는 봄이 없었다. 라오스에는 '봄'이 오지 않았다. 자신에게도 '봄'은 없을 것이라는 것을 흙수저인 그는 작정했던 것일까? 그러나 그는 스스로 모순을 말하고 있었다. 지금 우리나라는 자유민주주의 국가 아닌가? 자유민주주의 국가에 무슨 세습이 있다는 말인가? 공산국가에서야 공산당원이 떵떵거리며 라오스의 밤 문화를 지배할 수도 있지만 우리야 얼마든지 역전이 가능할 수도 있지 않은가?

김형과 나는 그냥 아무 말 없이 앉아 있었다. 김형이 평소 나를 얼마나 자신과 비교하며 자신의 좌절을 달래 왔다는 것을 알고 나니 복잡한 감정이 들었다. 그런 것을 이런 식으로 뒤통수를 치다니?

나는 집으로 돌아와 당장 짐을 싸 서울을 떠났다. 고향으로 돌아왔다. 내가 할 수 있는 것이 무언가 내게 물었다. 그까짓 티브이에 몇 번 얼굴을 비치고 허명이나 다름 없는 박사학위를 가지고 아는 척 했던 지난 날의 내 자신이 부끄러웠다.

지역감정

그 시작은 그 일본인 친구가 하는 이야기에서였다. 처음엔 그가 한국인 이지 일본인인지도 몰랐다. 이 배는 시모노세키로 가는 배였고 우리가 들 었던 것은 사람들의 떠들썩한 말소리 가운데 그 소리가 유난히 크게 들렸던 것이었다.

"조센진은 냄비근성이어서 그때만 넘기면 돼. 너무 걱정 말아. 안되면 지 기간조 알지. 전라도에 가서는 그거 잇빠이하고 하고 경상도에 가서는 전라 도 사람을 이거해 버려."

화상통화를 하는지 그는 손을 들어 목을 자르는 흉내를 내었다. 언젠가 부산 초원복국집 사건이 생각났다. 그때의 그 모양이었다. 전화기에다 상 대와 한국말과 일본말을 섞어가며 거침없이 말하고 있는 그는 분명 일본 사 람이었다. 그의 전화를 받는 상대편은 한국인 같았다. 말하자면 그는 한국 에서 한국인 친구를 지배인으로 두고 사업을 하는 사람 같았다. 우리가 그 를 빤히 쳐다보자 그는 우리를 한번 힐끗 쳐다보더니 이내 선실 쪽으로 빠 르게 걸어가 버렸다. 이 관부훼리는 일본배였기 때문에 야마구치나 시모노 세키 근처에 있는 사람들이 주로 싼 값에 이용했는데 하룻밤만 배에서 자면 부산으로, 시모노세키로 오갈 수 있기 때문에 그럭저럭 운항이 유지되는 것 같았다.

"자식들, 반성할 줄 모르는 것, 여전하군."

"반대 입장이 된다면 우리도 그렇게 하지 않을까?"

"쪽바리 새끼들."

"아서, 그게 언제 적 이야긴데 아직까지 그런 말을."

"아무런 일이 없을 것 같으면 긁으니까 그렇지."

"그런데 생각할수록 화가 나는데 냄비 근성이니 경상도니 전라도니 하며 지역감정을 부추기는 것도 그렇고 정말 기분 나빠."

"교묘하달까? 장사에 밝다고 할까? 이익이라면 물불을 가리지 않는 일본인의 성정을 그대로 보는 것 같은데."

"우린 안 그럴까? 아니 돈을 앞에 두고는 무슨 말인들 못할까?"

"그냥 넘어가 버려, 우리가 너무 민감한 것 아닐까, 특히 일본에 대해서는."

"식민지 감정이 트라우마처럼 남아 있는 것이겠지."

"우리가 경상도와 전라도 간 지역감정이 있다는 것을 어찌 알았을까?"

"왜 몰라? 그들도 간토와 간사이 간의 지역감정이 있다는 것을 우리도 알고 있잖아."

"그래도 우리의 지역감정만큼 복잡할까?"

"광주사태[1] 때 한 일본의 한 저명한 지식인이 한 말이 생각나는데 우리의 지역감정의 골은 옛날 신라 백제 고구려 간 싸움에서 신라가 통일한 그때부터 시작되었다는 거라더군."

"기분 나쁘군."

---

1 나이 든 사람들이 쓰는 표현 그대로 나타내었음.

"대통령 선거 때부터 생긴 것 아닐까?"

"보통 사람들은 그렇게 이야기하지. 그런데 내 의견은 좀 달라, 내가 겪은 것인데 그 이전에도 분명 지역감정은 있었어. 내가 어릴 적에도 자주 그런 일이 있었어. 사람들이 전라도 사람을 욕하는 거. 마찬가지지 호남 사람이 경상도 사람 욕하는 거, 그런데 그땐 그것이 지역감정 때문인 것은 몰랐지."

"글쎄, 중국이나 미국같이 큰 나라도 아닌 작은 나라가 이토록 지역감정에서 헤어 나올 줄 모르니……"

"백제 사람들의 후예라고 생각하는 전라도 사람들은 태어나면서부터 신라 사람이라고 생각하는 경상도에 대해 원한 같은 것을 가지고 있는 것 같아. 마치 태어나면서 가지게 되는 전라도라는 한."

"글쎄, 만일 그렇다면 왜 백제는 신라에 져 가지고 오늘날 그런 트라우마에 갇혀 있는 것일까?"

"글쎄, 그렇지만 오늘날 땅덩어리는 좁은데 고구려, 신라, 백제 그대로가 존재한다고 생각해봐 그게 나랄까? 전라도만한, 경상도만한 나라가 없는 것은 아니지만 그래도 거대한 중국, 일본 곁에 나라가 존재는 할 수 있었을까? 아마 백제가, 견훤의 후백제가 신라나 고려 왕건에 패하지 않았다면 지금쯤 고구려, 백제, 신라는 중국이나 일본에 흡수되었을 거야."

"맞아, 백제로서는 안타깝지만 그렇게 신라에 패함으로써 오늘날 이런 대한민국이 존재하고 있다고 보아야지. 예수의 완성을 위해 어쩔 수 없이 가룟유다가 존재하는 것처럼, 백제는 대한민국을 위해 남들이 하지 않는 수치스러운 임무를 대신 충실히 수행했다고 보아야지."

"그래, 누가 가룟유다를 욕해, 오히려 그가 있었음을 고마워해야지."

"그러나 당시 그것이 공정한 게임이었을까? 신라가 당나라를 끌어들인 것이 우리가 외국 군대를 끌어 들인 최초의 사건으로 기록되고 있잖아?"

"글쎄, 오히려 전략이라고 보아야 하지 않을까? 한 저명 언론인은 이것을 고구려, 백제, 왜의 합종에 대하여 당나라와 신라의 연횡이라고 보았어. 고구려, 백제, 왜의 연합군, 아니 연합은 아닐지라도 우호적인 동맹에 대한 신라의 당과의 연합, 그리고 당을 내쫓은 신라의 전략······"

"어쨌건 신라의 통일에 대해 비판이 많아. 고구려 영토의 상실로 대동강 이북 지역을 잃고, 삼국통일이 아니라 일통삼한론이라는 거, 또 외세 이용론, 소위 당의 개입을 유도하고 같은 민족을 공격한 것은 사대주의적이고 민족주의에 어긋난다는 거, 또 골품제와 외위제로 인한 집권층의 폐쇄성과 지방민과 유민의 차별로 내적 통합에 실패했다는 거."

"그런데 나이 들고 보니 그까짓 지역 문제가 우습기만 해. 이쪽에 살면 어떻고 저쪽에 살면 또 어때, 나이 들어 정치란 그렇게 시간을 들여가며 생각할 만큼 가치 있는 게 못돼, 모두 자기 자신의 할 일을 잃고 시간이 많으니까 정치 쪽으로 관심을 가지게 되는 거지. 그 못난 관심이 자꾸만 지역감정을 부추기고만 있는 것 같아 안타까워. 아깝지 않아, 얼마 남지 않은 시간을 그따위 정치로 소비한다는 것이, 좀 더 나이 든 우리가 성숙해질 필요가 있어야 되는 것이 아닐까?"

그때 뱃고동이 울렸다. 달이 떴는데 배 위에서 바라보는 달이 묘했다. 그런데 배가 한국 배가 아니고 일본 배였기 때문이어서 그런지 일본인이 훨씬 많았다. 특히 일본 보따리 장사꾼이 많았다. 짐으로 부치는 것도 모자라 객실에도 짐을 두고 있었다. 저들도 사는 것이 우리와 다르지 않을 것이었다.

우리가 훼리를 이용한 패키지 여행을 택했던 것은 모두가 그 옛날 배를 타고 일본 배낭여행을 했던 때를 떠올렸기 때문이었다. 그때 우리들은 일촉즉발의 위기 상황에 있던 때였다. 아이엠에프가 터진 직후라 경제 상황은 좋지 않았다. 이런 경제 상황을 일신해보고자 주저주저하다가 심기일전을 위해 의기투합해서 간 곳이 바로 이런 부관훼리 일본 여행이었다. 그때 일주일간의 일본 배낭 여행을 하면서 느꼈던 것은 도시는 모르겠는데 농촌의 경우 일본이 역시 우리보다 한 발 앞서 있다는 느낌을 받았다. 국민의식도 마찬가지였다. 그들의 질서, 청결, 배려, 친절의식은 과연 소문대로 세계적이구나 하는 생각을 하게 했다.

"참 지역 갈등 문제는 쉽지 않아. 옛 삼국시대라는 배경을 가지고 있기 때문에 그 후 어떻게 봉합을 하든 심심하면 터져 나온 문제가 바로 지역이었어."

"왜 백제인은 백제사람도 아닌 신라인인 견훤에게 그렇게 힘을 실어주었던 것일까? 그것이 오늘날 지역 갈등을 대변하고 있는 이유를 말하고 있는 것 같아, 어떻게 지금의 정치형태도 그때와 똑같이 닮았는지?"

"그런데 견훤이가 후백제를 세우며 내건 신라에 대한 복수, 이것이 그 지역 사람들을 결집하고 이끌어내는 데에는 성공할 수 있었을지 모르지만 이걸 가지고 다른 지역 사람들을 끌어들일 수 있었을까? 다시 말해 백제가 통일을 할 수 있었을까?"

"맞아, 한계가 있지. 그렇지만 백제의 한이라고 할까? 당시로는 그럴 수밖에 없었다고 보아야 하겠지."

"글쎄, 참 좁은 땅덩어리에 무슨 지역 갈등이 이리 심한지 왜 그럴까?"

"권력이 인간의 본능인데 어쩔 수 없는 것 아닐까?"

"그런데 그런 것을 좋아하는 사람과 싫어하는 사람이 있기 마련인데."

"세상은 어차피 투쟁을 좋아하는 사람 편으로 흐르기 마련이야."

"맞아, 그때 백제가 잘 했었어야지, 지지 않았어야지."

"그런 말 하면 무얼 해? 신라가 3국을 통일했다는 것은 엄연한 사실인데.

마찬가지야, 아무리 부정하고 싶어도, 우리 역사상 일제 강점기가 있었다는 것은 부정할 수 없어."

"그러니까 백제의 후예들인 전라도 사람들이 지금도 신라의 경상도에 지지 않으려고 하는 거지."

"참, 그런데 그런 옛일이 아직까지 남아 논란을 일으키고 있다는 것은 생각해 볼 문제 아닐까?"

"그런데 이들 지역 사람들의 생각이 전혀 달라, 함부로 말할 수 있는 정도가 아니지."

"역사서도 문제가 되는 것이 많아. 『삼국사기』나 일연의 『삼국유사』만 봐도 그래, 기록자 자체가 편향성을 가지고 있어."

"역사에 있어 패배자가 갖는 아픔이지."

"지금 일본의 경우를 봐. 역사상 간토와 간사이 사이의 전쟁에서 간사이가 패하고 나니 결국은 모든 중심이 간토지방으로 넘어 갔지. 지금은 오오사카, 교오토가 동경, 요코하마에 한참 밀려."

"맞아, 어딜 가나 지역감정은 있어. 미국에도 남북 간의 지역감정이 있지. 그런데도 그렇게 크게 지역감정이 드러나진 않거든. 유독 우리나라만이 이토록 검은 그늘을 가지고 있다는 것은 좀 생각해 볼 문제야."

"그 원인이 무어라고 할 수 있을까?"

"정치, 그중에서도 대통령 선거겠지. 박정희, 김대중 대통령 선거 때 지역감정을 이용했다고 하지. 그때 부산에서 김대중 씨 생각보다 많이 밀어주었어. 김영삼 대통령과 김대중 대통령이 맞붙었을 때 절정이었지. 김대중 대통령이 지고 나자 전라남도에서는 초등학교 학생들까지 울었다고 해. 이제 전라도는 죽었다고. 당시 전라도의 초등학교 교사로 있던 내 친구가 그러더군."

"전라도 사람들이 김대중 씨를 대통령으로 만들기 위해서 얼마나 피눈물 나는 노력을 했는지 나는 알아. 그때 나는 충청도 청주에 잠시 있었는데 그 지역의 전라도 사람들이 김대중 씨를 당선시키기 위해서 하는 것은 정말 상상 이상이었어. 한번 전라도 대통령을 만들어보자. 견훤 이래 전라도 사람이 수장이 된 적은 한 번도 없었다면서 그들이 얼마나 절치부심했는지 나는 눈으로 똑똑히 보았지. 전교조 선생님들도 많이 도왔어."

"참 안타까운 일이지, 그까짓 대통령이 무어라고. 전라도는 전쟁에라도 패한 것처럼 여겼으니, 어린 초등학교 아이들까지 울게 했던 그 전라도의 한, 어쩌다가 우리나라가 이 모양이 되었을까?"

"문제는 권력다툼이야. 예를 들어 한 자리를 두고 두 사람이 다툰다면 한 사람은 피해를 본다는 것은 어쩔 수 없는 사실이 아닐까? 그 자리싸움에서 지역적 불리를 느낀다고 생각했을 때 뒤엎어버리고 싶은 생각이 나기 마련이지. 그런데 대체로 진보의 한계가 그거야. 당장 앞이 급하니까 엎어버린 다음을 생각하지 못하지."

"아마 지역감정에 대한 연구도 많이 되어 있을 거야. 어떻게 되어 있는지, 어디서부터 시작되었는지, 그러나 그것은 감정이 없는 글일 뿐 실제로 영호남의 지역감정은 훨씬 심각한 수준이지."

"지역감정은 어쩔 수 없는 것 아닐까?"

"그럼 어떻게 하겠어?"

"맞아, 어쩔 수 없는 것이라고 하겠지. 그렇지만 그것으로 인해 피해가 많다면 그것을 고치려는 노력이 필요하지 않을까?"

"필요하지. 모든 것이 문제인데, 문제 해결이 필요하지, 그것이 정치가들이 하는 일 아닐까?"

"말이 나온 김에 하는 말이지만 우리 딸 사위들 사이가 좋지 않아. 사위

하나는 마산이고 또 하나는 진도인데 이 둘 사이의 관계가 정말 심각한 수준이야. 한번은 두 친구를 식당으로 불렀는데 정치 이야기를 두고 육탄전을 벌일 정도로 싸우더라고, 두 딸이 안절부절 못하는 것이었어. 더욱이 내 앞에서도 결코 자신의 주장을 굽힐 줄 모르는 것이었어. 이후로 이 둘을 같이 부르지 않고 또 설사 마주했다손 치더라도 절대로 정치 이야기는 하지 못하도록 했지. 서로 싸움이 날 것 같아서 그러는지 그들 스스로도 정치 이야기를 하지 않더군. 정치 성향이 다르면 연애나 결혼도 신중히 생각해야 할 지경에 이르렀어."

"참 문제야, 이런 말을 할 때마다 눈치를 보아가며 해야 한다는 거."

"그 후 어떻게 되었어?"

"문제는 딸들 사이에도 서로 사이가 좋아지지 않더라니까 참, 남편이 그러니 자연 따라갈 수밖에 없는 거지. 영호남 결혼은 화합이 아니라 오히려 지역감정을 확대하고 있다고도 할 수 있어."

"내가 한 저명한 교육학자한테 들은 건데 이 지역감정이 일제의 책략이라는 소리를 들은 적이 있어. 자기가 어린 시절 경험했다는 거라면서 한번은 동네를 가는데 사람들이 모여 있기에 왜 모여 있는가 싶어 가보니 일본 순사가 무슨 사건 조사를 하고 있더라고 해. 그냥 지나치려는데 그 순사가 일본어로 자기네들끼리 말하더라는 거야. 당시 일본어를 배워 알고 있던 교수님은 분명히 들었다고 해. 일본 순사는 사건을 빨리 끝내기 위해 이것은 전라도 사람이 와서 저지른 것이라고 하더라는 거야. 이후 해방이 되어 전라도 땅을 지나게 되었는데 장터에서 두 사람이 싸우는데 가관인 것이 서로 전라도 놈이니 경상도 놈이니 하면서 싸우더라고 해. 교수님은 두 사람이 싸움이 끝난 후 같이 술 한 잔 하면서 그 싸운 두 사람에게 물어보았다고 해. 어디서 그런 이야기를 들었냐니까 자기 동네에서는 그런 것 잘 알고 있다고 하면서 일본인들이 경상도 사람들이 와서 장터를 훼방 놓고 갔다고 시장이 잘 안 서는 것이 온통 경상도 사람들 탓으로 뒤집어 씌우더라는 거야. 지역감정은 어쩌면 일본의 고도 통치술 중 하나가 아니었을까도 해."

"일본인은 교묘했어. 지역감정을 철처히 이용해 먹었으니까. 일본 식민주의자의 한국통치 기본 책략은 지방간의 이간질과 모순 제조야. 이용하고 회유하면 쓸모가 있다. 영·호남간의 갈등을 부단히 상기시켜라 하는 것이 그들의 말 없는 통치 목표였거든. 아니 식민지를 다스리는데 유용하면 무어든 못할까?"

"일본 놈들이 호남지역을 홀대했다는 것은 아마 당연한 것일 거야. 의병 활동, 일본 괴롭힘 이런 것이 호남에 많았잖아, 그러니까 호남을 좋아할 리 없지."

"글쎄, 그런 것이 기록으로 남아 있다면 얼마나 좋을까? 아마 골수 친일파들은 이런 소리를 하면 또 그 사실을 증명해보라는 소리를 할 거야. 기록상으로 증거가 없으면 인정하지 않으려고 하는 태도지."

"일본 학자들의 실증주의, 그 아류의 친일파들도 오죽 이런 기록에 혹독한가? 사실이고 아니고가 문제가 아니지. 기록에 있느냐 없느냐 없으면 아예 인정하려고 들지 않는다니까."

"맞아, 그런 모든 증거가 있고 상황도 여전한데 단지 기록에 없다는 이유로 있는 사실을 없다고 말하는 것은 일본 사학자들의 전통이지. 기록에 없으면 무조건 그들은 그것은 사실이 아니라 주장이라고 말하고 있지."

"대표적인 것이 731부대야. 일본 정부는 731부대를 두고 존재는 시인했지만 세균전과 생체실험을 수행했다는 사실은 부인하고 있어. 인간으로서는 차마 해서는 안될 짓을 벌여놓고도 기록을 파괴해버렸으니 그런 일은 없었다고 말하고 있지. 증거를 대라는 거지, 그런 것을 증언하는 사람은 많은데, 차라리 손바닥으로 하늘을 가리라지."

"우리의 친일, 참 끈질기기도 하지. 심지어 어느 대학 여교수는 유관순의 실재성을 의심하고 있었어. 그것도 교육대학의 교수가."

"적어도 교사를 길러내는 대학의 교수라면 철저한 역사관과 뚜렷한 교육관이 필요할 텐데 무얼 보고 그런 교수를 채용했는지 그 교육대학도 참."

"우리나라 어떤 친일파라는 사람들은 마치 식민 지배의 정당성을 들먹거리고 있는 것 같아. 정신 나간 놈들, 자기 생각만이 옳다고 생각하지. 역사를 보는 관점이야 얼마든지 다를 수 있지만 식민 지배를 미화하고 있는 데에는 아연할 뿐이야. 식민지 백성이 갖는 고통은 아예 이해하지 못하고 있어."

"맞아, 조선왕조든 일제 강점기든 무슨 차이가 있을까? 불편한 진실 어쩌구 저쩌구 하면서 오히려 살기에 일제강점기가 더 나았다고 하는 생각을 가진 사람도 많아. 맞아, 식민지 시절이 더 나았을지도 모르지. 그러나 식민지 문제의 본질은 굴종이냐 자유냐 하는 문제이지. 잘살고 못살고의 문제가 아냐. 만일 이것을 이해 못한다면 오늘날 우리가 이렇게 민주주의를 부르짖고 민주주의를 위해 목숨 바치고 하는 것을 설명할 수가 없게 되지. 일부 사람들이 불편한 진실 운운하며 살기가 나았다고 일제를 찬양하는 것을 보면 참 어이가 없기도 해. 그런 이야기를 하려면 일제로 인해 고통받았던 사람 이야기도 그만큼 해야지."

"맞아, 왜 식민 지배를 하겠어. 다 일본 자기 나라 이익을 위해서 하는 것 아니겠어. 자기 나라 본토를 풍족하게 하기 위해 식민지 개발을 하는 그것을 가지고 일제 때가 나았다느니 어쩌니 하는 것을 보면 화가 나, 어떤 젊은 우파 유튜버는 또 이것을 가지고 일제가 나쁜 것이 아니었다고, 일제 강점기 시절 일제가 조선 국민의 위생, 건강 문제를 개선하고 근대문물을 도입했다고 하지. 그 밑에서 우리 민족은 열심히 노력했다고 그 바람에 이만큼 발전한 것이라고 교묘한 말장난을 하고 있더라구. 나아가 식민지 근대화론까지 이야기하지. 거듭 말하지만 식민지 문제는 굴종이냐 자유냐의 문제지 그런 문제가 아니야. 왜 지금까지 일본에 대한 반감이 식지 않고 위안부 문제를 제기하고 역사문제를 제기하고 그러겠어. 굴종의 문제였으니까 그런 것 아니겠어?"

"일본인의 교육내용과 우리 식민지 하의 국민들이 배우는 내용이 달랐어. 그들의 상상력, 창의력 확산적 사고력, 고차적인 내용에 비해 우리 교육내용은 기본적으로 일본에 순종토록 하는 복종적, 기본적인 내용만을 담고 있어, 조선어 말살 정책을 펴기도 했지. 이름도 일본식으로 개명토록 했어."

"위안부 문제만 해도 그래. 친일주의자들은 왜 그렇게 위안부 문제를 두고 일본을 대변하려고 드는지 모르겠어. 위안부 문제는 자신들도 인정하고 한때 일본 국사 교과서에도 나온 적 있어. 그 후 정권이 바뀌면서 사라졌지만 자신들의 치부를 가리기 위해 지우려고 하는 것이 문제이지. 문제는 일본이 위안부 제도를 운영했다는 증거가 계속 밝혀지는 데에도 불구하고 위안부는 강제성이 없었다는 거야. 어디 기록에 그런 것이 있냐는 거지. 그런데 기록에 있어. 얼마 전에 그 증거가 동아일보에 났어. 아마 조금 더 시간이 지나면 그런 사실이 계속 발견될 거야. 조금만 자기가 주장하는 만큼 반대쪽 자료들을 찾아 보면 되었을 것을 오로지 자기 주장을 펴기 위해 그런 기록들을 애써 외면한다는 거지. 자기에게 유리한 증거만을 읽는 거지. 그냥 가난한 언니, 누나들이 가족을 위해 자기 몸을 군인에게 팔았다는 거지. 참 어찌 보면 논리가 그럴 듯 하지."

"사실 이런 불미스런 일을 기록으로 남기는 나라가 세상에 어디 있겠어?

있어도 오히려 없애려고 할 판에, 그냥 기록은 둘째치고 강제 집행한 거지. 아니 백 보 양보해서 위안부로 가서 당한 고통은 강제가 아니란 말인가? 당시 상황이나 증언은 생각지 않고 기록이 없다는 이유로 강제집행이 없었다는 증거만을 내세우지, 왜 필요한 부분만 끌어다 대는 것이지, 세종대 박O하 교수도 바로 그런 거라고 할 수 있지. 그 반대 증거도 많은데도 불구하고 말이야. 그런 증거도 듣고 읽고 상황도 생각하고 그래서 판단을 내려야 함에도 자기주장을 정당화하기 위해서 자기가 원하는 것만 보고 반대 의견은 듣지 않으니 지식인이거나 언론인이거나 확증편향은 어쩔 수 없는가 봐……"

"연세대 류O춘 교수도 참, 일본군 '위안부'를 '매춘의 일종'이라니? 자발적인 거라느니? 문제는 오늘날 류O춘 교수 같은 생각을 가진 사람이 점점 많아지고 있다는 거야. 당시 살아보지도 못한 사람들이 살아본 것처럼 말하는 데에는 웃기지. 그러니까 자꾸 왜곡하게 되고 편집하게 되지. 이런 것은 기록도 중요하지만 당시 상황, 증언 등이 보다 중요한 거야. 일본인의 증언도 많아. 광주사태도 증언이 얼마나 중요해."

"그러게 말이야, 교수라는 자가 말을 그렇게 밖에 못하다니? 그것도 학생 앞에서, 다른 문제도 많을 텐데 친일파들은 유독 왜 위안부 문제를 가지고 그렇게 일본을 대변하려고 드는 것인지……"

"위안부 문제 뿐이겠어. 일본인들의 실체를 잘 알아야 해. 그들은 절대로 자신의 잘못을 인정하려 들지 않아. 그런 생각에 가득 차 있는 사람들이 자신의 잘못을 인정하려고 들겠어?"

"무사도 정신이 바로 그런 것 아니겠어. 차라리 죽을지언정 잘못을 인정하지 않는 정신. 그러기에 불리한 역사를 감추려는 데에도 서슴지 않지. 아니 이건 일본 뿐만 아니라 모든 나라가 그렇지만 우리에겐 일본이 좀 더 심하다고 느끼게 되지."

"그런 것도 모르고 최근의 많은 친일주의자들이 실제적인 팩트라면서 일본의 합방을 미화하는 듯한 말을 유튜브에서 거침없이 하는 것을 보면 슬프기도 해. 이즘 그런 골수 친일 유투버가 많이 늘었어."

"일제 강점기는 기록으로 설명할 수 없는 많은 문제가 있어."

"그런데 우리도 참, 이렇게 자꾸 위안부 문제만 물고 늘어지면 어떻게 하려는 것인지, 미흡하지만 지지난 정부 때 해결하려는 시도 좋았어. 정권이 바뀌면서 도로나무아미타불이 되었지만, 그러나 일본도 우리나라도 영원히 이 문제를 두고 끌고 갈 수는 없잖아. 위안부 할머니도 몇 분 남지 않았는데, 오히려 이걸 이용해 일본에 대한 악감정만 조장하려고 하고 있으니, 이런 해결 태도가 분하다거나 억울하다면 아예 나라를 처음부터 앗기지 말았어야지. 나라를 앗겨놓고서는 무슨……"

"이승만 대통령 문제만도 그래, 그가 얼마나 조국의 광복과 독립을 위해 애써온 인물인가를 조금만 들여다보면 알 수 있지. 그럼에도 그를 독재자, 친일주의자로 많은 사람들이 생각하고 있는 데에는 그저 안타까울 뿐이야. 그런데 이승만을 그렇게 만든 사람들이 바로 이승만을 둘러싸고 있는 사람들이라는 것을 알고 나면…… 아니 이승만 주변을 둘러싸고 있는 사람들의 면면을 봐, 그들이 어떤 사람들인가? 바로 골수 친일주의자라고 하는 사람들 아닌가, 그러니 자연스레 사람들이 그렇게 생각하게 될 것 아닌가? '반일종족주의'는 전제가 잘못된 책이야. 다른 것도 그렇지만 독도 문제는 완전 일본 학자, 일본 정부 주장을 그대로 담아놓고 있어, 다른 관점의 책들도 보았어야지. 에이……"

"맞아, 그런 글을 쓰려면 진영이 없어야 해, 그것은 완전 한쪽으로 기울어져 있어. 진영이 없이 오로지 사실과 기록, 그리고 교차 비교, 타당한 상황을 보고 판단해야 해. 우리 국민 모두가 과거는 어떨지 몰라도 지금부터라도 '나는 나다'라는 생각을 가지고 진영에 빠지지 않겠다는 생각을 가지면 오죽 좋을까?"

"우리가 무엇을 말하려다 여기까지 왔는 줄 모르겠네. 지역 갈등의 문제는 어쩌면 일본의 고도의 통치 기술 유산인 것인지도 모르지. 다만 그것이 드러나지 않은 것일 뿐이야. 이 말을 들으면 또 골수 친일파들은 난리 날 거야. 어디 증거를 대라고 기록을 내놓아 보라고 물론, 그것을 증명할 만큼 기록으로 드러난 사실은 없어. 그러나 일제가 우리나라를 다스리는 책략의 한 방법이었다고 보는 사람들도 많아."

"어떤 기자는 일제 시대 우리 조선인이 피해자만은 아니었다는 논리를 펴기도 해. 우리가 일본에게 당하기는 하였지만 만주국에 가서는 2등 국민으로 3등 국민인 중국인, 만주인, 몽골인을 지배했다는 거야. 정말 통계 기록상으로 그 친일 기자의 말은 맞아. 그러나 본질은 그게 아니야. 그들은 갑이었고 우리는 을이었어, 그들은 주인이었고 우리는 종이었어. 복종만이 가능했어."

"기록은 믿음이야, 특히 그것이 당시 정권의 기록이라면 그렇게 믿을 수밖에 없지. 기록이 아니면 당시의 상황을 어떻게 알고 당시 사람들의 생각을 어떻게 알겠어?"

"그러니까 지금이 우리는 일제 강점기에 사라진 보이지 않는 역사를 찾을 수 있는 마지막 세대라고 봐."

그때였다.

"간사이와 간토의 지역감정이 일본에서는 존재합니다만 이론과 실제랄까 정신적인 면에서는 간사이 사람들이 간토 사람들을 깔보고 무시하고 조금 하수로 보는 느낌은 있습니다. 그러나 실제적으로 모든 면이 압도적으로 강한 간토에 비할 바가 안되지요. 우선 인구적으로 간토지방은 간사이 지방을 크게 압도하고 있어요. 지금 서울과 지방과 같은 꼴입니다. 그렇지만 정치적으로 내각제인 일본은 우리처럼 극명히 갈리지는 않습니다. 그리고 누구나 떳떳합니다. 간토에서 간사이 사람을 말하는데 주저하지 않고 간사이에서 간토 사람을 눈치 보지 않고 비판할 수 있습니다."

옆에 있던 한 사내가 우리 이야기에 갑자기 끼어들었다. 그러나 그는 그이후 더 이상은 말하지 않았다.

우리는 2층 식당 자판기에서 아사히 맥주 캔을 하나 뽑아 마셨고 준비해 온 늦은 저녁을 먹었다. 관부훼리는 9시 반에 출발 이튿날 7시 45분경에 시모노세키항에 접안 한다고 방송을 했다. 10시간 45분을 참 느리게 가는 셈이었다. 우리는 또다시 우리의 생각을 이었다.

"그런데 문제는 지역감정이 현재 엄청난 문제점을 가지고 존재한다는 거야. 지역감정의 원인을 따지는 것은 무의미한 것일 거야. 설사 그 원인을 안다고 한들 지금보다 어떻게 더할 수 있을까? 그런 전제를 깔고 해야 문제 해결의 첫발을 디뎌볼 수 있지."

"그런데 나는 그 지역감정이 있다는 걸 이십 세가 지나서야 알았어. 일반 사회에 나와서야 알았다는 거지. 학창 시절에는 전혀 몰랐어. 문제는 어른들이야."

"하긴 어린 학생들이 무슨 잘못이겠어. 그것을 자꾸 주입시키는 어른이 문제지."

"나는 우리가 적어도 1인당 소득이 지금보다 배가 된다면 지역 갈등이 어느 정도 옅어질 수 있다고 생각해. 돈이 있는데 뭐 그렇게 지역, 정치 문제에 매달리겠어, 자기 자신의 문제에 신경을 쓰는 것이 낫겠지."

"그런 소리 하면 경제우선주의를 친일과 연결시키려는 무리들이 또 있어."

"그래, 참 불쌍한 사람들이지. 순진하다고나 해야 할까? 세상이 어떻게 돌아가는지도 모르고, 우리가 왜 일하고 왜 일본에 나라를 앗겼는지 참 현실을 모르는 한심한 친구들이지. 먹고 사는 문제가 얼마나 중요한 문제인데."

"소득이 그쯤 되면 구태여 뭐 나라에 의존할까. 한번 밖에 없는 인생, 자기 실현을 생각하게 되지. 어떻게 하면 행복한 인생을 살 수 있을까, 어떻게 인생을 즐기다 갈까? 그런 생각을 하기에 바쁠 때 좀 지역과 정치에서 멀어질 수 있는 것 아닐까?"

"지역 갈등은 정치 경제적 이해관계의 갈등이야, 사회문화적 감정 또는 정서는 그 이해관계의 갈등에서 파생되는 것일 뿐이야."

"그런데 전라도도 문제가 있어. 한쪽에 표를 그렇게 몰아주다니, 물론 이해가 아니되는 것은 아니지만 내 지역 출신이 대통령이 되어야만 내 지역 발전에 도움이 되고 덩달아 내 위치도 높아진다는 생각은 좀 떨어지는 생각 아닐까? 오히려 그것이 전라도를 망치고 있다는 생각은 왜 못할까. 왜 전라도 사람들은 우리 나라를 앞서 이끌고 가겠다는 선진적인 생각을 안하는지, 맨날 피해의식에 갇혀 저주하고 미워하고 똘똘 뭉치고 그러니까 오히려 타지역 사람들이 좋아하지 않지."

"전라도 사람들이 한결같이 말하는 기회의 상대적 박탈감, 그런데 내 생각에 개발도상국가에서 전지역을 똑같이 발전시킬 수는 없었다고 봐. 그런데 왜 유독 경상도를 문제 삼지? 그런 논리라면 충청도와 경상도 간의 갈등도 있어야 하는 것이 아닐까?"

"그러나 한편으로는 전라도 사람들이 그렇게밖에 될 수 없었던 이유도 생각해야 돼. 얼마나 한이 맺혔으면."

"맞아, 영호남 갈등이 아닌 한국에서 전라도 출신이라는 것에 대한 비애."

"글쎄, 대통령들이 경상도라서 그런 것 아닐까?"

"그런데 통치자의 입장에서 보면 똑같이 양쪽을 발전시킬 수는 없었을 거야. 전라도에도 공장 몇 개 경상도에도 공장 몇 개, 가난하고 자금이 없는 나라에서 이런 방식은 아무런 효과가 없어. 작은 돈이지만 그 돈을 한 지역에 몰아줌으로써 경제 발전은 이루어진다고 할 수 있지. 후에 등소평도 그런 비슷한 말을 했지. 그리고 처음에는 어쩔지 모르지만 크게 보면 다시 말해 수십 년 아니 수백 년 흐르다 보면 비슷해져, 수학의 확률과 같은 이론이지 조금 나아졌다고 무어 그리 억울해하고 조금 먼저 간다고 무어 그리 차별감, 열등감을 느낄까? 인생이란 것도 전반전 후반전이 있는 것 아닐까? 전반전에서 조금 앞선다고 후반전에서 앞서가는 것도 아니잖아. 내 당대가 아니라면 내 자식 대는 역전이 가능한 것이고 수학의 확률처럼 결국은 평평해진다고 할 수 있어."

"국가발전을 위한 한 형태라고 생각하면 되었을 텐데. 대신 전라도는 옛날부터 곡창지대로 가장 잘 사는 동네 아니었던가? 60년대 이전에만 해도 어디 농업 말고는 제대로 된 산업이 있었을까?"

"호남 사람들이 잘살 때는 지역 갈등이 없었어. 현대에 들어와서 조금 사는 것이 팍팍해지니까 지역감정을 들먹이는 것 아닐까. 이를 없애려면 우선 우리가 잘살아야 해, 누구보다 우선 내가 잘살아야 해."

"그런데 그 잘산다는 것이 그리 쉬울까. 얼마나 벌어야 잘사는 것인지 그 기준도 애매하잖아. 아까도 말했지만 지역감정은 본능의 문제라니까 그러니까 그런 것이 얼마나 설득력이 있겠어."

"아니야, 내가 잘 사는데 그 무슨 정치 같은데 관심을 가지겠어. 못사니까 시간이 나니까 자꾸 그런 생각을 하게 되는 거지."

"우리의 국민성도 한몫하고 있는 것 같은데. 우리가 워낙 조급한 민족이다보니 내가 남들보다 못하다는 것은 견딜 수 없었던 거지. 예부터 좁은 땅덩어리에 살면서 가족을 지켜야 하다 보니 냉혹해지고 남들과 틈을 짓지 않을 수 없었던 거지."

"맞아, 풍족하다면 구태여 무얼 그리 조급하게 굴까? 없고 박하고 적다 보니 메말라지고 적대적이 되고 독해져야 했겠지."

"맞아, 내가 지난번 호주 여행을 다녀온 적이 있는데 그때 그 호주 가이드가 그러더라니까. 호주가 좋은 것은 땅덩어리가 넓고 자원이 많아서 한국처럼 그렇게 아등바등 굴지 않아도 넉넉하게 살아간다는 거야. 이번 코로나 사태 때 다른 나라는 몰라도 호주에서는 별로 가계에 큰 영향을 받지 않았다는 거야. 어디 한국은 그래, 아이엠에프 때나 금융위기 때나 코로나 사태 때나 조금만 바깥에서 바람이 불어도 견디질 못하고 픽픽 쓰러지지. 이게 허약한 한국의 현실이야. 그러니까 항상 말하는 것이 우리 한국은 그런 경우를 대비해서 늘 비축해두어야 하는 거야."

"참 그래, 빚을 낼 때는 내어야 하겠지만 그러나 빚이 얼마나 무서워, 우리 같이 조그만 나라 잘못하면 홀딱 가버릴 수 있어. 제발 대통령에 나서려는 사람들은 어떻게 하면 빚을 지지 않는 범위 내에서 나라를 잘 다스릴 수 있을까 고민해야 하는데 그런 생각은 않고 오로지 수권만 하면 된다는 생각에 포퓰리즘에 빠지게 되지. 빚이 없는 나라가 되는 것이 통일을 이루는 첩경일텐데, 그런 사람을 뽑는 우리나라 사람들도 정말 반성해야 할 일이야. 이렇게 잘사는 나라, 이게 어떻게 이룩한 나란데."

"쉽게 풀 수 있는 문제도 지역 문제로 몰아가 어렵게 하고 있지."

"사람이 좀 나이가 들면 원숙해지는 것처럼 지역감정도 그런 것 아닐까?

좀 더 기다려야 하는 것 아닐까?"

"그런 낭만적 생각 가지고 지역감정이 풀리리라고 생각해? 이건 인간 본능의 문제인 거야. 생각해봐, 내가 남에게 지고 싶지 않다는 생각은 원초적인 거야."

"본능도 아주 기본적인 본능이지, 누가 남의 밑에 있으려고 하겠어. 그리고 그 관계에서 상과 하가 지역에 따로 결정되는 거라면 누군들 가만 있겠어?"

"맞아, 그런데 한편 지역감정을 너무 부정적인 것으로만 바라볼 필요는 없다고 생각해. 지역감정이 있기 때문에 서로 경쟁이 있었던 것이고 서로 지지 않으려고 했기에 작은 나라인 한국이 오늘날 이런 부유한 대한민국이 이루어진 것이 아닐까? 지금의 남북관계도 크게 보면 지역감정 문제라고 볼 수 있지 않을까? 어차피 지역감정의 문제를 푸는 방법은 없어."

"그게 무슨 뜻이지?"

"그러니까 지역감정 문제를 더 이상 건드리지 마. 그러면서 꾸준히 우리의 의식과 소득 수준을 높이는 수밖에는 없지. 그냥 자연스럽게 놔두면 그 또한 지나갈 뿐이야. 생각해봐. 지금 서울은 블랙홀처럼 모든 것을 빨아들이고 있어. 그럼에도 불구하고 지역 사람들끼리 콩이냐 팥이냐 하는 것은 우스운 꼴 아닐까?"

"뭘 모르고 있네. 수도권이 블랙홀이라지만 그 수도권에서도 지역감정은 치열한 정도가 우리가 상상도 못할 정도야. 그런데 그런 낭만적인 방법이 통할까?"

"그래, 정말 그런 방법은 순진한 것일 거야, 획기적인 방법이 필요해."

"그런 방법이 있다면 진작 안했을까? 정권이 바뀔 때마다 지역 문제를 생각하지 않은 적이 어디 있었던가? 그러나 여직까지 문제의 심각성을 알면서도 이루지 못했다면 이것이 얼마나 어려운가 하는 것을 알 수 있지. 이대로 안고 가는 수밖에 없어. 그냥 있는 그대로 앞으로 계속 이어 나가는 거지, 일종의 체념이랄까, 그냥 내버려 두는 거야. 문제는 아까도 말했지만 지역감정은 그 속살이 정치와 경제문제야. 지역감정은 이 두 문제가 서로 풀어질 때 느슨해질 거라고 생각하는데."

"한쪽이 피해의식에 사로잡혀 있을 때면 결코 이 문제는 해결될 수 없어."

"그렇지만 지역감정은 선거전략이라고 볼 수도 있어. 선거에서 당선은 필수적인 거야. 당선되어야 나라와 국민을 위하고 자신의 소신을 펼 수 있고 목적과 정책을 실현할 수 있지. 어쩌면 모든 선거에서 필수적인 것인지도 모르지."

"문제는 그것이 도를 지나친다는 거야. 더욱이 옛 전쟁에서 이기고 진 지역을 상대로 삼고 있다는 데서 가볍게 생각할 문제가 아니라니까. 대통령 후보 출신이 그 지역 출신이니 지역 문제가 더욱 회자될 수밖에 없지."

"그냥 그 대상을 다른 것으로 돌려보는 것은 어떨까? 수도권에 대한 저항."

"아까도 이야기했잖아. 수도권에 있는 사람들이 경상도 전라도 사람이 많다는 것. 거기서도 지역감정이 존재한다는 거."

"지역감정은 어린 시절 가정이나 다른 연장자와의 접촉을 통해 배우거나 획득된다고 하지. 또 그가 속한 집단에서 전통적으로 이어지는 경우도 있어. 그래서 쉽게 해결하기 어렵지. 좀더 나 자신이 성숙된 생각을 가지는 수밖에 없어."

"이론이야 그렇지."

"다시 말하지만 그냥 내버려 두는 것이 가장 좋은 방법이야. 아니 더욱 좋은 방법은 지역감정이라는 말을 아예 꺼내지 않는 거야."

"한 전라도 우파 유튜버가 참 자조적으로 말하더군. 자신이 전라도 출신이라서 마치 원죄처럼 암덩이 하나를 갖고 태어난 것 같다나. 조선일보 칼럼을 자주 쓰는 조0헌 씨도 그런 말을 유튜버에서 하더군. 한술 더 떠서 그는 호남에다 지잡대 출신이라는 것을 비롯 네 가지 한계를 갖고 태어났다나, 이게 무엇일까? 그 이야기를 듣는 순간 나는 한동안 멍했어. 전라도에 태어났다는 것을 무슨 천형을 갖고 태어났다는 것으로 여기고 있다니?"

"사실 아까도 말했지만 나는 스무 살까지는 지역감정이 무언지 몰랐어. 그런데 내가 고등학교를 졸업하고 회사에 갔더니 전라도 출신인 지점장이 마악 유신헌법 찬성을 해야 한다며 직원들을 독려하고 있었어. 그러더니 어느 날은 영남 출신 대리가 잠깐 실수를 했는데 그것이 그의 심기를 건드렸나 봐. 욕하는 가운데 전라도 사람은 똑똑하고 경상도 사람은 둔해서 어쩌구저쩌구 하는 것을 내가 직접 들었어. 그런데 사회에 갓 나온 나는 당시 지역감정이라는 것이 무엇인지 모르니까 그냥 상사가 상대를 꾸짖는구나 하고 생각하고 있었어. 그런데 그 후에 알고 보니 그것이 지역감정을 가지고 대한 것이었구나 하는 것을 알았지."

"『문학사상』의 오영수 「특질고」 사건 유명했지. 읽어보면 그저 그렇던데 왜 유독 전라도 작가들이 들고 일어난 것일까? 지금 생각해 보면 오영수가 전라도 작가이었어도 그랬을까 하는 생각도 들어."

"모든 것을 피해의식으로만 바라보니까 그런 거잖아. 우리도 그렇잖아, 일본에 대해 늘 피해의식을 가지고 있는 거. 그래서 조금 거슬리는 게 있으면 민감하게 반응하잖아. 지역감정도 그런 거야. 그런데 세상, 돌고 도는 거야 그까짓 것 조금 더했다고 무엇이 낫고 조금 못했다고 무엇이 부족할까? 지금 서울은 호남 사람이 지배하고 있다고 해도 과언이 아니야, 또 문재인

정권이 들어와서 전라도 사람을 많이 뽑아 썼잖아. 그 이유가 어떤 것인지 모르겠으나 일단 어쨌거나 대한민국의 국민이 선택한 것이 아니었는가? 국민이 선택했으면 그렇게 따르는 수밖에 없지 않을까? 오랜 시간 지나면 평평해질 텐데 무어 그리 그깟 것에 신경 쓰는지. 오히려 5·18 유가족 혜택을 문제 삼아야 될 때가 되지 않았을까. 이건 내 생각이 아니라 광주의 한 취업 준비생이 자조적으로 하던 말이야. 합격이 안되는데 자신 보다 못한 친구가 유가족 찬스로 공무원에 합격하는 것을 보고 허탈감이 들었다더군, 오랜 기간 지나다 보니 그들이 많이 쌓였어. 중요 공무원에 이들이 많이 진출해있지. 아직은 모르고 있지만 조금 지나면 아마 다른 지역 사람들이 오히려 상대적 박탈감을 호소하게 될지도 몰라."

"억울하기도 할 텐데 혜택 좀 주면 어때?"

"형평성의 문제니까 그렇지."

"5·18 참 안타깝지. 무어라고 말하기 참으로 조심스럽지만 한 가지 분명한 것은 자꾸만 억울하고 분하다는 생각만 떠올린다면 더 이상 문제를 해결할 수는 없어. 털어낼 것은 빨리 털어 내야지. 대를 이어 분노를 후손들에게 물려줄 수는 없는 거잖아. 그 다음 더 말할 수도 있지만 그만 둘 게."

"그게 당사자 입장에서는 쉬울까, 그러니까 아직도 진실이 밝혀지지 않았다고 규명하라는 소리가 그치지 않는 것이지."

"그건 그것대로, 또 해결할 것은 또 해결하고 그러는 것이지. 어찌 완벽한 것이 있을 수 있겠어. 그러나 전제는 어쨌건 이제는 분노를 내려놓아야 한다는 거지."

"누구나 자신이 직접 겪었던 일은 세월이 아무리 가도 잊지 못해."

"앞서도 말했지만 문제는 지역감정에 적절한 대안이 없다는 거야, 원인은 알고 과정도 아는데 해결책이 없어 갈수록 지역감정 문제는 점점 커가고 있어.”

“해법은 모든 것을 긍정적으로 이해하자는 것, 문제점이 있다면 그 문제점에 대해 비판하기보다는 상대의 입장에서 생각해 보는 것이 가장 좋은 방법이 아닌가 해.”

“그것이 가당키나 한 생각일까? 아마 콧방귀를 뀔 걸. 사람들이 모두 자기중심적으로 생각하지 조금이라도 자기에게 불리하면 그것을 인정 못해. 그것이 사실임에도 불구하고 색안경을 끼고 보게 되지. 지역감정은 옳고 그른 것이 문제가 아니야. 오직 내게 이익인가 아닌가가 문제지, 따라서 결코 해결책이 있는 것도 아냐.”

“지역감정이 극에 다다른 데까지 갔다가 오면 좀 나아질 수 있지 않을까. 지금의 상태가 한 백 년쯤 지나면 아마 지역감정도 희미해질 것이 아닌가 생각해.”

“어쩌면 그렇기에 더 극단적이게 될지도 모르지. 미래는 알 수 없어.”

“어쨌건 좋지 못한 풍습, 우리 다음 세대에서는 치유되었으면 좋겠는데.”

이밖에 중구난방이 더 있었지만 한 말을 또 하는 것 같아 슷제 입을 닫았다. 그때 우리의 이야기를 듣고 옆에 있던 사람이 끼어들었다. 우리는 조금 저어했다. 왜냐하면 이런 일은 함부로 말할 성질의 것이 아니었기 때문이었다. 그가 만일 전라도나 경상도 사람이라면 이것은 걷잡을 수 없이 다른 문제로 뻗어나갈 수 있기 때문이었다. 그는 고향이 광양이라면서 자신을 초등학교 교사라고 소개했다.

“요즈음 젊은 사람은 그렇게 생각지 않아요. 제가 서른 안팎인데 적어도 앞의 세대는 몰라도 젊은 세대는 그렇게 생각지 않아요. 지금 지역이 무슨 크게 출세에 작용하겠어요. 오히려 그렇게 생각하는 것이 전라도를 욕하는 것인 줄 모르시나요. 지금 보세요, 전라도 출신 유명한 사람 얼마나 많아요.

어디 다른 지역에 비해 밀리나요. 지역 때문에 전라도가 피해를 보고 있다면 그야말로 지역감정 때문이라고 하겠지만 지금 어디 그래요? 저만 똑똑하면 얼마든지 뻗어갈 수 있는 거에요. 다만 우리 앞 세대의 사람들이 또는 정치가들이 계속 주입을 하니까 후세 사람들이 계속 그렇게 느끼게 되는 것뿐이에요. 해결책 별 거 없어요. 그냥 모든 문제를 지역감정과 연결시키지 않으면 되는 거에요."

우리는 순간 벙쪄 아무런 말도 못했다. 그 젊은이의 뜻밖의 말에 충격을 받았기 때문이었다. 지역에 차별이 있다고 말하는 것이 오히려 전라도 사람을 욕하는 거라니? 전혀 생각도 못한 일이었다. 정말 그랬다. 해결책 별거 아니었다. 지역 따지지 않고 그냥 평범하게 바라보면 되는 것이었다. 자꾸 이렇게 전라도에 피해의 굴레를 씌우고 지역감정이라면 온통 전라도라는, 영호남이라는 생각을 하니까 그것이 지역감정이라는 관념을 견고하게 하고 있는 것이었다. 우리 나이 든 사람들이 오히려 지역감정을 전파하고 있는 것 같아 그 젊은 친구한테 참 미안하였다.

우리는 잠시 바람을 쐴 겸 밖에 나갔다가 로비로 들어왔다. 관부훼리의 아마유 호는 작은 배가 아니었다. 총 6백여 명 이상을 태울 수 있다고 했는데 우리가 갈 때는 채 300여 명이 되지 않았다. 주로 시모노세끼와 규수를 관광하는 사람들과 일부 일본인 보따리상이 대부분이었다. 우리는 잠을 자기 위해 객실로 들어갔다. 고스톱을 하는지 망통이니 피박이니 하는 소리가 꿈결처럼 들려왔다. 지역감정, 우리가 이번 여행을 계획한 것은 이런 것이 아니었는데 그 일본인의 한국인 비하에 대한 말을 듣고는 엉뚱한 데로 빠져버렸다.

이튿날부터 우리의 야마구치 여행은 시작되었다. 시모노세키 항의 인상은 역시 깨끗한 도시라는 것이었다. 수십 년 전이나 지금이나 똑같았다. 시모노세키에서 준비된 버스에 올라 죠후로 이동했다. 에도시대의 도시 구조와 건축물이 남아 있는 성하 마을을 걸었고 걸어서 단풍이 유명하다는 절인 코산지를 찾았다. 야마구치 시로 이동해서 루리코지 5층탑과 일본 최대 카르스트지형인 아키요시다이 공원과 카르스트 동굴인 슈호도 동굴을 걸었다. 다시 시모노세키로 와서 온천을 즐겼다. 거기까지의 여행은 대체로 만족스러웠다. 게다가 전라도 젊은 친구의 건전한 말 때문에 지역감정은 어쩌면 시간이 지나면 해결될 수도 있을 것 같다는 희망도 보았다. 그리고 3일째 되는 날은 후쿠오카로 건너와서 후쿠오카 시내 구경을 했다. 그렇게 야마구찌와 규슈 일본 여행을 마치고 우리는 다시 시모노세키로 건너와서 밤배를 탔다. 그러나 우리의 여행을 참으로 부끄럽게 한 것은 일본 선박인 하마유호를 타고 다시 부산으로 돌아올 때였다. 그날 따라 배편을 이용하는 사람이 무척 많았다. 선실을 꽈악 채웠다.

부산 가까이 다 와서 내리기 위해 줄을 섰을 때였다. 배를 이용하는 사람들은 대부분 부산 사람일 것이었다. 줄을 서지 않아도 되었는데도 한국 사람의 급한 성격 때문인지 조금이라도 먼저 내리기 위해 줄을 섰다. 갑자기 내리기 위해 줄을 섰던 사람들 간에 싸움이 일어나기 시작했다.

싸움의 발단은 자리싸움이었다. 방금 줄을 서 있다가 견디지 못하고 화장실을 다녀온 사람이 자기 자리로 돌아가려고 하자 이를 알지 못한 사람이 새치기를 하지 말라며 말했던 것이었다. 그냥 '죄송합니다' 하고 화장실을 다녀오는 바람에 그랬다면서 변명을 하면 되었을 일을 기분이 나빴는지 '어느 놈이야 여기 내 자리야 방금 화장실을 갔다 왔어' 하면서 소리를 내며 돌아보았다. '거 말 좀 곱게 허슈 듣는 사람이 거북합니다' 하는 소리가 나고 뭐라고 신경질적인 말투가 이어졌다. 한 1, 2분 정도 기다리면 다들 내릴 텐데 두 사람 모두 다혈질이어서 그럴까? 전형적인 일본인이 있듯이 전형적인 한국인 모습을 보고 있었다. 부끄러웠던 것은 소리가 나자 일본인 승무원들이 주욱 나와 보고 있는데도 말싸움이 그치지 않았다는 것이었다.

승무원들은 이런 일에 익숙한 듯 그냥 물끄러미 바라보고 있었다. 부끄러웠다.

"거, 그만 둡시다."

참을 수 없는지 누군가가 소리를 내자 그 다혈질적인 사내가 더 팽팽히 굴었다. 자기 자신이 무엇을 잘못하고 있는지 모르는 것 같았다. 말하던 사람들이 같잖은지 그만 두고 말았다. 그러면서도 대꾸를 하지 않자 다시 그 사람에게 시비조로 말하는 것이었다.

"쪽바리 같은 새끼가 무얼 믿고 까불고 있어, 당신 배때기는 철판 깔았어. 잘못하면 찔리는 수가 있어."

그 말에 모든 사람들이 금새 조용해졌다. 의기양양한 듯 그 친구는 몇번 쓰잘 데 없는 소리를 더 지르더니 대꾸하는 사람이 없자 저절로 사그라 들었다. 참 가관이었다. 일본인 승무원들은 우리의 이런 모습을 보고 무엇을 느끼고 있을까? 우리가 일본을 이야기하듯이 그들도 우리를 이야기할 것이었다. 우리가 1998년도 연초에 부관훼리로 일본을 여행했다 돌아올 때에도 오늘과 똑같은 일이 있었다. 그것도 역시 마지막 날 일본 시모노세키에서 부산으로 오는 부관훼리 길에서였다. 그때 한국인을 경멸하는 듯한 그들의 모습을 아직 잊을 수가 없었다.

'까불지 마, 느그가 그러니까 우리나라에 당한 거야.'

그러면서 더 어렸을 적 일도 생각났다. 60년대 중학교 1학년 기차 통학하던 무렵이던가 참 얼굴이 큰 바위 같고 그 더운 여름에 흰 모시 적삼을 입어 예사롭게 보이지 않던 노인이 세 사람씩 앉던 자리에 두 사람이 앉아 있기에 좀 같이 앉자고 하는데 젊은이가 친구 자리를 맡아놓았다며 자리를 양보하지 않았다. 그때 그 노인이 하던 말이 떠올랐다.

"우리나라가 이러다간 또 잡혀 먹어요. 젊은 사람들이 저렇게 자기 몸만 챙기려고 드니 나라 꼴이 제대로 흘러가겠어요?"

그런가 하면 그 무렵 사람들이 조그만 이익을 두고 서로 얼토당토않게 싸우는 모습을 보고 지나가는 사람들이 '조센징 할 수 있나'하는 숨찬 소리도 자주 들렸다. 그리고 보니까 또 고등학교 시절 교감 선생님이 하던 말도 떠올랐다.

"전쟁과 함께 수영 비행장을 만들 때 일입니다. 일꾼을 뽑아 놓았는데 도무지 진척이 되지 않더랍니다. 그래서 가보면 정말 열심히 일하는데 왜 이렇게 더디지, 저렇게 부지런히 일을 하면 벌써 끝났을 일을 아직 처음과도 다르지 않으니. 그래 이상해서 감독관인 미군이 몰래 살펴보았더니 이 사람들이 감독이 볼 때는 열심히 일을 하더랍니다. 그것도 자기가 얼마나 열심히 하고 있는지를 증명이라고도 하고 싶은지 옆 사람을 왜 그렇게 일을 못하냐는 되도 않는 말로 비난하면서, 그런데 감독이 사라지자 이번에는 하던 곡괭이를 집어던지며 담배를 꺼내 들고 하는 말이 '내가 이까짓 잡부 노릇이나 할 사람이야' 하더랍니다."

그 이후로도 미국인 감독이 하도 진척이 되지 않자,

"'너희가 그따위로 노니까 남의 식민지가 되고 전쟁이 난 거야.'"

하고 분노에 차서 하던 말을 잊을 수가 없다고 했다. 독립운동가였던 교감 선생님은 참 그들 노무자들이 밉다는 생각에 앞서 한국인으로서 슬프다는 생각이 났을 것 같았다. 수십여 년 전 우리 국민성이 아직도 그대로 남아 있는 것일까? 이게 국민성의 차이인 것일까? 이게 한국인인 것일까? 아니 내가 본 광경이 우연히 잘못된 부분만 보아서 그런 것일까? 우리나라 국민도 좋은 부분이 얼마나 많겠는가? 그러나 일본을 다녀올 때마다 그런 광경을 보게 되니 자연 그것이 우리의 모습이구나 하고 자조적으로 생각하게 되는 것이었다.

우리는 배에서 내리자마자 뿔뿔이 흩어졌다. 다음을 기약하지 않았다. 평소 같으면 같이 식사를 하며 여행에 대한 소소한 의견을 나누었겠지만 우리는 우리가 보았던 참혹한 광경에 입맛이 뚝 떨어져 서로가 건너뛰려고 하였다. 지하철을 타고 가면서 경로석 자리를 두고 니가 나이 많다느니 내가 나이 많다느니 따지는 꼴을 보는 것 같아 이번 여행 끝이 말이 아니었다.

가이드의 행복론

그 최악의 여행은 사천성 성도 국제공항에 내렸을 때부터였다.

"아니, 왜 이리 늦어, 뭐가 고장이야?"

너무 까다롭게 구는 중국 입국 심사 바람에 도저히 견디지 못하겠던지 선글라스를 낀 앞 사람이 투덜대었다. 단체 비자를 받고 온 터라 역시 나아가지 않는 줄에 대해 불평을 하고 싶었지만 모두가 참는 것이 역력했다. 그 것도 한쪽에서는 입국을 담당하는 직원이 손 지문이 컴퓨터에 뜨지 않는지 몇 번이나 지문기까지 왔다갔다가 손 위치를 정해주고, 다시 정해주고 했지만 여전히 지문이 뜨지 않는지 한참 동안 지켜보아야 했다.

"중국이 그렇지 뭐."

사람들은 기다리면서 불편함을 호소했지만 여전히 기계는 고쳐지지 않았고 다른 승객들이 다 나가고서야 빈 그곳으로 옮겨 입국 심사를 받을 수 있었다. 우리가 불평하는 소리를 들었음일까 괘씸해서인지 다른 여행객보다 더 꼼꼼히 하는 것 같았다. 캐리어를 엑스레이 검사대에 통과시킬 때도 역시 마찬가지였다. 조금이라도 의심스러운 것이 보이면 검시원이 달려와서 득달같이 캐리어를 열게 했다. 근 시간 여를 걸려 맨 나중에야 우리는 공항을 빠져나올 수 있었다. 그런데 나오자마자 또 가이드가 보이지 않았다. 사람들은 우왕좌왕하며 가이드를 찾았지만 십여 분 지나서야 가이드가 저쪽에서 헐레벌떡 뛰어오고 있었다.

"아니 가이드가 뭐 이려요?"

"가이드가 손님을 기다려야지 손님이 가이드를 기다려야 되겠어요?"

사람들은 한마디씩 했고 가이드는 연신 고개를 숙이며 사죄했다. 더욱 화를 나게 한 것은 자기가 늦은 이유를 전혀 말하고 있지 않는 것이었다. 그냥 죄송하다고만 하니 사람들은 분노가 더 치솟는 것 같았다.

어쨌든 우리는 버스를 탔고 어둔 저녁의 성도 모습을 차창으로 보았다. 그런데 버스를 타자마자 들려 오는 것은 뒤에서 두 사람 간의 기 싸움이었다. 이 여행까지 와서 기 싸움질이라니? 두 사람은 질 수 없다는 듯 사뭇 팽팽하였다. 그 처음은 서로에게서 느껴지는 아우라가 서로 만만찮았던 것에 있는 것 같았다. 나이라도 젊었으면 몰랐다. 나이를 먹을 만큼 먹은 두 사람이 그러니, 출발이 이러할진대 앞으로 4박 5일간의 여행이 쉽지 않을 것 같았다. 스트레스를 풀려고 온 여행이 오히려 스트레스를 받고 가는 것은 아닌지……

우리의 목표는 성도 최고의 관광지인 구채구와 황룡에 오르는 것이었다. 그런데 이것이 또 문제가 있었다. 구채구는 본 관광이었지만 황룡 관광은 옵션이었다. 가이드가 꼭 성도에 온 이상은 황룡과 구채구를 가보아야 한다고 했다. 황룡 옵션비가 150달러였다. 작은 돈이 아니었지만 가이드의 반쯤은 강압에 의해서 19명 전원이 참가하게 되었는데 그 중 두 명은 돈이 되지 않아 원가격에 포함된 마사지를 받지 않는다는 조건으로 황룡 관광에 동참하게 되었다. 가이드는 그만큼 옵션비를 받지 못하니 기분이 좋은 표정이 아니었다.

성도 호텔에서 1박을 하고 이튿날 아침 모닝구로 옮길 때였다. 어제 기싸움을 하던 두 사람이 누구보다 먼저 나와 우리의 편리를 봐주고 있었다. 구채구 호텔까지 가는데 6시간 이상 걸린다고 했다. 중간중간 휴식과 점심을 해야 했기 때문에 시간은 더 걸릴 것 같았다.

"예, 어서 와요."

한 사람이 먼저 와 뒤에 오는 사람들의 캐리어를 끌어주며 짐칸에 실을 수 있도록 도와 주었다. 이에 질세라 다른 한 사람도 그 못지 않게 캐리어를 끌어주며 편리를 봐주었다. 그리고 그들은 사람이 다 타는 것을 확인하고 서로 기세를 잡으려는 듯 나중에 타려고 티격태격하였다.

"어디서 오셨습니까?"

두 사람은 차에 타고서도 팽팽한 채 있다가 얼굴빛이 더 검은 사내가 먼저 물었다. 그러자 옆의 사내가 힐끗 바라보더니,

"창원에서 왔수다. 그런데 댁은?"

하고 말하였다.

"나, 고향이 전주요."

그 소리를 듣자 그 두 사람보다도 주위에 있는 우리가 더 조마조마하였다. 그들은 갈수록 팽팽했고 경쟁적으로 우리의 편의를 보아주었다. 이 두 사람이 특별히 싸우거나 또는 치고 받는 싸움 같은 것은 아니었다. 다만 그 두 사람이 나머지 17명의 사람들을 서로 자기 편에 두려고 하는 것 때문에 주변에 있는 사람들이 오히려 불편함을 느끼는 정도였다.

점심을 먹을 때였다. 각각 테이블에 앉은 두 사람은 호기롭게 맥주를 쏘았다. 나는 창원에서 왔다는 사람과 함께 앉았다. 말주변이 좋은 이 사람은 맥주 한 컵씩을 따르며 건배를 제의하였고 그때부터 좌중을 이끌어갔는데 현란한 말솜씨에 빨려 들어가지 않는 사람이 없었다.

"전세계의 조롱거리인 중국 화장실 문화의 현장이 바로 이 쓰촨성 아바현의 휴게소라는 것을 알고는 깜짝 놀랐어요. 일부러 가 보았어요. 변기 모양과 얼굴 가림막 이것이 바로 인터넷에 올려진 사진 바로 그 장소였던 거와 똑같았습니다. 나를 더 놀라게 하였던 것은 바로 그 컴퓨터에 올려있는 바로 그 화장실의 장소가 바로 머물렀던 곳의 화장실이라는 사실에 놀란 것이었습니다. 하하."

그러면서 그는 자기가 찍은 화장실 영상과 인터넷에 떠도는 중국 화장실을 보여주었는데 사람들은 보려고 하지 않았다.

"그걸 보고 무얼 생각하였습니까?"

"그냥 세상 사람들이 놀란 만큼 경악한 것이 아니라 그게 중국의 문화거니 하는 생각이 들더군요. 그냥 그것이 중국 문화다 하는, 중국 정부가 조금 신경 쓰면 돈이 얼마나 든다고 그까짓 화장실 하나 깨끗이 못하겠어요. 중국이 세계 제2위의 경제대국인데, 다만 이것이 중국 문화라서 그냥 그대로 두고 있다고 해야 하겠지요."

"세상 사람들이 비웃는 것 그런 문화도 있다는 것으로 생각하면 될 터인데 자신은 무얼 깨끗하다고 남의 문화를 비난하나요?"

"그렇지만 그것은 인간의 자존심이구 부끄러움의 문제일 거에요."

"그렇지 않아요. 본인이 괜찮다는데, 그리고 사회가 괜찮다는데, 무얼 남들이 나서 간섭을 하고 그래요. 다만 그들 스스로가 이렇게 하는 것에 부끄러움을 느낀다면 그때 고치면 되지요."

"남에게 피해를 주니까 그렇지요."

"외려 남이 이런 문화를 보고 그 나라, 그 지역의 문화를 느낀다고 생각해 봐요. 문화로서 다른 문화를 느낀다면 이번 여행도 나름 의미 있는 거라할 수 있지 않을까요?"

사람들은 몇 번 말이 더 오갔다. 사람들은 참 우스웠다. 우리보다 못하다고 여겨지는 것에 대해서는 꼬치꼬치 물고 늘어졌다. 마침 성도 공항에서의 일들도 있고 해서 사람들은 더욱 중국에 비판적이었다. 이런 화장실 문제가 국격을 떨어뜨리고 세계의 웃음거리가 되고 있다는 것이다. 중국을 조금 낮춰보는 경향도 있었다.

중국인의 게으름을 탓하는 경우도 있었다. 어쨌거나 이번 19명의 구채구 여행은 개방된 화장실이 아무리 문화라 하더라도 썩 기분 좋은 것이 아니라는 것에 일치했다. 처음부터 짜증스러웠는데, 무어라고 말할 수 없는 우울한 분위기가 갈수록 장막을 친 것처럼 더 무겁게 했다.

우리는 다시 버스에 올랐다. 시간이 좀 지나자 내 뒤에 앉은 사람들이 말하는 소리가 들려왔다.

"조카가 죽었어, 자살로. 누나에게 하나밖에 없는 딸이었는데 이게 무언가 이게 무언가, 조카가 어렸을 때 내 앞에서 귀여운 짓 하던 것을 떠올리면 지금도 주체치 못할 정도로 속이 시려. 아, 세상이 왜 이런가, 테스형 노래에 나오는 꼴이야, 결국 견딜 수 없어 구채구 여행을 온 거였어."

"아, 나도 그래. 왜 이런지 모르겠어. 우선 모든 게 풀리지 않아, 모든 게 싫고 가만 있어도 스트레스가 쌓이고 불안이 먹구름 되어 떠 있고 세상이 왜 그런지 모르겠어. 우울증이라도 오려는 건지 더욱이 주변에 들리는 것이 온통 짜증스런 일 뿐이니, 게다가 오기 전 전세 사기를 당했어. 조금 돈을 불려보겠다고 나선 것이, 괘씸한 놈, 작정하고 돈을 떼어먹을 생각을 하다니 그 생각을 하면 죽고 싶을 뿐이야."

"안돼, 안돼, 죽으면 안돼, 자살도 안돼."

갑자기 듣고 있던 옆 사내가 질겁을 했다. 살아남은 자의 고통이란 것이 얼마나 큰 것인지 절실히 느끼고 있었기 때문일까.

"죽긴 왜 죽어, 악착같이 살아야지. 나를 속인 놈 다시 한번 만나야지. 그리고 복수해야지."

"문제는 나뿐만이 아니라 나를 둘러싸고 있는 주변에도 문제가 있어. 온통 각자 도생, 온통 경쟁, 삶이 갈수록 팍팍해지고 재미없고 살고 싶은 생각이 없어져."

"아, 글쎄 왜 그런지 모르겠어. 그냥 사는 것이 재미없어. 만인의 만인에 대한 투쟁상태, 살아남기에 급급한 현실이 그냥 괴로울 뿐이야."

"그래도 죽기는 왜 죽어, 남은 사람들은 어쩌라구?"

"사랑하는 그 누군가를 잃고 남겨진 사람들이 힘들어하는 모습을 왜 모르냐 말이야?"

그 말을 끝으로 그들의 대화는 끊겼다. 문득 돌아보니 모두 잠을 자고 있었다. 그러나 마지막 자리에 앉은 두 사람은 여전히 팽팽했다. 잠도 자지 않는 것 같았다. 두 사람이 서로 빈틈을 보여주려 하지 않았다. 참 피곤하게 여행을 하는구나. 그까짓 것 고작 4박 5일인데 그 나이에 뭐가 지기 싫어 저렇게 피곤하게 앉아 있는지 그까짓 기가 무어라고, 그까짓 출신이 무어라고 불과 4일만 지나면 다시 한국행 비행기를 탈 것을.

구채구로 가는 중 처음 우리가 만난 것은 모니구였다. 모니구 입구에 내려 자가폭포까지 우리는 걸었다. 여기가 해발 3000미터 이상이라니 조금 숨이 가쁠 것도 같은데 전혀 별다른 것을 느끼지 못했다. 모니구를 중심으로 양쪽에 황룡 관광구와 구채구 관광구가 있어서 그런지 모니구는 별 주목을 받지 못하고 있었다.

우리는 모니구에서 자가폭포를 보고 이어 황룡으로 가기 위해 다시 버스에 올랐다. 그 사이에도 뒷자리의 두 사람은 피곤할 정도로 티격태격했다. 그 두 사람 때문에 우리보다 더 웃고 있는 것은 바로 가이드였다. 가이드가 해야 할 일을 이 두 사람이 대신 해주고 있으니 세상 편하게 가이드로서 최소한의 일만 하고 있었다.

모니구의 자가폭포를 보고 우리는 황룡을 올랐다. 황룡은 고산협곡지대를 의미했다. 높은 곳은 3800여 미터, 공기가 희박하고 걷는 걸음이 사흘을 잠 못 잔 병사들처럼 무거웠다. 해발이 높다 보니 머리도 아프고 숨도 가빠졌다. 액체산소와 공기 산소통을 사는 사람들도 있었지만 이까짓 것 못할까 싶어서 대부분의 사람들은 돈을 아꼈다. 모두 힘들다 힘들다 하면서도 황룡협곡의 끝에 있는 황룡사까지 죽을 둥 살 둥 모르고 올라가는데 비단 옵션비 150달러가 아까워서만은 아닌 것 같았다. 여지껏 내가 해왔던 내 체력의 한계가 어떠한지, 고작 사천 미터도 오르지 못하는 자신이라면 존재할 이유는 없다고 생각했는지 그 나이의 사람들이 정말 악착같이 오르고 있었다. 협곡의 끝에는 황룡사라는 절이 있었고 그 뒤로 여러 가지 색깔의 물이 염전처럼 갇혀 있었다. 지쳐서 걷는 데에만 신경쓰다가 별 감흥이 없이 올라왔다가 내려가는 것 같았다. 모두들 황룡보다 자신의 체력 한계가 어디까지 되는지에 의미를 두었다. 이 선생 역시 마찬가지였다. 지쳐 둘러볼 여유가 없었다.

이때도 두 사람은 서로 앞서거니 뒤서거니 하면서 가이드가 해야 할 일을 자신들이 했다. 낙오된 사람 하나가 있었는데 손수 그녀를 위해 가이드 역할을 자처하기도 했다. 힘들고 다리는 무겁고 머리는 아프고 말하고 싶어도 저절로 입이 다물어지는 극한 상황에서도 두 사람은 결코 이런 일에 상대에게 지지 않겠다는 작심을 했는지 가장 앞에 서서 선두를 이끌었고 또 한 사람은 뒤에서 지친 사람들을 챙겼다. 누가 더 그들을 제외한 우리 17명의 마음을 얻는가에 그들의 기 싸움은 끝날 것 같았다. 더욱이 두 사람은 영호남이라는 지역의 문제까지 있어서 그런지 물러설 수가 없다고 생각하고 있는 것 같았다. 그 바람에 편하긴 했지만 어느 때나 눈치를 본다는 것은 피곤한 일이었다. 참 그 사람들도, 이 여행에 와서까지 누구의 시중을 든다는 말인가?

그런데 사고가 터졌다. 황룡 끝까지 올라갔던 사람 중 아무리 기다려도 사람 둘이 나타나지 않았다. 황룡사까지 갔던 것은 확실했는데 내려오면서 길을 잃은 것인지 보이지 않는 것이었다. 그에 대한 가이드의 태도 역시 최악이었다.

"언젠가 내려오겠지요. 좀 기다려 봅시다."

전혀 걱정 않는 것이었다. 여하튼 내려오다 보면 언젠가는 주차장과 연결되게 마련이라는 것이었다. 그때 그에게서는 책임감이나 가이드로서의 역할, 이런 것을 볼 수 없었다. 모두 나이 든 사람들인데 이 척박한 곳에서 쓰러지면 어쩌려고 그러는지, 두 사람의 가이드는 별 걱정이 되지 않는 모양이었다. 그런데 이번에도 걱정을 하는 것은 그 기 싸움하던 두 사람들이었다. 그들은 꽤 단련된 사람들로서 그 나이에도 이런 험지에 익숙한 듯한 체력을 가지고 있었고 서로 다시 올라가 그 쳐진 사람들을 데리고 오려고 하였다. 그들을 좀 기다리면 내려오게 되어 있다면서 가이드가 말렸다.

그 쳐진 두 사람 때문에 시간이 지체되자 주차장에서 버스를 타고 있던 사람들 여기저기서 불평이 나왔다. 시간이 갈수록 그것은 더욱 목소리가 굵어졌다.

"그래도 좀 기다려 줍시다."

누군가 말했다.

"남 시간 귀한 줄 모르니까 하는 소리에요."

아주 키 작은 아줌마의 소리는 키답지 않게 단호했다. 사람들이 여자의 불평에 입을 닫고 있자 앞에 앉은 사람의 말이 새어 나왔다.

"이 앞에 내가 하남성 백석산을 다녀왔어요. 역시 그곳 고원지대를 다녀오는 옵션 상품이 있었는데 지금 황룡 계곡과 비교해보니 게임이 되지 않네요. 황룡은 인터넷에 3800미터 정도 되어 있던데 기록에 따라서는 4000미터가 정상이라고 되어 있어요. 내가 3800미터 고지까지 오르다니, 대단해요. 나 자신을 칭찬해주고 싶어요. 백두산 천지도 가보았는데 거기가 2744미터이니까 내 생애 최고 높은 곳까지 왔네요. 내일 간다는 구채구는 이 황룡보다는 낮다고 해요. 그렇지만 그 역시 높은 고원지대임은 틀림없어요."

"그런데 이 넓은 땅덩어리, 높은 지대인 사천성, 참 장개석도 무어가 부족해 공산군에 패했을까요? 이 사천성이 처음엔 장개석 편이었다고 하는데."

"모택동은 농민 편에서 토지개혁을 단행했어요. 그렇지만 장개석이는 농민들의 마음을 얻지 못했어요. 당시 중국에는 소작농이 훨씬 많았어요. 부자들 땅을 뺏어 농민들에게 나누어주니 농민들이 좋아하는 것 당연하지 않겠어요. 장개석은 여기서 밀렸어요."

"그래도 모택동 이후가 문제 아니었을까요? 문제는 공산주의 사상이어요. 적당히 일을 하면 돈이 나온다는 생각, 열심히 일하는 것 같지 않아요 경쟁도 없구."

"모르는 소리 하지 말아요. 지금 중국이 경쟁이 얼마나 치열한지 아서요. 아마 경쟁을 느끼지 못하는 사람들은 농민군, 나이 든 사람, 가난한 사람들일 거에요. 나머지 중국인들은 얼마나 치열하게 살고 있는지 몰라요. 우리나라 보다 더하면 더했지 못하지 않아요."

그때 오지 않던 두 사람이 시간 반이나 뒤쳐져 내려 왔다. 연신 미안하다는 이야기를 하였다. 지쳐서 한참 동안 앉아 있었다고 하였다. 사람들은 그들을 경멸의 눈초리로 바라보았다. 이번 팀은 이상했다. 나이 든 사람들이 대부분이었는데 공감, 배려, 이런 것이 눈에 띄지 않았다. 한국에서 분명 평범 이상의 자리에 있었던 사람들일 것 같은데 왜 이리 여유가 없는 것인지.

"저는 이런 현상을 보면 오히려 재미가 있던데 여행을 하면서 이런 일 저런 일이 자꾸 일어나 함께 온 여행자를 좀 괴롭히고 가이드에게 애를 좀 먹이고 우리도 같이 그 당사자가 되어 당황하고 초조해하고 당혹감을 함께 느낀다면 그것 또한 여행을 하는 재미 아닐까요. 여행을 많이 하다 보니 바로 그런 것이 오히려 중국의 독특한 광경을 사진에 담는 것보다 훨씬 재미가 있던데."

그런데 내가 사람들의 불편을 좀 완화시키려고 하던 그 말이 갑자기 사람들의 비난의 대상이 되었다.

"뭐 우리는 여행을 많이 안 다녀 본 줄 알아요. 제일 꼴볼견이 시간 안지키는 것이외다. 이게 뭐예요. 한 시간씩이나 사람을 버스에 가두어놓고 기다리게 하고."

"가이드가 똑똑하기라도 하나 버스 안에서 좀 재미가 있는 입담을 할 줄 아나. 재미있는 이야기, 구채구 이야기, 중국 이야기로 이 답답한 숨통을 죽여주면 좀 좋아. 자기네들끼리 앞에 앉아서 시끄럽게 중국말로 이야기 해대니 여행 맛이 나지 않네요."

가이드가 좀 들으라고 하는 소리였으나 그들은 콧방귀도 뀌지 않았다. 현지에서 옵션비를 거두어 운영해야 하는 열악한 환경에 있는 가이들에게 옵션비는 수입에 절대 중요했다. 워낙 옵션비를 거두지 못했을 뿐만 아니라 성도에서 이 가이드 짓 외에 별다른 일을 할 수 없었던 그들에게 옵션비는 수입에 절대 중요했다. 가이드는 아예 이번 팀에서는 건질 것이 없다고 보았는지 관심을 끄고 있는 것 같았다. 게다가 같은 조선족이라고 하면서 현지 가이드의 우리말 실력은 그냥 듣는 것이 스트레스일 정도였다.

그 두 사람의 늦음으로 인해 우리는 시간 여를 지체했고 구채구에 도착해 늦은 저녁을 먹었다. 한국인들이 대단하다는 것을 느낀 것은 그 구체구라는 골짜기에 한국인이 운영하는 식당이 있다는 것이었다. 한국인 사장최 씨는 매우 건강한 사람으로 구채구에서 꽤 큰 한국식당을 운영하고 있었다. 맛은 둘째치고 그 골짜기에 한국 식당이 있다는 것 자체가 놀라웠다. 그런데 신기한 것은 또 있었다. 전혀 맞지 않을 것 같던, 기 싸움을 하던 그 두 사람이 일치할 때가 있었다는 것이었다.

  거참 아무리 봐도 신통했다. 식사 후 차를 마실 때였다. 분위기를 압도하는 것은 그 두 사람이었다. 어쩌다가 해태와 롯데 이야기까지 나아갔는데 이들은 절대 양보하지 않았다. 롯데 해태 야구 이야기를 하는 것은 80년대 이야기였다. 그들은 그때의 이야기를 두고 한 치도 양보없는 설전을 벌이고 있는 것이었다. 그런데 그들에게 딱 일치되는 장면이 있었던 것이었다. 바로 박정희 대통령 이야기를 할 때였다. 그렇게 창과 방패를 거듭하던 사람들이 박정희 대통령 이야기가 나오자 정말 우습게도 서로의 기를 죽이고 칭찬을 마지않는 것이었다. 나중에는 두 분 다 눈물마저 흘리는 것이었다. 더욱이 그들 중 한 사람은 전주 사람이 아닌가!

  "누가 무어라 그래도 지금 이렇게 잘살게 된 것은 박 대통령 덕이에요."

  "맞아요, 그 신념, 그 비전, 우리도 한번 잘 살아보자, 우리도 할 수 있다. 수천 년래 가난을 이겨보자, 또 이렇게 살 것인가, 그 한 신념을 가지고 지금의 이 대한민국을 이룩한 것 아니겠어요."

  "감히 김영삼, 김대중 따위하고 비교하겠어요. 사사건건 경제에 발목을 잡던 사람들."

  "도무지 그들이 대통령으로서 무엇을 한 것인지 모르겠어요."

  "박 대통령을 독재자라고 욕하는 것을 보면 피가 끓어요. 우리 모두는 그

가난한 시대를 살아온 사람들 아닙니까? 아이구, 그 가난, 지긋지긋합니다. 그런 것도 모르고."

"맞아요. 직접 60, 70년대의 가난한 시대를 살아온 사람으로서 그 시대를 살아보지 않은 사람들이 그 시대를 함부로 평가하는 것을 보면 피가 끓어요. 그 당시 얼마나 가난에서 벗어나려고 국민들이 몸부림쳤는데, 이제 좀 살만하니까 무시하는 꼬락서니가 참. 개구리 올챙이적 생각 못한다는 말 꼭 그대로에요. 전형적인 한국 사람들의 트레이드마크 아니에요. 오죽 했기에 속담에도 나왔을까?"

"맞아요, 민주주의라는 것도 결국은 경제라는 바탕 위에서 이루어지는 것인데 지금 사람들이 가난이라는 것을 알겠어요."

듣는 우리는 좀 의아했다. 서로 반대할 것 같던 두 사람이, 지역적으로 다른 두 사람이 박정희라는 인물 앞에서 그냥 공감을 하고 있는 것이었다. 우리는 그 두 사람이 박 대통령 이야기를 하면서 사이가 풀어지는가 했다. 그러나 어딜, 그 두 사람은 또 무슨 말을 한 건지 서로 지지 않고 싸우는데 그것이 진짜 칼만 안들었지 서로 날카로운 말 칼을 들고 있는 것과 다름 없었다. 팽팽했다. 식사 후 식당에서 호텔까지 가는 길이 만만치 않았다. 버스를 탄 사람 중에서 가이드가 말이 없자 문득 누군가가 가이드 자신을 소개하라고 윽박질렀다.

"가이드님, 여지껏 가이드 자신에 대한 소개가 없었잖아요. 한번 시원하게 자신을 소개해 봐요. 아까 뭐 밖에 나오면 다 총각이라고 하던데 그 놈의 총각은 몇 번이나 총각인가?"

"나중 마지막 날 공항으로 가는 길에 소개해 드릴게요. 내일 일정을 말하겠습니다. 내일 역시 빠듯합니다. 시간은 오늘보다 한 시간 늦은 8시로 하겠고 복잡하기 때문에 구채구에 일찍 가는 것으로 하겠습니다."

그것으로 역시 가이드의 말은 끝났다. 가이드의 사무적인 말투며 사람들은 마음이 거슬렸지만 그렇다고 가이드의 기분에 놀아날 정도의 나이들이 아니었기 때문에 크게 신경 쓰는 눈치는 아니었다. 성도 구채구 여행은 모니구와 황룡 계곡, 그리고 구채구 이 세 가지를 보고 오는 것이 중심이었다. 성도 시내 자체에도 많은 관광지가 있을 거라고 생각했지만 시내 구경은 이번 여행의 목표가 아니었다.

다음날 이번 여행의 핵심인 구채구를 가는데 역시 우리는 또다시 최악의 경험을 하지 않으면 안되었다. 그것은 버스에 타자마자 시작되었다. 맨 뒷자리에 앉았던 사람들이 차에 타자마자 또 싸우기 시작하는 것이었다. 이번에는 모두 야크 고기를 먹는 시간을 갖도록 하자는 쪽과 또 한 사람은 그것 비용이 드는 일이니 그냥 원하는 사람만 하도록 하자는 문제를 두고 두 사람이 서로 싸우고 있었다. 야크 고기 먹는 체험은 옵션 상품으로 우리가 너무 옵션에 관심을 두지 않자 가이드 처지가 딱하기도 하고 해서 한번 몰아주자고 누군가가 이 두 사람 중 한 사람에게 말한 것이었다.

"같이 한번 전체적으로 모이는 것도 좋지 않겠습니까?"

"그래도 싫어하는 사람들, 고기 먹기를 원하지 않는 사람들, 소화력이 약해 저녁을 먹지 않는 사람들도 있을 텐데 그런 사람까지 넣어서 한다는 것은 이상하지 않아요?"

"그래도 전체적으로 우리가 모인 적이 있습니까, 한번 비용 씁시다."

한쪽은 자꾸 같이 하자 하고 다른 한쪽은 같이 하지 말자고 하고 이후에도 또 듣기 싫은 궁시렁거리는 소리가 구채구에 닿을 때까지 미지근하게 이어졌다. 결국 먹고 싶은 사람, 야크 고기 체험할 사람만 하는 것으로 결론이 났다. 오늘도 날씨 탓인가 기분마저 우울하고 구부정했다.

일찍 출발했는데 역시 구채구 입구에 도착해보니 엄청난 수의 사람들이 모여 있었다. 용케 우리는 기다리지 않고 구채구를 오르는 셔틀버스에 오를 수 있었다. 구채구는 양쪽에서 물이 흘러 내려왔고 그것이 중간에서 합쳐져 만나 흐르는 꼴이었다. 장가계가 산의 나라라면 구채구는 물의 나라였다. 구채구는 설산에서 눈이 녹은 물이 계곡을 따라 내려 오는 형세로서 여러 방향에서 볼 수 있지만 제일 위에서부터 내려오면서 차례대로 물이 고인 것을 보는 방법이 좋을 것 같아 우리는 먼저 명칭이 있는 적국해, 판다해, 오화해, 진주탄 폭포 등을 구경했다. 보아도 보아도 폭포는 물리지 않았다. 눈맛이 별사탕 맛이었다.

그런데 누가 사고여행 아니랄까 봐 역시 이번에도 작지 않은 사건이 있었다. 같이 갔던 관광객 한 사람이 보이지 않는 것이었다. 여지껏 우리는 구채구의 물에 놀라서 전혀 사람을 인식 못하고 있었던 것이다. 귀신 곡할 노릇이었다. 구채구 입구까지 왔을 땐 분명 보았다. 그런데 같은 버스를 타지 않았음인지 일체 그를 볼 수 없었다. 그 바람에 관람은 지체되었다. 그 사람을 기다리느라 지체도 하고 짜증도 내고 불만도 많았다. 이게 뭐냐고 이 구경까지 와서 남의 일 때문에 또 이렇게 신경 써도 되는 거야.

"참, 그 사람은 어디 간 거야?"

"가이드는 뭐 허수아비를 세워 놓은 거야, 사람 좀 잘 가이드하라고 세워 놓은 거 아냐."

가이드는 비난을 듣자 짜증도 나고 화도 났지만 어쩔 수 없는지 화는 내지 못하고 속으로 꾹꾹 참는 모습이 역력하였다. 혼자서는 똥 좀 탔으리라. 황룡 때와는 좀 다른 모습이었다. 황룡 때와는 달리 어디 갔을까 싶어 유심히 쏟아지는 관광객을 흩어보기도 하고 전화도 걸어보기도 하지만 그 구채구 골짜기에서 전화가 터질 리 만무였다. 앞의 두 사람은 이런 일은 적극적으로 자신들이 해결해야 하는 일이라는 것처럼 가이드 못지않게 이리저리 움직이며 찾아 보았지만 핸드폰은 터지지 않고 관광객은 수시로 쏟아지는 상황에서 어쩌지 못하고 있었다. 그러다가 잠시 휴대폰이 터진 적이 있었는데,

"아니, 어떻게 된 거예요?"

가이드의 목소리가 커졌다.

"버스를 서로 어긋나게 타게 된 것 같아요. 그대로 진행하세요. 저는 그대로 셔틀버스를 타고 가면서 나름대로 관광할 테니까."

그래놓고 또 더 이상은 말이 통하지 않았다. 또 터지지 않는 것이었다.

사람들은 다시 구채구의 여러 해와 폭포를 보았고 제일 절정인 진주탄 폭포까지 왔다. 灘이란 강이나 바다 따위의 바닥이 얕거나 폭이 좁아 물살이 세게 흐르는 곳을 말한다. 우리말로 여울이었다. 갑자기 좁게 흐르는 모양이 진주처럼 영롱했기 때문에 그런 이름이 붙은 것이라고 했다.

이번 여행은 구채구가 중심이었다. 황룡이 더 낫다고 하는 사람도 있고 구채구가 좋다고 하는 사람도 있지만 역시 물의 도시인 구채구가 압권이었다. 중국에서도 구채구는 별 다섯의 관광구였다. 물의 도시 구채구에서 몇 년 지내다 보면 모든 근심 걱정이 사라질 것 같았다. 사람들은 구채구에 와서는 구채구의 맑은 공기와 풍부한 물속에다 근심, 걱정, 나약함, 병듦, 외로움 모든 것을 털어놓고 구채구를 나설 때는 순수한 상태가 되어 나가는 것 같았다. 순간적으로 이것이 구채구를 방문하는 이유겠구나 하는 생각을 했다. 우람한 삼림과 멀리 잠깐 보였던 설산, 높은 해발에서 오는 맑은 햇빛, 거듭거듭 오길 참 잘했다는 생각이 들었다. 물론 처음 공항에서부터 짜증이 겹친 일도 있었지만 구채구는 그 모든 불만에도 불구하고 내 눈을 시원하게 터주고 있었다. 그렇게 이번 여행의 하이라이트인 구채구 여행을 마쳤다.

다음날 성도로 오는 길에서 우리는 당나라 공주가 티벳으로 시집을 왔다는 고사가 있는 옛이름이 송주인 송판에 와서 잠시 쉬었다. 이 송판에 우리 한국인이 운영하는 식당이 있다는 소식을 들으니 거 또 반가웠다. 한국인의 등장은 어디까지인가 하는 생각에 또 우리나라의 위대함을 느꼈다. 젊은이들은 조국을 비하하지만 코리아, 참 대단한 나라였다. 이 먼 땅에 한국 사람이라니, 그것도 그 한국 식당을 운영하는 여인이 이 송판까지 오게 된 사연을 듣고는 놀라지 않을 수 없었다. 여행 중 우연히 만났던 한 중국인을 찾아 여인은 먼 이 송판까지 온 것이었다. 사랑의 힘이 크긴 크구나, 친정인 경주서 여기가 어딘데. 현대판 당나라 공주였다.

우리는 1933년 사천성의 지진 사태 때 중심 피해지였던 접계해자疊溪垓字에서도 잠시 머물렀다. 접계해자는 지진으로 인해 마을이 가라앉고 그 자리에 물이 고여 호수가 된 곳이었다. 돈벌이는 어느 곳에서도 있어서 여기에서는 야크를 타고 사진 찍는 것이 그 한 방법이었다. 야크를 가까이서 볼 수 있었다는 것이 큰 매력이었다. 우리는 또 제법 구채구에서만큼은 큰 마을인 문천시를 지나왔는데 이 문천시가 바로 2008년 그 유명했던 강도 7.9의 강진이 있었던 비운의 장소였다. 좀 내려서 보고 걷고 싶었는데 버스는 그냥 달렸다. 아마 관광객들에게 그 당시의 아픔을 보여주고 싶진 않았던 모양이었다. 지진 당시의 모습을 기록한 기념관이 이 골짜기에서 가장 화려하게 서 있었다.

19명 중 야크 고기 파티에 참석하지 않기로 한 사람은 나를 비롯 모두 여섯이었다. 우리 여섯 명은 따로 모여 저녁을 먹었다. 음식을 먹으면서 온갖 소리가 다 나왔다. 게다가 가이드까지 없으니 가이드에 대한 불만도 서슴지 않았다.

"그런데 내가 중국어 좀 아는데 자기네들이 앞에 앉아서 하는 말 품새를 보니 꼭 중국 밑바닥 말투 그대로야. 온갖 욕이야. 중국어로 말하면 우리가 못알아듣는 줄 아는 모양이지. 은근히 자기 마누라 자랑도 하는 걸 보면, 그래도 사는 것은 괜찮게 사는 모양이야."

"그래 조선족 잘 살아야지, 다른 중국인에 비해."

"이번 가이드 기분이 좀 나빴던 모양이지, 말하는 것이 격이 떨어져, 못배운 걸 티 내는 것인지."

"자기들이 원하는 만큼 옵션 들어주지 않으니 기분이 나겠어?"

"자식들 돈을 너무 밝히는 것 같아."

"그래도 나쁜 면으로 댓글 달릴까 봐 신경 쓰는 것 같던데, 은근히 댓글 달 만한 사람들에 대해서는 잘 해주더라고."

"그게 바로 당신 아녜요. 내가 봐도 딱 그렇게 보이던데."

"아, 나, 그렇게 댓글 달 만큼 꼼꼼한 사람 아녜요. 그냥 되면 되는 대로 안되면 안되는 대로 살아가는 사람이에요."

"우리 선생님은 어디 사세요?"

"저는 문래동인데."

"저는 노량진."

"성북구에 있어요."

"모두 서울 사시네. 그런 것도 모르고, 하시는 일은?"

"자영업."

"작은 인테리어 사업."

"은퇴했습니다. 공무원으로 있다가."

또 한 사람은 한참만에 자영업이에요 했다. 모두들 다 속이고 있었다. 그들에게서 풍겨나오는 것이 결코 그런 자영업 정도가 아닐 것 같았다. 모두 중산층 이상일 것 같은데 모두 자신을 낮추어 말하고 있었다.

이런저런 이야기를 하다가 어떻게 된 셈인지 새만금 잼버리 이야기가 나왔다.

"이번 잼버리는 완전 정부 책임이에요. 그래놓고 무조건 지방정부 탓을 하다니?"

별로 말을 하지 않고 있던 내 옆에 앉아 있는 인테리어를 한다는 남자가 뜬금없이 말을 했다. 왜 그런 말을 했는지, 그런 말이 이 자리에서 어울릴 말도 아니었다. 그런데 그는 갑자기 그런 말을 툭 던진 것이었다. 아마 모든 것을 떠나 그는 윤석렬 정부에 대해 무척 불만을 갖고 있는 것 같았다. 그에 대한 관심 여부를 떠나서 나는 왜 정부 책임인지 좀 구체적으로 말해주었으면 싶었는데 그는 그 말 밖에는 없었다. 그러자 맞은편 고위 공직자 출신의 공무원이 반박하기 시작했다.

"많은 사람들이 궁금해 하는 것은 여태껏 지방정부는 무얼 했느냐는 것이에요. 결론적으로 말하면 전라북도는 새만금 사업을 위해 잼버리 대회를 끌어들인 거에요. 애초 전라북도는 잼버리에 관심이 없었어요. 그런데 문제가 터지고 나니까 지방정부는 책임을 중앙정부에 돌렸어요. 모든 것을 정부가 해결해 주었어야 했어요. 애꿎게 일은 지방정부가 저질러 놓고 그 뒷처리는 또 정부가 하고, 국격이 얼마나 떨어졌겠어요. 앞으로 전라북도에는 결코 세계적인 사업을 주지 말아야 해요. 그것이 국정을 다스리는 올바른 태도라고 생각해요. 이렇게 나라를 망신시켜놓고. 나는 부산의 엑스포가 유치되지 못한 것도 잼버리 영향이 컸다고 생각해요. 잼버리 하나 제대로 못하는 나라에게 어떻게 세계적인 엑스포를 맡기겠어요."

공직생활을 오래 해서 그런지 그는 근거 있고 책임 관계 분명하게 말하였다. 그런 한편으로 나는 왜 정부 책임인지 옆의 사내가 반박의 소리를 한번 해주면 좋겠다고 생각했지만 그는 아무 말이 없었다. 다만 작은 소리로

'정부 책임이야' 하고 식식거릴 뿐이었다. 딱했다. 주장을 했으면 근거를 대고 반박을 해야지, 왜 알지도 못하면서 함부로 말하는 것인지 입 다물고 있으면 중간은 가지. 사람들은 누구의 편도 들지 않았다. 그러나 속으로는 누가 맞는지 다 알고 있었다. 괜히 이런 일에 빠지고 싶지 않은 누구보다도 익숙해 있는 행동이었다. 어딜 가나 지역적인 시각이 있었다.

그런데 웃기는 일이 있었다. 우리가 공항으로 가기 위해 캐리어를 끌고 호텔 로비로 나오려는데 그 싸우던 두 사람 중 한 사람이 해병대 복장을 하고 나온 것이었다. 아마 이 옷을 입고 나온 것은 마지막 날에 기어오르는 상대의 기를 좀 뽑아 놓자는 의미에서 일 것이었다. 해병대 옷을 입고 선글라스를 쓴 그 모습은 카리스마가 넘쳐 보였다. 보는 사람마다 모두가 참 멋있다, 카리스마 있다, 멋지다 한 마디씩 했다. 그때였다. 그 제복을 입은 사람 앞에 갑자기 그 팽팽하게 기 싸움을 하던 두 번 다시 보지 않을 것 같던 사람이 다가와서,

"아니, 해병대 출신이십니까?"

하고 놀란 듯이 손을 잡으며 물었다. 제복을 입은 사람은 뚱한 표정으로 다소는 깔보는 듯한 태도로,

"그렇소. 내레 해병대 출신이우다."

하고 다소 거만하게 말했다.

"아, 몇 기이십니까? 저 역시 해병대 출신입니다."

"15x기입니다."

그러자 상대도 놀라는 표정이었다."

"15x기입니다."

"아, 선배님, 몰라뵈었습니다."

순간 두 사람은 서로 얼싸안으며 이 먼 곳에서 이렇게 해병대 출신을 만

나게 된 것이 보통 인연이 아니라면서 손을 잡고 흔들었다. 이제껏 기 싸움을 하며 사람들에게 불편할 정도로 보였던 것은 어디 가고 마치 죽었던 전우가 살아 돌아온 것처럼 서로가 반가워하였다. 그것도 1기 차이에 지나지 않았다. 그 모습을 보고 사람들은 모두 다 웃었다. 바로 몇 분 전까지 그렇게 기 싸움을 하던 영호남 갈등의 표본처럼 보였던 것이 일순간에 사라지는 것이었다. 해병대는 확실히 힘이 세었다. 제복은 확실히 제 구실을 하고 있었다.

공항으로 가는 버스 안에서 어제 약속대로 가이드가 자신을 소개하였다.

"하얼빈에서 태어난 교포 3세입니다. 집안이 가난해서 중학교까지 밖에 못해 보았고 이후로는 안해본 일이 없을 정도로 잡일을 하면서 살았습니다. 처음 해본 일이 하얼빈의 신발공장이었는데 거기서 몇 년간을 그렇게 살았습니다. 그 이후로 술집, 술도가, 건설 현장 그런 곳을 전전하다가 이래서는 안되겠다고 생각해 장가나 가볼까 싶어 성도로 오게 되었습니다. 성도는 예로부터 남자를 떠받들어 주는 곳이라는 소문이 있었기 때문이었습니다. 성도가 큰 산들이 둘러싸여 있어 이곳을 한 번 빠져나가면 다시 들어오기 힘들었기 때문에 그런 소문이 난 것 같습니다. 배움이 짧아서 여기서도 좋은 회사는 다니지 못하고 밑바닥 인생을 헤매게 되다가 아내를 만났습니다. 아내를 만나게 되고부터 구채구 가이드 생활을 하게 되었습니다. 아내는 저와 달리 똑똑하고 사무실에서 위치도 있어서 저는 신분 상승한 꼴이 되었습니다. 아들을 두고 있고 아파트도 마련해서 지금은 행복하게 살고 있습니다. 그동안 저로 인해 불편하신 점이 있었다면 사과 말씀 드리겠습니다. 돌아가시거들랑 부디 건강하시기를 바랍니다."

가이드는 불성실했던 것이 미안했던지 아니면 동정을 구하려던 것인지 조금은 우리들 감정에 호소하는 것처럼 말하였다. 그것은 능숙한, 노회한

가이드만이 할 수 있는 말이었다. 사실 불편을 느꼈다고는 하지만 그것은 우리가 느낀 것이었지 가이드는 가이드로서 넘치지 않게 해왔던 것이었다. 이어 옆에 앉은 현지 가이드도 일어나 간단히 인사를 했다. 그 친구는 조선족이라고는 하지만 말을 알아듣기가 쉽지 않았다. 그 바람에 사람들은 그의 말을 듣는 둥 마는 둥 소란스럽게 떠들었지만 그러나 앞에 앉은 나는 뚜렷이 들을 수 있었다. 이번 여행의 압권이었다.

"네, 희망은 말라버리고 절망은 득시글거리고 돈 걱정, 자식 걱정, 그나마 다 털고 나니 이제는 쑤시고, 아프고, 서럽고, 외롭고, 자식 생각하니 불쌍하기도 하고, 그러다 보니 이대로 저 꼴 보지 않고 빨리 죽고 싶은 생각도 들고, 지금껏 우리 사장님들, 부모님들께서 해오신 걱정 저 역시 가지고 있습니다. 그런데 어제 지나오셨던 문천시를 보셨지요. 지난 사천 지진 사태의 참혹한 바로 그 현장 말입니다. 저도 그때 문천 시에 있었습니다. 문천시에서 불과 4백여 미터쯤 떨어진 곳에서 가이드 노릇을 하고 있을 때였는데 앞에서 지진이 일어나는 것을 직접 목격했습니다. 지진이 일어나 산이 무너져 내리는 것도 보았고요, 먼지가 뽀얗게 일고 땅이 흔들리는 것도 느꼈습니다. 눈앞에서 사람이 죽어가는 것도 보았습니다. 산사태로 집이 몽땅 묻혀지는 것도 보았습니다. 처참했습니다. 지진이 나니까 관광객이고 뭐고 없었습니다. 우선 나부터 살아야겠다는 생각을 하였습니다. 다행히 우리가 있는 곳까지는 산사태가 일어나지 않았습니다. 그때 지진을 눈앞에서 겪고 나니 지금껏 제가 살아오면서 느꼈던 불행이라는 것이, 제가 했던 돈 걱정, 자식 걱정, 죽고 싶은 생각이 들고 우울증 걸릴 것 같고 스트레스 받고 하는 것들이 얼마나 행복한 것이었는지를 깨닫게 되었습니다.

공항이 다가옵니다. 한국에 돌아가서는 또 건강한 활기찬 인생을 살아가시기 바랍니다. 4박 5일 동안 여러분을 모시고 행복했습니다."

우리는 모두 박수를 쳤다. 우리는 인천행 사천 항공 비행기를 탔고 곧 나는 비행기에서 제공하는 사천산 캔맥주를 먹을 생각에 기분이 좋았다.

조선족 가이드

김제동의 강연료가 90분에 1,500만 원에 이른다는 신문기사를 보았을 때 진호는 놀라움을 금치 못했다. 그리고 그 다음은 헛웃음이 나왔다. 1,500만 원의 돈은 자기가 반년을 일해야 겨우 받을 수 있는 돈이었기 때문이었다. 반년을 꼬박 일해야 받을 수 있는 돈을 한 개그맨이 단 1시간 반 만에 벌 수 있다니? 진호는 별난 세상 그럴 수도 있다는 생각이 들면서도 무언가 억울하다는 생각이 들었다.

　그러면서도 혹 김제동의 강연이 그만한 가치가 있는 것일까 싶어 그 강연의 내용을 알음알음으로 알아보았다. 그럴듯한 내용이지만 보편적인 가치를 무시한 자기 생각, 자기 변명이라는 것이 한결같은 느낌이었다. 차라리 저 돈을 주고 세계 곳곳에서 활동하고 있는 똑똑한 우리의 여행 가이드들을 강단에 세웠더라면…… 그랬다면 그것은 우리에게 보다 유익했을 것이라고 생각했다. 왜냐하면 가이드들은 최일선에서 뛰고 있는 우리나라의 훌륭한 민간외교관이기 때문이다. 그들은 아는 것도 많았다. 그리고 실제로 바깥에서 바라보는, 우리가 모르는 우리의 삶과 직결된 적잖은 지식을 가지고 있었다. 만일 그들이 가진 지식을 강연이나 유튜브 등을 통해 우리가 소유할 수 있다면 우리는 우리 자신을 한층 객관적으로 바라볼 수 있고 인생에 대한 차원 높은 비전도 꿈꿀 수 있을 것이라고 생각했다. 가성비를 따져보아도 그게 훨씬 남는 강연일 것이었다. 그때 그 조선족 태산 가이드(물론 그가 중국인이기는 하지만)만 해도 그랬다.

여행의 시작은 청도를 경유하는 태산 여행이었다. 진호는 또다시 감탄했다. 청도를 한 해 전에 보았던 진호는 변해버린 청도의 모습에 그냥 어안이 벙벙할 뿐이었다. 중국이란 나라가 머지않아 세계를 제패할 수도 있겠구나 하고 중국 예찬론마저 들었다. 저런 변화의 원동력이 무엇일까? 진호는 일전에 와본 도시였기 때문에 그다지 감흥이 있을 줄 몰랐는데 웬걸 변해도 너무 변해 있었다. 대단한 나라구나. 중국을 몇 번 와보았지만 와볼수록 신비한 나라였다.

그날 저녁 청도 여행을 마치고 태산이 있는 태안泰安으로 가는 열차 안에서 가이드와 서로 마주 앉게 되었다. 가이드는 알고 보니 동년배였다. 그래서 그런 것인지 통하는 것이 있었다. 화제는 자연 서로가 청년이었으므로 주로 우리의 관심 문제를 나누었다.

"중국에서도 요즘 실업문제가 예사롭지 않지요? 대학생은 넘쳐나는데 일자리는 없고."

"그렇기는한데 중국에선 일자리가 없는 것이 아니라 눈이 높아진 거죠. 그만큼 대학 나온 애들이 쏟아져나오니까 좋은 일자리가 아니면 가려고 들지 않지요. 세계 어느 나라나 마찬가지 일거예요. 특히 공무원은 중국에서 공산당원들만이 갈 수 있는 선호하는 자리예요. 공산당원이 13억 인구 중에 9천1백만 명 정도 되는데, 요즘 공산당원 되기가 얼마나 힘든지 대학을 졸업하면서 당원이 되는 경우는 불과 1퍼센트에 불과할 뿐이에요. 그만큼

당원되기가 어려워요. 옛날엔 대학을 나오면 거의 공산당원증을 주었다고 하는데 공무원이 되는 길이 1차적으로 공산당원이 되어야 하는 만큼 치열해요. 당심도 강해야 하고 능력도 뛰어나야 하고 그 모든 것을 보여줄 수 있어야 하죠."

우리는 서로가 젊다는 것에 의기투합했고 자연 우리 청년 문제로 화제를 이어갔다.

"그만큼 우리 시대의 문제가 무엇인지 잘 나타내고 있는 것이라 할 수 있지요. 그것에 맞추어 대학의 강의도 변하고 있어요. 대학 본래의 사명보다 필요한 것만 배우려고 들고, 필요한 것만 가르치려는 실용지향적인 교육이 되고 있어요. 시대와 세월에 따라 학생들의 요구가 변하고 그들의 요구에 맞추어 대학도 변하지요."

"그러니까 결과중심적이에요. 그 목표가 원래 원대한 것이었으면 좋겠는데 대부분 그렇지 못하고 바로 먹고 사는 문제에 귀결되고 있다는 것이 참 가슴 아픈 일이지요."

"글쎄, 어쩔 수 없는 일 아니겠어요?"

"아마 경쟁 때문이 아닌가도 해요. 한국은 좁은 땅덩어리에 인구는 많지, 그러다보니 젊은이들은 조금의 불공정도 인정치 못하지요. 똑같은 선에서 출발하지 않는 것을 견딜 수 없어 하는 것이에요."

"중국 젊은이도 마찬가지에요. 중국은 인구가 많으니까 더할지도 모르지요. 특히 중국의 수천만이 몰려 있는 큰 도시의 경우는 경쟁이 치열해서 조금의 불리도, 불공정도 인정치 못해요."

"그러다보니 실력 보다 규정에 맞는 사람, 형식에 맞는 사람을 뽑으려다보니 평가 기준도 그렇게 만들고 있지 않는가 해요."

"일탈 성공의 인간보다 형식 규정에 맞는 일반인을 회사에서나 나라에서

나 요구하는 것 같습니다. 공정公正을 중요시하다 보니 형식을 생각 안 할 수 없고, 또 사람들은 성공보다는 살아남는 것이 중요하다고 생각하게 되지요."

"자꾸만 본질보다는 현상에 치중하게 되고 규정에 맞는지 맞지 않는지 따지게 되고 나 아닌 모두를 경쟁 상대로 보게 되고 그러다보니 인생이 삭막해지고 유치해지고, 산다는 것이 행복이 아니라 죽지 못해 살게 된다고 생각하는 것 같아요."

"저 역시 마찬가지입니다. 태생적 한계는 있지만 그래도 태어나서 남들에게 밀릴 수 없는 거지요. 그래서 지지 않으려고 발버둥치고 있습니다."

"저를 비롯 우리 요즘의 젊은이들이 갖는 한계라고 생각해요. 어쩔 수 없는 것 아닐까요?"

"한국이나 중국이나 그 많은 직업 중 공무원을 선호한다는 것은 좀 젊은이답지 않다는 생각이 듭니다. 치열한 경쟁사회에서 어쩔 수 없는 것이라고 하지만 우수한 학생들이 좀더 원대한 꿈을 가지고 다른 일을 해주었으면 하는 것이 국가가 바라는 것이겠지요. 물론 이 모든 것이 경쟁이라는 구도를 양어깨에 짊어지고 있어 어쩔 수 없는 것이라고는 생각하지만."

"짧고 굵게가 아니라 가늘고 길게, 현대의 젊은이가 가지는 생존방식이라 할 수 있지요. 우스운 것은 아주 작은 것의 불리에도 견딜 수 없어 한다는 것입니다. 이 사회에는 어떤 형태로든 행운이라고 여겨지는 것이 있는데 그 남의 행운을 못견디어 한다는 거지요. 왜 내가 버스에 먼저 탔는데 왜 네가 먼저 그 자리를 앉느냐는 나중에는 그런 문제로 싸우게 될지도 모른다는 생각이 들거든요."

"그런 면에서 중국은 좀 덜한 것 같은데 중국의 현재 청년들은 결코 남의 행운을 적어도 배 아파 하지는 않아요. 그리고 정당한 불리, 행운 등은 인정해요. 예를 들면 공산당원이라는 이유로 먼저 채용되는 것 말이죠. 왜냐면 그가 공산당원이 되기 위해 얼마나 노력했는가를 알기 때문이죠."

"과거 어른들의 훈계나 그들 시대의 아픔, 고난 같은 것을 듣는 것을 싫어하는 것도 모든 중국이나 한국 젊은이들이 갖는 공통된 성격일 거예요."

그날 태안에서 하룻밤 묵고 이틀날 우리는 태산 정복에 나섰다. 진호는 가이드와 함께 태산을 오르면서 젊다는 점에서 동류의식을 느꼈는지 또다시 이야기하게 되었다.

"홍콩 사태에 대해 어떻게 생각해요. 우리 가이드님은?"

진호는 가이드가 자기 또래여서 부담 없이 말을 던질 수 있었다.

"네, 저는 조선족입니다만 동시에 중국인이기도 합니다. 홍콩 사태는 조만간에 정리될 것으로 알고 있습니다."

"왜 그렇게 생각하십니까?"

"국가의 정책에 방해하는 세력을 물리치는 것은 정부가 해야 할 일이라고 생각하기 때문입니다."

"세계 언론에서는 홍콩의 민주화라고 떠들던데요."

"그것이 가능하겠습니까? 홍콩이 중국을 너무 가볍게 보고 있는 것 같습니다. 홍콩은 분명 중국의 일원일 뿐입니다. 나라의 정책에 반대하는 무리에게 우리가 할 수 있는 것은 우리는 그들을 응징할 힘을 가지고 있다는 것을 보여주는 것입니다. 홍콩 시민들이 부디 불행을 당하지 않도록 현명한 판단을 했으면 싶습니다."

"그래도 시민들의 주장이 있을 텐데 그 주장을 받아들이지 않고 힘으로 밀어버리면 되겠습니까?"

"이미 그들의 주장을 들어줄 만큼 들어주었습니다. 그런데도 저들은 도를 지나치고 있습니다. 중국이 그들을 쉽게 놓아주겠습니까? 공산주의로 무장한 국민들은 모두 홍콩 사태를 그렇게 대단한 것으로 보고 있지는 않습니다. 중국이란 거대한 대륙에 홍콩은 일개 달걀만도 안되는 크기의 존재입니다. 불과 천만도 안되는 도시가 13억의 거대한 중국을 상대로 싸우다니…… 그런 것을 적절히 제압하지 못한다면 중국이라고 할 수가 없지요. 중국은 중국 나름의 특성을 가지고 있기 때문에 다른 나라의 경우와 무척 다르다는 것을 아셔야 합니다. 앞으로 홍콩은 시간이 갈수록 철저히 빠른 속도로 중국화 되어갈 것이고 홍콩의 많은 지식인들도 이것을 인정하고 최근의 사태에 대해 많은 우려를 가지고 있습니다. 지금 홍콩 시민들은 중국을 너무 모르고 있습니다. 홍콩은 약속한 50년이 지나면 완전 중국에 흡수될 것입니다."

"그렇다면 홍콩의 민주화는 요원하다는 것인가요?"

"민주화는 무슨 민주화, 그것이 무슨 민주화입니까? 나라에 협조할 줄 모르고 무조건 자기 주장만 앞세우는 그것이 정녕 민주화입니까? 홍콩 시민들이 한국의 민주화를 예로 들면서 '님을 위한 행진곡'을 불렀다는 이야기를 듣고 중국인들은 가소로워 한국을 한참 비웃었습니다. 그 바람에 중국인들이 한국인을 더 밉게 보는 계기가 된 것도 같습니다. 아니 그렇게 목숨을 바쳐가며 민주화를 부르짖은 민족이 왜 일제 강점기 때는 꼼짝도 못하고 가만 있었습니까? 논리대로라면 목숨 바쳐 싸웠어야 했을 것 아닙니까? 아니 민주화가 큽니까? 나라를 찾는 것이 큽니까? 왜 나라를 앗길 때는 가만 있다가 민주화에는 그렇게 목숨을 바칩니까. 나라를 앗길 때 죽기 살기로 싸웠어야 했던 것 아닙니까? 또 빼앗겼다면 다시 찾으려고 죽기 살기로 싸웠어야 되는 것 아닙니까? 나도 조선족이지만 정말 우리 조상 부끄럽습니다. 홍콩의 소위 민주화 시위라는 것, 그것은 기득권을 잃지 않으려는 족속들의 발악일 뿐입니다.”

그는 말끝에 한국의 민주화에 대해서도 언급했다.

“한국의 민주화 운동 같은 것도 중국 사람 시각으로 볼 때는 폭동에 지나지 않습니다. 만일 그런 것이 상하이나 광동의 한 지역에서 일어났다고 가정해 봅시다. 정부가 가만 있겠습니까? 그냥 밀어버리지요. 인구가 많다 보니 그까짓 홍콩 없어진다고 해서 눈 하나 깜빡하지 않습니다. 지금 홍콩 시민들에 대해 경찰이 명령에 따르지 않으면 그냥 총을 쏘아도 좋다는 지침을 내려놓고 있습니다. 홍콩 사그라드는 것 시간 문제이지 한국처럼 그렇게 길게 끌지 않습니다. 이게 바로 중국의 힘이라는 거지요. 공산주의 힘이기도 하구요.”

“인민을 위한다는 공산주의가 이론과 실제에 괴리가 있는 것 같은데요?”

“괴리라니요? 공산주의가 그렇게 허술한 이론인 줄 아십니까? 적어도 중국에서는 앞으로 국가가 존재하는 한 공산주의라는 정체는 없어지지 않을 것입니다. 국민들에게 주권이 있는 것이 민주국가라고 한다면 중국은 어느 나라보다도 민주국가라 할 것입니다. 국민이 공산주의 체제를 원했는데 그것을 보고 이러쿵저러쿵 할 수는 없는 거지요.”

“국민들이 잘못 선택한 것 아닙니까?”

“잘못이라니요? 아니 수천 년을 이어온 중국인들을 어떻게 보고 그런 말을 하십니까?”

“공산주의를 국민들이 선택했다는 뚜렷한 증거도 없지 않습니까?”

“아니, 나라에서 선택한 정체에 대해 뚜렷한 반대가 없으면 그것이 국민의 선택이라고 보아야 하지 않을까요? 중국인들이 중국정치에 대해 반대하는 것을 본 적이 있습니까?”

“여지껏 공산주의 체제하에서 살아왔으니까 뚜렷한 민주의식을 느끼지 못한 거겠지요?"

"다른 나라들은 어떻습니까? 아니 한국은 어떻습니까? 처음엔 누구나 정치하는 사람들이 체제를 선택하고 있지 않습니까? 그것에 반대를 많이 하고 있다는 것은 그만큼 처음 체제가 마음에 들지 않았기 때문이 아니겠습니까? 그리고 또 있습니다. 다른 나라에서 그렇게 믿는 예수가 조장하고 있는 갈등이 그네들이 비난하는 공산주의보다 더하면 더했지 못하지 않다고 생각합니다. 일본의 성서학자 우찌무라 간죠[内村鑑三] 아시죠. 그가 한 '성경은 역사를 만들고 역사를 변화시키는 책이다. 성경이 없었더라면 인류 역사가 얼마나 어두운 처지에 있었겠는가'는 말과 달리 성경은 지금 세상의 온갖 분열과 전쟁의 씨앗이 되고 있습니다. 지금도 그렇지 않습니까? 세계의 분쟁에는 어김없이 기독교가 관련이 되어 있습니다. 그럼에도 기독교를 믿는 서구 여러 나라가 중국을 비난하는 것은 옳지 않다고 생각합니다."

가이드는 중국에 대한 충성이 대단했다. 그렇다고 그가 중국에서 출세할 수 있는가 하면 그렇지 않았다. 그는 자신들은 소수민족이기 때문에 할 수 있는 것은 한계가 있고 공산당원이 되기도 어렵다고 했다. 조금은 불만을 가질 법도 하건만 일체 정권에 대한 비판은 없었다.

하긴 중국 55개 소수민족을 다 합쳐도 중국 전체 인구의 8퍼센트에 지나지 않는데 한족을 뚫고 올라선다는 것은 여간 어려운 일이 아닐 것이었다. 옆에 있는 박 사장이라는 사람이 걸핏하면 우리 정부에 대해 핏대를 올리며 비판하는 것과는 대조적이었다. 그것이 국민성의 차이일까?

그런데 홍콩 사태를 접하면서 솔직히 진호가 생각했던 것은 홍콩의 민주화 시위, 중국의 홍콩 개입에 대한 세계의 우려, 홍콩에 대한 응원, 이런 것이 아니라 거대한 중국에 붙어 있는 전체인구 13억 중 700만에 불과한 홍콩에서 이런 민주화의 시위는 성공할 것인가? 과연 홍콩은 앞으로 어떻게 될 것인가? 조금 약한 자가 조금 강한 자를 상대로 싸우는 것이 아니라 감히 넘볼 수 없는 압도적으로 거대한 갑에 대한 아주 작은 을의 대처방식, 중국은 또 그들의 말로 한 줌밖에 되지 않는다는 홍콩의 소요를 어떻게 처리할 것인가? 이런 것이 궁금했던 것이었다. 더구나 우리나라는 민주화 운동의 세계적 성지라고 다른 나라에서는 보지 않는가? 그런 나라 출신이니만치 진호는 홍콩의 민주화 시위에 많은 관심을 가졌고 흥미롭게 지켜보고 있었다.

태산은 기가 센 산으로 알려진 바위산이었다. 기를 받고자 원하는 많은 중국인들이 이 산을 탄다고 하였다. 진호 역시 회사에 휴가를 내고 태산 여행을 계획했던 것도 바로 그런 기를 좀 받고 싶어서였다. 그날 우리는 기가 그렇게 차고 넘친다는 태산에 올랐다. 태산을 여행자가 오를 수 있는 높이만큼 올라 우리는 아래를 바라보며 태산의 기가 온몸 구석구석 뿌려지기를 원했다. 태산 등정을 마치고 우리는 다시 청도로 가기 위해 저녁 열차를 탔다. 오늘 밤 다시 청도에서 하룻밤 자고 내일 청도에서 대한항공을 타고 한국으로 날 것이었다.

청도행 열차 내에서 진호는 일부러 가이드와 나란히 앉았다.

"청도에는 한국인이 얼마나 살고 있습니까?"

"7만 정도, 그런데 현지인에게 한국인은 인기가 없습니다. 우선 한국인들이 중국인들을 대하는 태도가 불량합니다. 너희들은 싸구려다. 짝퉁이다. 선입견이 그러니 누가 좋아하겠습니까? 코리아타운이라고 있지만 오래 가지 못합니다. 청도사람들에게 한국인들은 죄다 사기 집단이라고 소문이나 있어요. 한국인이 중국인을 싸구려 취급하듯 청도사람들은 한국인을 사기꾼이라고 합니다. 필리핀이나 싱가포르에서 죄짓는 것은 죄다 한국인입니다."

나는 그가 조선족이면서 한국에 대해 불만이 많은 것 같아 일단 그런 화제를 벗어나려고 홍콩 문제를 또다시 끄집어 내었다.

"그런데 중국은 홍콩의 민주화에 왜 이렇게 민감한 것일까요?"

"그것은 바로 영토의 문제이니까요. 홍콩이 중국과 멀어질수록 대만과의 통일은 더욱 어렵고 티베트, 위구르 등 내부통합도 힘들어진다는 판단을 하고 있기 때문이지요."

"미국이나 영국 같은 나라는 국회의원 법으로 홍콩의 민주화를 지지하고 있는데 이에 대한 우리 가이드의 의견을 일러줄 수 있겠어요?"

"아, 그거 아무것도 아녜요. 뭘 그리 심각하게 생각하십니까. 밖에서 볼 때야 문제가 심각하다고 느낄지 모르지만 중국에선 밖에서 생각하는 것처럼 그리 심각하게 생각지 않아요. 홍콩 주변에 삼십만의 군병력이 굳건히 있는데 그까짓 홍콩 하나 제대로 다스리지 못하겠어요. 물론 군사력을 앞세우면 세계의 비난은 받기야 하겠지요. 그렇지만 그들이 까불면 그냥 밀어버리면 되는 겁니다. 중국인은 만만디입니다. 홍콩이 넘어온 지 26년째 나머지 24년만 지나면 홍콩은 자연스럽게 중국화 되어가게 될 것입니다. 어쨌건 홍콩은 중국 땅이고 국제조약에 따라 처음 넘길 때 50년을 자치적 운영을 해야 한다는 약속이 되어 있기 때문에 홍콩을 그냥 두고 보는 것일 뿐입니다. 중국 민족은 홍콩 사태에 대해 그리 크게 문제 삼지 않고 있습니다. 한국처럼 땅덩어리가 좁아 여기 찌르면 저기가 솟아나고 저길 깨뜨리면 이쪽이 솟아나는 그런 두더지 게임 같은 곳이 아닙니다."

그 말은 다소 한국을 비하하는 것처럼 들려 진호는 기분이 상했지만 틀린 말이 아니었기 때문에 대꾸를 못한 채 그대로 있었다.

그러면서 그는 그것은 위구르나 티베트 자치구에 살고 있는 사람들에게도 마찬가지라고 했다. 그들은 심정적으로 중국에 대한 저항이 있지만 지금은 친중국 쪽으로 돌아서고 있다고 했다. 홍콩도 지금은 중국에 저항하고 있지만 조금 지나면 예외가 아닐 것이라고 했다.

"왜 그런 것일까요?"

"우선 먹고 사는 것 때문에 그럴 것입니다. 그들은 나라도 좋고 민족도 좋지만 또 먼 미래를 위하는 것도 좋지만 당장 내 앞, 내 가족이 잘 살고 잘 먹는 것이 중요했던 것입니다."

"그렇지만 홍콩은 다르지 않습니까? 홍콩은 지금 중국에서 가장 잘 사는 도시가 아닙니까? 또 자유민주주의가 보장되고 있지 아니합니까?"

"글쎄요. 잘은 모르지만 탈중국하고 싶은 세력이 일으킨 폭동이라고 보아야겠지요. 기득권을 잃은 자들이 권력을 찾으려는 먹고 먹히는 전장이지 그게 무슨 인민을 위한 것이고 사회를 위한 것이라고 할 수가 있을까요?"

"곧 홍콩선거가 다가올 텐데 거기서 여당인 공산당이 패하면 어쩌나, 만일 범민주계가 승리를 하면 홍콩청 장관의 사퇴와 직선제를 요구할텐데."

"그것이 가능하겠습니까? 홍콩은 영원히 중국의 일부일 뿐입니다. 중앙정부의 통제를 무시한다는 것은 말이 되지 않지요. 그리고 홍콩도 법치 국가인데 법을 무시하고 그럴 수가 있을까요?"

"만일 홍콩 정부의 국회가 법 개정을 통해 그렇게 한다면 어떻게 하시겠어요? 아무리 공산 중국이라 할지라도 국민들에 의해 선출된 국회의원들이 정한 법을 함부로 무시할 수는 없는 것입니다."

"그래도 홍콩 장관을 직접선거로 뽑기는 어려울 것입니다. 그것은 공산주의 체제에 반하는 일이니까요."

"그래도 홍콩 장관을 직접선거로 뽑기를 원한다면?"

"그때면 최후의 방법을 취할 수밖에 없을 거에요."

"최후의 방법이라니?"

"왜 모택동 어록에 있지 않습니까. 먼저 설득을 해라. 그래도 안되면 또 설득을 해라. 그래도 안되면 총을 사용하라. 총은 가장 확실한 설득의 수단 이다. 공산주의 혁명을 위해 개인을 희생하라는 지시도 마찬가지입니다."

가이드는 이런 모택동의 논지를 아주 당연하다는 듯이 이야기했다. 순간 진호는 충격을 받았다. 수십 년 전에 죽었던 모택동 망령이 다시 살아난 것 같았기 때문이었다. 아울러 그는 민주라는 말도 이해하지 못하고 있는 것 같았다. 아마 수천 년래 중국은 왕 중심의 전제 사회였다. 그런 전제 봉건 사회에서는 자유나 권리, 민주, 지방 자치 같은 것은 배울 수도 없었고 접할 기회도 없었을 것이다. 개인의 자유나 인권이라는 개념을 접해보지 못한 그 들이 홍콩의 민주 의정을 이해하기에는 어려울 수 있다.

진호는 이것을 만일 한국에 적용한다면 어떤 현상이 나타날까 싶었다. 설득 또 설득 그 다음엔 총? 자유와 인권에 철저한 우리나라의 경우는 이것 이 제대로 먹혀들지 않을 것이다. 당하는 사람도 그렇지만 가하는 사람들도 그렇게 잔인하게 굴지는 못할 것이다.

그러다가 우리는 한 가지 공통된 생각을 갖게 되었는데 아무리 생각해 보아도 홍콩의 지금의 민주화 시위는 무모한 것이 아닌가 하는 것이었다. 홍콩 시민들은 지금의 행위의 결과는 생각해 보았을까. 이렇게 민주화 시위 를 하고 난 다음에는 그 뒤에 남는 결과는 무엇일까? 그것이 다름 아닌 중국 공산당과 중국 인민이라는 거대한 바위에 달걀 던지기 같은 결과는 명약관 화한 것이라고 생각되었다. 희생만 있을 뿐 아무런 희생의 대가를 얻지 못 할 것 같았다.

"결국에는 조상 탓이라는 말밖에는 할 말이 없게 되네요. 민주주의든 아 니든 어쨌건 홍콩을 영국에 앗기지 않았더라면 이런 사실, 이런 상황도 없었을 텐데 못난 조상 탓에 홍콩 사태 같은 상황을 연출하게 되네요."

"우리도 그런 상황이 많습니다. 못난 조상 탓에 지금 후손들이 겪는 희생이 얼마나 많습니까? 지금이라도 그렇지 않도록 노력해야지요."

그러다가 우리는 또 다른 내용으로 비약하였다. 그것은 미처 진호가 생각해보지 않은 즉흥적인 것이었다.

"강대국이나 약소국, 부자 또는 빈자는 왜 생기는 것일까요? 애초 시작할 때부터 이런 것이 없었다면 우리는 공평한 세계에 공평하게 살 수 있는 것 아닐까요? 불평등은 생래적인 어쩔 수 없는 신의 영역인 것일까요?"

진호가 물었다. 우리나라를 돌아보아도 그랬다. 일본과 한국의 관계, 중국과 한국의 관계, 수천 년 동안 늘 한국은 을의 입장에 서 있었다. 아니 나라뿐일까. 인간도 마찬가지다.

"모든 불행의 시작은 불평등에서 시작되는 것이라고 생각합니다. 역사적으로 살펴보면 이런 관점에 루소의 불평등기원론이 있습니다. 루소는 자연인은 미덕도 악덕도 모르고 신체적 불평등을 제외하고는 거의 평등하였다고 하였습니다. 그런데 세월과 함께 부자의 횡령과 빈자의 약탈이 시작되면서 평등은 사라지게 되었다고 하였습니다. 힘 있는 부자는 자신의 이익을 지키기 위해서 계약에 의한 여러 가지 불평등을 제도화하게 되고 그러다보니 우리가 만든 법, 사회제도 같은 것은 부자들의 사유재산을 보호하기 위한 수단에 지나지 않게 되었습니다. 어떤 형태로든 불평등이 이 사회에 굳어지게 된 것입니다."

"불평등의 시작이 결국은 돈에서 시작한다는 말이군요. 결국 이 세상의 모든 불평등은 지키려는 자와 빼앗으려는 자와의 갈등에서 시작되는 것이라고 읽혀지는데 홍콩 사태도 이 문제에서 조금도 벗어남이 없다고 보면 되겠습니까?"

"그렇습니다. 인간이나 국가의 불평등, 그것은 신이 내린 어쩔 수 없는 생래적인 것이라고 생각합니다. 인간은 루소의 말대로 원래 평등한 존재로 태어나는 것이 아니라 불평등한 존재로 태어나는 것입니다. 국가도 마찬가지입니다. 그런데 그것을 불평등한 채로 두면 될 텐데 어디 국가나 사람이 그렇습니까. 더 좋은 것, 더 많은 것을 소유하려 들고 또 앗기지 않으려 들지요. 과거 빈곤국을 착취했던 노예제도와 식민주의는 겉으로는 사라졌지만 그 자리에는 더욱 이름이 모호한 신식민주의가 자리잡고 있습니다.[1]"

"그런데 의문이 제기됩니다. 그렇다면 을은 항상 을로서 불평등한 채로 살아야만 하는 것일까? 그것은 어쩔 수 없는 것일까요?"

"왜요. 대중의 힘이 있지 않습니까, 시위 같은. 그런데 이렇게 말하는 저 또한 항상 가진 의문이 있습니다. 걸핏하면 을은 민주, 평등, 자유와 같은 덕목 아래 연대 또는 집단화로 힘을 키우는데 그렇다면 이런 덕목은 을의 전용물이란 것인가 하는 것이지요?"

가이드가 나지막한 목소리로 되물었다. 잠시 뜸을 들이다가 그는 다시 말을 이었다.

"갑의 입장에서 생각해 볼 수는 없을까요? 여기서 갑은 갑질이 아닙니다. 우리에게 일어나는 모든 것이 약자인 을에게만 정당한 것일까요? 을의 입장은 너무도 피해적이어서 때때로 그 피해의식이 옳지 않은 것임에도 대중화하여 을의 갑질인 을질을 하는 경우를 볼 수 있어요. 그렇다면 옳은 갑은 어찌해야 하나요? 이때 갑도 민주화 시위 같은 것이라도 해야 하지 않나요? 을의 갑질인 을질에 대한 갑의 민주화 시위, 우습지요. 그러나 갑은 웬일인지 그런 경우는 거의 하지 않았습니다."

말해놓고 그는 목이 마르다며 음료수를 소리가 나게 마셨다.

---

1 [출처:중앙일보] https://www.joongang.co.kr/article/25271109

보통 우리 인간은 약자인 을의 편을 드는 경우가 많다. 갑이 보는 을의 세상은 어떤 것일까? 아니 갑은 을의 입장을 알기나 하는 것일까? 아니 역으로 을은 갑을 이해할 수 있는 것일까? 을은 늘 피해의식을 가지고 있는 것 같다. 그런 말로 혹 갑의 피해의식은 없는 것일까?

"여지껏 우리는 많은 사건을 을의 시각에서 세상을 바라보았는데, 만일 우리가 최근세에 일어난 모든 사건을 역으로 갑의 입장으로 바라보면 어떤 현상이 보일까요?"

"어렵지 않습니다. 지금의 을의 입장에서 바라보는 상황에서 을 대신 갑을 대입하면 됩니다. 홍콩 사태 역시 중국 중심 시각으로 보면 됩니다."

"이렇게 저렇게 보아도 바른 것인데 다만 갑이라는 이유로 왜곡된 것이 우리 사회에는 그 얼마나 많을까요?"

진호가 다시 물었고 그가 다시 답했다.

"을의 집단적 힘에 의해 옳은 갑이 무너지는 모습은 역사상에 넘쳐납니다. 말하자면 피해의식의 을이 연대적 힘으로 역사의 전면에 등장한 경우는 부지기수입니다."

"그렇다면 이번 홍콩의 민주화 시위가 중국의 위협을 벗어나 소기의 목적을 달성할 수 있을까요?"

"불가능합니다."

"아니 을은 연대, 대중의 힘으로 대항할 수 있다고 하지 않았습니까?"

"중국은 생래적으로 압도적 힘의 국가입니다. 홍콩의 집단적 힘은 중국의 그 압도적 힘을 당해낼 수 없습니다. 다만 이런 불평등은 오늘날 상대적 빈곤, 기회의 불평등 등 차별로도 이어지고 있는데 이런 상대적 빈곤, 기회의 불평등, 불공정 등은 어느 정도 대처할 수 있습니다."

가이드는 철저하게 중국의 입장에서 말하고 있었다.

이상했다. 이게 무슨 말이란 말인가? 비약도 비약이, 서로의 말이 맥락이 연결되지 않는 것 같았고 무엇을 이해하려고 한 것인지, 무엇을 물으려고 한 것인지도 구분이 되지 않았다. 그러면서도 한 가지 느낄 수 있었던 것은 이 세상의 모든 움직임에는 힘이 작용하고 있다는 것이었고 그 힘은 불평등한 점이 많아서 옳고 그름이 아니라 그 힘이 큰 쪽으로 굴러간다는 것이었다.

그때 진호는 갑자기 달랏 여행을 했을 때 베트남 마지막 왕이 왜 생각났던 것이었는지 몰랐다. 거대한 힘에 저항하는 홍콩과 그 베트남 마지막 왕이 연결되는 무엇이 있기 때문이었을까.

베트남 여행을 갔던 것은 지난해 가을이었다. 베트남 여행 둘째 날 우리는 나짱에서 산길을 4시간여를 달려 달랏을 갔고 달랏에서 베트남 마지막 왕인 바오다이의 프랑스풍 별장을 본 것이었다. 프랑스 식민 지배에서 벗어나 왕으로서 바오다이가 북베트남에 갔을 때는 호치민에 의해서, 남베트남에서는 고딘디엠에 의해서 환영받지 못하고 쫓겨난 것이었다. 오갈 데 없는 그는 다시 프랑스로 갔고 프랑스에서 최후를 맞이하게 된다. 아직도 베트남에서는 마지막 왕조의 유산이 많이 남아있고 그것은 그들 왕족들에 의해서 보호되고 있었다. 우리가 방문 이틀째 그곳을 찾아갔을 때 그 별장은 역시 왕족들에 의해서 관리되고 있었다.

거기서 한국인 베트남 가이드는 말했다.

"마지막 바오다이 왕은 세계의 정세에 휘둘린 주체성 없는 왕이었고 조국 독립을 위한 어떤 노력도 하지 않은 채 그냥 자신과 나라를 시대에 맡겨 버린 왕이었습니다. 하긴 나라를 앗긴 왕이 할 수 있는 것이라는 것은 없었으니 약소국의 비애라고 할 수 있습니다."

가이드는 어제부터 계속 우리나라와 베트남을 비교하며 약소국들의 세계 정세에 휘둘리는 어쩔 수 없는 상황을 상기시키면서 우리들에게 애국심을 불러일으키려 하는 것 같았다.

그날 나짱으로 건너와 같이 갔던 김 선생과 진호는 약소국으로서 베트남이 겪은 것과 우리가 다르지 않다는 것을 생각하며 마지막 왕의 처신에 대해 말했다.

"참 불명예스럽지. 마지막 왕 타이틀을 가지고 역사로 남았다는 것은."

"마지막 왕으로서 무슨 생각이 들었을까?"

"나라 회복에 대한 생각은 했을까?"

"힘이 있어야지 힘이 없는데 무엇을 가지고 나라 회복을 말할 수 있겠어."

"아마 그때 프랑스에 협조한 베트남 인물도 많았을 거야. 그런데 우리와 달리 베트남에서 친프랑스파를 단죄하자는 목소리가 없는 걸 보면 신기하거든. 당연히 있을 것 같은데 우리 같으면 어림도 없는 일이지."

"그렇게 식민 통치를 받았으면서도 월남에서 배척을 받지 않으니 그런 면에서 프랑스는 운이 좋은 나라라고 느껴져."

"그럼 운이 좋지 못한 나라도 있을까?"

"당연하지. 지구상 존재하는 모든 약소국이 그러지 않을까? 신의 농락에 의해 존재하는 생래적으로 불평등한 조건을 가지고 태어난 나라들. 사람으로 치면 무수저, 흙수저는 존재하지."

나짱과 달랏을 여행하고 와서 늘 머리를 떠나지 않았던 것은 그 마지막 왕의 별장에서 본 왕의 얼굴이었다. 그의 세월에 맡겨버린 듯한, 그저 운명에 맡겨버린 듯한 그의 체념적 모습이 한참 동안 머리에서 떠나지 않았다. 약한 것은 어쩔 수 없이 신의 자유 속에 놓아난 속박의 존재일 수밖에 없는 것일까? 홍콩과 그 베트남 왕의 슬픈 얼굴이 동시에 읽혀지는 것은 왜일까?

아무리 홍콩이 발버둥쳐도 어쩔 수 없다는 생각이 머리에서 떠나지 않았다. 홍콩의 앞날이 눈에 보이는 것 같았다.

태산 여행은 그렇게 끝났다. 가이드와는 서로 전화번호를 교환했다. 한국에 오면 한번 꼭 찾겠다고 가이드는 말했고 진호는 다시 중국에 가는 일이 있으면 무리를 해서라도 꼭 청도를 들르겠다고 이야기했다.

여행에서 돌아온 진호는 형과 아버지가 회사 문제로 고민에 빠져 이야기하는 것을 자주 보았다. 자신은 일찌감치 아버지의 사업을 이어받지 않겠다고 선언한 터라 회사가 돌아가는 형편에 대해 일정한 거리를 두고 있었지만 눈치로 보아 회사는 심각한 상황에 놓여 있는 것을 알 수 있었다. 아버지와 형님은 고민이 많은 것 같았다. 이게 어떻게 일구어놓은 회사인데, 오백여 명의 구성원들이 아버지와 형님의 손에 달린 것이었다. 그러나 회사는 날로 피폐해가는 모양이었다. 더군다나 회사의 월급날이 조금씩 밀리고 있다고도 했다. 회사 사정을 모르는 사람들은 날짜가 하루가 밀려도 뒤에 돌아서면 불평하고 형님과 아버지를 비난했다. 그러나 아버지와 형님은 그 오백여 명의 구성원과 그에 딸린 식구들의 생활을 책임지기 위하여 정말 전투적으로 노력하고 있었다. 그러나 자금 압박과 함께 제대로 운영해나갈 수가 없는 코너에 몰려 있는 것이었다.

어느 날 퇴근한 진호는 또다시 아버지와 형님이 마주 앉아 머리를 싸매고 회사 살리는 일에 온 신경을 몰두하고 있는 것을 보았다. 전에는 이런 일은 회사에서만 있었지 집에서는 일체 없었던 일이었다. 진호는 형님과 아버지가 앉아 있는 테이블에 가 앉으며 두 분이 하는 이야기를 듣고 있었다. 두 분이 하는 이야기는 심각했다. 회사를 접었을 때 여지껏 회사를 위해 일해왔던 회사원들과 그들 식솔들의 생활은 어떻게 될 것인가? 그런 생각을 하며 어떻게든 회사를 살려보자는 입장으로 나아가고 있었지만 경제신문에도 아버지의 회사가 부도 일보 직전이라는 소문이 떴고 게다가 안타까운 것은 회사원들이 아버지를 악덕 업주라고까지 고발하고 있는 상태였다. 그들이 괘씸하다는 생각이 들 것도 같았건만 아버지와 형님은 그런 것은 상관치 않는 듯했다. 오로지, 우선 회사를 살리는 것이 급박해 그런 것이 눈에 들어오지 않는 모양이었다.

진호는 가이드에게 들은 그대로를 아버지에게 말했다.

"설득하세요. 그리고 또 한 번 더 설득하세요. 그리고 정 안되면 속 썩지 말고 폐업하세요. 왜 맘 고생하면서까지 회사를 운영하려고 하세요. 설사 회사를 살릴 때도 그들 형편은 생각하지 마세요. 그들은 회사보다 자신의 이익이 우선일 뿐입니다. 아버지는 그들보다 회사를 먼저 생각하셔야 해요. 회사가 살아야 그나마 나머지 구성원들도 살아날 수 있는 것 아니겠어요."

그러나 아버지와 형님은 그런 내가 귀여운 듯, 아니면 철이 없다고 여기는지 그냥 미소만 짓고 있을 뿐이었다.

赴任記

1963년 3월 2일

벌써 폐차처분 했어야 할 버스는 거의 악을 쓰며 갔다. 창문을 빈틈없이
닫았지만 어디로 들어오는지 차 안은 먼지로 가득 찼다. 길옆에는 먼지에
파묻힌 풀들이 생기를 잃고 있었다.

'이젠 얼마 안 남았겠지.'

나는 속으로 중얼거리면서 등을 기댔다. 그랬다가는 덜컹거리는 버스 때
문에 다시 바로 등을 떼어야만 하였다.

먼지 낀 차창으로 비친 파아란 하늘이 몹시도 싱그러웠다. 저 투명한 하
늘, 구름, 맑은 태양 아래에서 이제 시골 아이들과 함께 맑고 티 없이 살아
가게 되겠지. 나는 그런 하늘을 바라보다 말고 갑자기 속에서 전해오는 전
율에 몸을 부르르 떨었다. 그와 함께 갑자기 비웃던 뭇 친구들의 눈총들이
떠올랐다. 그 중엔 K의 음성도 끼어 있었다.

'가지 마, 그 구석에 무엇하러 간단 말이야?'

K는 내가 한 결심이 흔들리지 않는 것을 알자 보호색처럼 마음을 바꾸었
다.

그러다가 나는 불현듯 의자로부터 등을 떼었다. 차가 툭 올라왔다가 내렸기 때문이었다. 길이 더 나빠지는 모양이었다. 아까보다 훨씬 높은 길을 가고 있는 것을 알았다.

"어디까지 가십니까?"

나는 목소리가 몹시 굵은 남자의 음성을 듣고 비로소 내 옆에 누가 앉아 있다는 것을 의식하였다. 그러고 보니 이 나이가 들어 보이는 중년 남자는 처음 읍내에서 버스를 탈 때부터 주욱 나하고 같이 있었다.

"동면까지 갑니다."

나는 옆 중년 남자를 바라보며 남자의 목소리를 흉내 내어 말했다. 그러자 남자는 동면을 잘 안다는 듯이 이번엔 조금 높은 음성으로,

"아, 그렇습니까? 저는 계수리까지 갑니다. 동면은 우리 군에서도 제일 북쪽에 있지요. 휴전선이 가까운 곳이라 여간 감시가 심한 곳이 아닙니다."

하고 받았다. 그러나 나는 남자에게 수곡리까지 간다고는 말하지 않았다. 동면까지만 가? 나 스스로 이렇게 물어보며 '동면에서도 몇십 리를 더 가야 한다네' 하고 믿기지 않는다는 듯 말하는 교육장의 그 실팍한 인상을 떠올렸다. 내가 사범학교를 졸업하고 동면으로 가겠다고 2층 회의실에 갔을 때 머리가 벗겨진 교육장은 나의 위 아래를 쳐다 보며 미심쩍은 듯 말하였던 것이다. 겉으로 칭찬을 하면서도 속으로는 비웃었을 것이다. '가기만 해봐 한 주일도 못 되어 나올테니까' 그의 얼굴엔 역력히 그런 표정이 내비치었다.

'크릉크릉.'

시낡은 차는 몹시 힘겨운 듯 아까보다 더 숨을 몰아쉬었다.

"무슨 일로 가십니까?"

신사 옷을 입었지만 결코 신사라고는 할 수 없는 옆 남자는 그냥 있기가

심심한지 다시 물어 왔다.

"네, 그냥……"

나는 이 옆 남자도 '내가 수곡리로 발령받아 가는 교사라는 것을 알면 이제까지 내가 보았던 뭇사람들처럼 비웃겠지' 하고 생각하며 말 끝을 흘려 버렸다.

"아, 알 것 같습니다. 벽지에 발령을 받고 가는 선생님 같습니다요. 아니면……"

그러다가 남자는 말을 끊어버린다. 버스는 아직까지 바른 길에 닿지 못한 듯 계속해서 털털거렸다. 나는 남자의 정확한 추리에 감탄하였다.

"어떻게 아셨지요?"

그러자 앞에 앉은 사람들이 돌아다보았다.

"역시 선생님이셨군요."

남자는 자기의 추리가 빗나가지 않았다는 것에 적잖이 으스대는 것 같더니,

"동면이야 뭐 별 게 있겠습니까? 일제 때 지어진 학교 하나 달랑 덩그렇게 있는 것밖에는. 그렇지만 일찍 나와 버리셔요."

하고 말하였다.

"네?"

"도시에 계시는 몇몇 선생님들이 이런 벽촌에 자원해 찾아들 와 보구선 자신의 생각이 이상이었다는 것을 알았는지 몇 달을 지내보고는 다들 떠날 생각부터 하더라니까요. 내 아들 녀석도 동면으로 학교를 다닙니다만……"

하고 남자는 내가 잘못 발령이 났다는 듯이 말을 마쳤다.

"……"

"동면은 그래도 면사무소가 있는 곳이라서 선생님들은 빠지지 않고 발령

이 납니다만 수곡리 같은 곳이야 어디 선생님들이 가기나 한답니까?"

남자는 말을 마치자 턱을 훔쳤다. 나는 남자의 입에서 수곡리라는 말이 나오자 '아'하고 가벼운 소리를 내었다.

"참, 수곡리에선 중학교 과정의 야학도 있다는데……"

"그렇지요. 교회 전도사님이 중심되어 가르치지만 꼭 일제시대 야학 같은 곳이 돼 놔서……"

하고 말하고는 남자는 내가 혹시 수곡리에라도 가는지 흘깃 쳐다본다. 나는 남자의 그런 시선에서 벗어나고 싶어서,

"그렇게 머나요, 수곡리가?"

하고 남자를 쳐다보며 화제를 바꾸었다.

"멀구 말구요. 동면이 우리 군내에서 가장 오지인데 수곡리는 또 동면에서 제일 끝이지요. 수곡리 아이들이 동면 면 소재지까지 오려니 너무 멀구 학교를 안 세울라니 또 그렇고 그래서 해방 직후에 정부에 건의해서 수곡리에다 학교를 세운 것이지요."

옆 남자와 이야기를 나누고 있는 동안 동면 4킬로미터라고 엉성하게 쓰인 팻말이 얼른 눈에 들어왔다. 나는 그 팻말을 보자 마음이 술렁이는 것을 느꼈다.

"동면이 얼마 남지 않았군요?"

"네, 계수리는 그 중간입니다."

하고 말하고는 남자는 자기가 내릴 곳이 얼마 남지 않았는지 몇 개나 되는 짐을 자기 무릎에다 올려놓았다.

"내리시는가 보군요?"

"네, 선생님, 안녕히……"

남자는 나에게 깍듯이 인사를 하고 비척거리면서 앞으로 나아갔다. 이윽

고 버스가 계수리까지 오자 남자는 나에게 한 번 더 고개를 숙여 보이고는 내렸다. 버스는 또 털털거리면서 마지못해 가는 것처럼 느껴졌다.

'이젠 다음엔 동면이겠지.'

마음이 흔들리지 말아야지 굳게 마음을 먹어야 해. 언뜻 우는 K의 얼굴이 다시 떠올랐다. 역시 형님의 얼굴도 떠올랐다. 교감 선생님이신 큰 형님은 내가 졸업하자마자 자기가 있는 학교에 자리를 마련하고 그리로 나를 끌어넣으려고 하셨다. 그러나 나는 그런 것을 마다하고 지금 수곡리로 가는 것이다. 전화도 전등도 아무것도 없는…… 그렇다고 연고가 있는 곳도 아니었다. 마음을 굳게 먹자. 결코 약해지지 말자.

어느덧 버스는 또다시 언덕을 힘겹게 올라가고 있었다. 앞에 있는 사람들 중에 다소 수다스러워 보이는 사람이 일행인 듯한 사람에게 '동면이야 동면' 하고 지껄여대었다. 언덕을 넘자 버스는 순탄한 길을 얼마만큼 가더니 기사가 '동면' 하고 뒤를 돌아보며 말했다. 사실 그런 말을 할 필요는 없었는데 애써 나를 위해 그런 것 같았다. 나는 트렁크를 들고 내렸다.

첫눈에 보는 동면은 면사무소가 있는 곳 치고 그리 큰 동네는 아니었다. 그러나 나는 이보다도 더 작은 집들과 사람이 있는 수곡리로 가야만 하는 것이다. 나는 버스가 머문 맞은 편에 있는 대합실을 겸한 듯한 주막으로 걸음을 옮겼다. 내가 문을 열고 안으로 들어서자 막걸리 사발을 기울이고 있던 두 촌노와 주막집 주인인 듯한 할머니가 소리가 날 정도로 일제히 나를 바라보았다. 나는 그들에게 고개를 까닥 숙이고는 빈 자리에 가 앉았다. 안에는 긴 나무 의자 한 개가 있었다. 술을 마시고 있던 두 촌노가 가끔 가다 나를 한 번씩 힐끗 쳐다보았다. 한쪽은 나이가 좀 든 얼굴이었고 두루마기를 입고 있었다. 한쪽은 얼굴에 검버섯이 피어 있었다. 그 촌노들이 하도 나를 힐끗힐끗 쳐다보기에 불현듯 내 아래를 쳐다보았다. 불현듯 나의 옷차림이 어색하다는 것을 알았다. 이런 구석에선 기름을 바르고 색안경을 쓰고 양복을 입는 것이 아니라는 생각이 불현듯 스쳐 갔다.

나는 수곡리로 가는 차 시간을 물을 염도 않고 앉아서 이런 생각 저런 생각을 하고 있었다. 이런 벽지에서 서울에서만 살아왔던 내가 과연 견디어 낼 수 있을까? 친구들과 부모님의 모습이 눈앞에서 몹시 아른거렸고 그들은 나를 유혹하고 있었다. 특별히 이유가 있었던 것은 아니었다. 있다면 단순히 교육의 혜택을 크게 받지 못하고 있는 벽지 아이들과 함께 살아보고 싶다는 생각과 또 젊은 시절 아니면 이런 기회를 언제 또 가져볼 수 있을까 하는 순수한 생각이 기꺼이 남들이 마다하는 이 동면 수곡리로 이끌었던 것이다. 이제 그 뜻을 펴볼 수 있는 시간이 다가온 것이다. 그런데 버스를 타고 오면서 남자의 얘기를 들었기 때문일까, 이상하게도 수곡리에 다가가면서도 나는 환희와 희열에 젖지 못하고 있었다. 희열은커녕 도리어 실망이 앞에 오는 것이었다

"읍내로 가시는가?"

불현듯 술을 마시던 노인이 나에게 묻는 소리가 들렸다.

"아닙니다. 수곡리까지 갑니다."

나는 노인에게 수곡리로 가는 길을 알아 볼 요령으로 엉겁결에 말해버렸다. 그러자 저쪽에서는 다소 놀라는 눈치더니 이내,

"거긴 무엇하러 가시나, 그 골짜길?"

하고 반문을 해왔다. 그러나 나는 수곡리를 가는 길을 알고 싶었기 때문에,

"혹시 수곡리로 가는 길을 아시나요?"

하고 되물었다.

"알긴 아네만 대체 그 골짝엘 무엇하러 가시나?"

하고 이번엔 나이가 들어 보이는 촌노가 뒤를 돌아다 보며 물었다.

"아니, 그저 길을 알고 싶습니다."

"그럼 우리하고 동행하면 되겠군."

나이가 들어 보이는 또 다른 순박한 촌노는 그러면서 자리를 이쪽으로 옮겨왔다. 나에게 술을 권해왔다. 술은 못하였지만 모처럼 촌노가 정성스레 따라주는 술이었으므로 메스꺼웠지만 꾹 참고 넘겼다.

"수곡리까지는 몇 리나 되나요?"

나는 그릇을 옮겨 노인에게 따라주면서 말했다. 노인은 양복을 입은 내가 술을 부어주자 몹시 송구스러워하는 자세로 술을 받더니 마시면서,

"한 시오리 될 게야."

하고 정성스럽게 받았다.

"버스는 없나요?"

"버스가 있지만 하루에 세 번밖에 다니지 않네 그려."

촌노는 술을 다 마시자 썩썩 입맛 다시는 소리를 내며 말했다. 나는 나머지 촌노 한 분에게도 술을 따라 주었다. 그러자 이번엔 그 촌노가 아침과 이맘쯤, 그리고 저녁 막차가 한 차례씩 버스가 다닌다고 말하였다. 두 촌노는 나에게 술을 한 잔 권하자 같은 동행인으로 의무를 다 하였다는 듯 두 촌노끼리 다시 잔을 주고 받으며 그들 이야기에 몰두하였다. 나는 그런 촌노들을 물끄러미 바라보며 버스가 오기를 기다렸다. 내가 물끄러미 두 촌노들을 바라보자 두 촌노는 자기들끼리 지껄인 것이 미안한지 다시 나에게 말을 걸어왔다.

"혹시 수곡리에 아는 분이라도 있으시나?"

얼굴에 검버섯이 난 노인이 다시 물었다. 그는 내가 수곡리엘 간다고 하자 이제껏 수곡리에서만 살아온 자기가 수곡리에선 모르는 사람이 없을 텐

데 하고 내가 수곡리를 찾아가는 이유를 모르겠다는 표정을 지었다.

"아닙니다. 좀 일이 있어서."

나는 당황하며 얼버무렸다. 나는 버스를 타고 오면서 남자가 하던 말이 생각이 나서 수곡리에 도착하기 전까지는 아무에게도 내가 교사라는 것을 밝히지 않으리라고 마음 먹었다. 그러면서 한편으로 집히는 것이 있어서,

"수곡리엔 교회가 있는 것으로 알고 있는데요."

하고 물었다.

"있지, 일제 강점기 때부터 있던 아주 오래된 교회야."

나이 많은 촌노가 답하였다. 이가 빠져 소리가 이 사이로 흘러나왔다. 나는 나이가 많은 촌노의 그 이 빠진 소리가 우스워서,

"할아버진 연세가 어떻게 되셔요?"

하고 물었으나 그것이 곧 쓸데없는 소리임을 알았다. 두 촌노는 다시 나의 존재가 안중에 없다는 듯 자기들끼리만 이야기를 주고 받았기 때문이었다. 나는 그들 이야기를 들려오는 대로 듣고 있었다. 그들 이야기는 한결같이 누구누구가 소를 샀으며 누구누구는 땅을 사서 동면으로 이사할 것이라는 등 전형적인 촌노들을 연상시키는 말들을 하였다. 그때였다. 좀 더 나이 들어 보이는 촌노가 생각난 듯이 말했다.

"참, 선생 발령이 났다고 하드만."

검버섯 촌노가 알고 있다는 듯이 맞장구를 쳤다.

"워낙 무식한 골짜기인지라 가르칠만한 곳이 안되는 곳이여, 그래도 선생님이 오신다니 여간 반가운 것이 아니어."

"발령 나믄 무얼 해, 얼마 안 있으면 또 가버릴텐데."

"허긴, 그래 서울에서 오신 선생님들은 견디어 내지 못하는 곳이지, 이번 선생님도 얼마 버티지 못할 거야. "

이쪽의 촌노가 말하고 있었다. 나는 어렴풋이 짚히는 데가 있어서,

"할아버지들 무슨 이야기십니까, 혹 학교가 잘못된 것이라도 있습니까?"

하고 슬쩍 끼어들며 물었다.

"아 아니, 아무것도 아니야. 그런데 젊은이는 수곡리엔 무엇하러 가시나요?"

검버섯이 얼굴에 우락부락하게 핀 촌노가 물었다.

"아, 네 전……"

그러다가 나는

"목사님을 만나러 갑니다."

하고 이번엔 내가 수곡리로 왜 가는지 그 이유를 피할 수가 없어서 얼결에 말해버렸다. 그러나 그렇게 얼결에 말해버린 것이 여간 잘 대답한 것이 아니었다. 내가 수곡리로 가겠다고 형님한테 말하였을 때 처음엔 몇 번 말리려다가 돌이킬 수 없었던지 형님은 그곳에 계신 목사님이 젊으신 분인데 나처럼 자원하여 그곳으로 가신 분이라면서 그곳엘 가거든 먼저 목사님을 찾아보라고 말하였다. 그리고 교육청엘 갔을 때 나는 그곳 교회가 바로 야학으로 쓰고 있다는 것 같다는 애매한 답을 받았던 것이었다.

"참 젊으신 목사님 말이신가?"

두 촌노가 동시에 나를 바라보았다.

"또 다른 목사님도 계신가요?"

나는 어느 때보다 예의를 갖추며 조심스럽게 물었다.

"목사가 둘이여, 나이 든 목사 허구 젊은 목사허구, 나이 든 목사는 일제 때부터 있었어, 수곡리 아이들에게 야학하느라 애썼구먼."

"예에."

나는 내가 뻔뻔스럽게 거짓말을 하고 있다는 사실에 속이 뜨끔하였으나

아직까지 내가 교사라는 것을 밝힐 때가 아니라고 생각하였다. 그때 창문으로 먼지를 뽀얗게 날리며 오고 있는 작은 버스가 보였다. 아까 동면까지 타고 왔던 버스보다도 더 작고 낡은 승합차였다. 두 촌노가 먼저 타고 이어 내가 올랐다. 의자가 찌들어지고 창문엔 손을 댈 수 없을 만큼 먼지가 뽀얗게 묻어 있었다.

버스는 느리게 갔다. 먼지가 꼭꼭 닫은 차창을 비집고 계속해서 들어왔다. 촌사람들이 손을 들 때마다 빠지지 않고 섰다. 나는 손수건으로 코를 막지 않으면 안되었다. 버스는 이리저리 패이고 돌이 솟구친 곳을 피해 가는 것 같았다. 석양에 비친 노을이 만물을 붉게 물들이고 있었다. 동면에서 한 이십여 분을 산으로 가더니 버스가 서자 한 눈에 내려다 보이는 조그만 마을이 나타났다. 두 촌노가 내리고 한 사람을 태우고 버스는 다시 가기 시작했다. 빈 자리가 많았는데도 그는 굳이 내 옆 자리에 앉았다.

내가 아무 말이 없었는데도 그는 내게 귀찮을 정도로 말을 걸어왔다

"수곡리까지 가십니까?"

"네."

"혹 선생님 아니십니까? 선생님이 발령났다는데."

"네."

나는 이번에는 속일 수 없어 그렇다고 대답했다. 그러자 그는 반갑다는 듯 자기가 아는 학교에 대한 소식을 쏟아내었다.

"수곡리에는 여섯 분의 선생님이 계시는데 모두 훌륭한 선생님들이시죠. 학생 수는 모두 150여 명이고 다섯 분의 선생님이 나누어 가르치고 있지요. 5, 6학년은 학생 수가 적어 합동 수업을 한답니다. 읍내에서도 2시간여, 면에서도 시간 여가 걸릴 정도이지요."

수곡리의 학교는 산 기슭 아래 있었다. 정발산은 군의 끝에 있는 산으로

근처에는 지뢰가 많이 매설되어 있었다. 휴전선 근처의 학교였다. 근처에 사격장이 있어 후에 '사격장의 아이들'이라는 영화의 배경이 되기도 하였던 곳이다. 휴전선 가까이 있는 마을이라 사람들은 반공 의식이 투철하였다. 전쟁이 훑고 간 마을이었지만 전쟁 전이나 후나 달라진 것은 없었다.

"교장 선생님은 예순이 넘으신 분이시고 나머지 분도 나이 많으시지만 그 중 나이가 제일 젊으신 선생님 한 분이 계시지요. 젊다 보니 학교 일을 도맡아서 하고 있어요. 모두들 점수를 따기 위해 오는 선생님이시지만 김 선생님만은 그런 것을 마다하고 있는 참다운 선생님이라 할 수 있지요."

"들은 소리가 있어 하는 이야기지만 선생님께서는 고향이 읍내가 아니라고 하시던데."

"네 고향이 이북이라는 소리를 들었읍죠. 부모님이 모두 북에 계시는 것으로 알고 있습니다."

"고생도 많이 했지요. 선생님은 평양 음악대학을 나온 것으로 알고 있는데 그게 무슨 대수입니까? 여기서야 사범학교를 나와 정식교사가 되어야 알아주지요. 이 조그만 마을에 학교 선생님은 아이들의 태양이고 꿈이지요. 아는 것이 그것밖에 없으니 마을 사람들도 모두 선생님을 존경하지요."

우리의 대화는 자연스럽게 김 선생님에 대한 이야기로 넘어갔다. 교육청에서 들기로는 선생님은 오래전부터 수곡리 한 군데에서만 근무하고 있을 뿐 결코 마을을 떠나본 적이 없다고 들었다. 규정을 어겨가면서까지 남들이 싫어하는 오지 산골학교에 머물러 있으려고 한 것이었다. 승진을 위한 것도 아니었다고 했다. 그냥 그는 거기에 오래전부터 있었던 것이었다.

그는 마을을 위해서 하는 일도 많았다고 했다. 마을은 분지 형태의 마을이었다. 분지 마을에 펑퍼짐한 곳이 있어 그곳에서 벼농사를 짓거나 산지 비탈을 막아 다랭이논 형태로 벼농사를 짓고 있었다. 산나물을 캐거나 돼지 한두 마리씩 기르는 것이 마을의 주 소득원이라고 그랬다. 거기서 그는 일대 혁신적인 일을 했다. 집집마다 토끼를 분양하고 염소를 분양해서 마을 소득을 증대시키고 문맹의 사람들을 모아 한글을 깨우치게 했다. 그것은 이기적이고 게으른 마을이 생긴 이래 처음 있는 일이었다. 김 선생은 그곳이 처음이고 그곳에서 지금까지 십수 년을 마을 사람과 함께 했다고 했다. 불편하기 짝이 없는 교통과 열악한 환경, 다른 선생님들이 다 떠나는 데도 김 선생은 떠나지 않았다고 했다. 그렇다고 승진을 위해 점수를 따기 위한 거도 아니었다고 했다. 그는 다만 교사의 일에 사명을 다할 뿐이었다고 했다. 교육청에서 들은 바가 있어 익히는 알고 있었지만 오늘날에도 이런 교사가 있다니 싶었다. 사범학교를 졸업한(나는 사범학교 마지막 졸업생이었다. 이후로는 사범학교는 교육대학으로 변하였다.) 나에게 사실 이런 벽지는 미련이 없었다. 내가 왜 이런 학교에 있느냐고, 적어도 사범학교 출신은 이런 곳이 올 데가 아니라고 생각했다. 많은 동료들이 발령받은 학교가 마음이 들지 않아 임지로 가지 않거나 부임해서는 아프다는 핑계로 가지 않는 경우가 다반사라는 것을 간간 듣고는 있었다.

도시에서는 교사가 남아돌고 시골에서는 선생님이 모자라 교육청에서 교사 발령을 받아오는 일이 교장이 하는 중요한 일 중의 하나가 될 정도였다. 내가 가는 학교도 마찬가지였다. 교사가 발령나자마자 그만 두는 경우라던가 아니면 발령을 받고도 한참 미적대고 부임하지 않았다. 교사가 인기 있는 직업도 아닌 때였다. 그 학벌에 나가면 얼마든지 돈을 벌 수도 있었다.

"김 선생님은 고향이 어디인지 결혼은 하셨는지 토옹 자신에 대한 이야기를 하지 않으시니까요, 물으면 그냥 웃기만 하시니까요."

"그렇다면 숙식을 혼자 해결하시겠군요."

"그렇지요. 더러 뜻있는 학부모들이 때때로 식사를 해주고는 합니다만 크게 고마워하거나 하는 표정이 없으니까 우리는 알 수가 없지요. 거기 있는 선생님들 대부분이 그렇지요. 시간만 나면 읍내 집에 내려갈 생각을 하지 여기로 가족을 옮길 생각은 없는 것 같아요. 김 선생님 혼자 학교를 지키는 셈이지요.”

“제가 알기로는 선생님들 다섯 분이 계시는 것으로 알았는데 네 그런데 보면 늘 한두 분이 계시지 않아요. 병입네, 가족 일이네 하면서 자주 학교를 비우는 일이 많지요.”

그렇게 그와의 이야기는 온통 김 선생님에 대한 이야기에 몰려 있었다. 김 선생에 대한 마을 사람들의 신뢰는 대단한 것 같았다. 그만큼 비밀도 많은 것 같았다. 그러면서도 그가 누구이며 나이가 얼마인지도 주민들은 모르는 것 같았다.

“때때로 군대를 가지 않기 위해 이 골짜기로 숨어드는 교사도 있어요. 지난번 서 선생님이라는 분이 계셨는데 그분은 우습게도 당시 2년제 광주사범대학을 나오셨지요. 그런데 이런 휴전선 가까운 골짜기까지 오게 되었습니다. 군대를 피해서 말이지요.”

여기에서의 이야기도 주로 그런 이야기였다. 군대를 갔다 오지 않은 선생님이 낯선 사람을 보면 괜히 교단 밑에 숨거나 자신을 최대한 숨길 수 있는 곳으로 피신한다든지 하는 이야기였다. 하긴 올바른 정신을 가지고 이곳에 오는 선생님들은 사실상 없었다. 그는 이야길 튼 것이 좋았는지 계속해서 학교 일에 대해 자기가 아는 한의 모든 것을 이야기했다. 거기 계시는 교감 선생님과 그 밑에 계시는 선생님들의 특징 하나하나 놓치지 않고 들었다. 수곡리에 문명의 물이라고는 학교 하나가 전부일 뿐 더 이상은 없었다. 그러니만치 학교는 마을의 중심이었다. 선생님은 마을에서 제일 어른이고 중심이었다. 그러나 그것도 사람 나름이지 한번 그 선생님이 어떻다고 소문이 나버리면 산골은 산골일 만큼 그 소문을 끄기가 쉽지 않았다. 이런 것을 미리 전해 들은 바 있었기 때문에 나는 내가 쉽게 포기하고 나오는 것을 경계했다. 있는 그대로 받아들임으로써 쉽게 절망하지 않기를 원했다.

"그는 참 알 수 없는 사람이었습니다. 그렇게 많은 수곡리 사람들과 어울렸으면서도 도대체 자기 이야기를 하지 않았어요. 결혼을 했는지, 고향이 어딘지 선생님들로부터 들은 이야기이긴 하지만 고향은 이북 어디라고 하는 것 같았는데 결혼은 했는지 안 했는지 선생님들 사이에도 모르는 것 같아요. 그의 이력서 상에는 결혼한 것으로 되어 있지만 토용 사모님과 아이들을 본 적이 없으니까요. 선생님들이 거주하는 사택에 사모님이 오신 것을 보지 못했어요. 몇 년이 지나도록.

공휴일에도 어디 갈 데가 없는지 사택에 머무르면서 그저 학교에 나와 일하는 것으로 보내고 했어요. 선생님이 승진에 힘쓰는 것 같았으면 선생님들 사이에도 질시하는 선생님들이 계셨겠지만 선생님이 그런데 워낙 관심이 없으니까 같은 선생님들도 김 선생님을 존경하는 것 같았어요. 그렇지만 국민학교 선생님들이 그렇지요. 우리가 볼 때는 하찮은 것인데 그런 일로 가끔 김 선생님을 헐뜯는 소리도 흘러 나오더라고요."

그가 계속하는 이야기는 김 선생에 대한 칭찬 일변도였다. 이 시대 정말 참교사로서 아이들을 위해서 태어난 이 수곡리에 꼭 필요한 사람이라는 것을 침이 마르도록 칭찬했다.

"선생님이 오신 지 십수 년이 지났는데 마을도 엄청 변하기도 했지요. 무엇보다 이 학교가 반공교육 우수학교가 된 것이었어요. 접경지역에 있다 보니 아무래도 그런 교육이 바로 되어 있지요. 전쟁 때는 이곳을 인민군이 지나기도 했구요. 마을 사람들도 반공교육만큼은 철저하지요. 아무래도 환경이 가져다주는 효과가 아닌가 해요."

그는 특히 반공교육을 주목했다. 중공군 3사단과 괴뢰군 34사단이 지나간 골목에 위치하고 있어서 주민들에 대한 선무나 간첩 색출 같은 것은 군 내학교에서 시범을 보이고는 하였다고 했다.

"김 선생님이 주목했던 것은 시청각적인 방법을 도입했던 것이었지요. 여하튼 그냥 가르치는 일이 없었어요. 반드시 한 시간이라도 시청각적인 방법을 도입했지요."

해방이 되었다고는 하지만 사실 우리 교육은 일제 강점기를 그대로 답습하는 형태가 많았다. 학교에서 가르치는 것은 일본 교사가 남기고 간 방법 그대로였다.

"선생님은 이뿐만이 아니었어요. 마을이 일대 변혁이 일어났으니까요. 지금 수곡리는 인근 마을 중에서 가장 소득이 많은 마을이어요. 사람들이 생각지 못한 양봉과 버섯재배를 가르쳐서 일대 모범사례 마을로 꼽히기도 했어요."

그의 김 선생님에 대한 칭찬은 이제 끝이 아니었다. 나도 익히 들어온 바 있지만 마을 사람 입을 통해 직접 듣는 김 선생님의 실화는 조금도 가식이 없는 그대로였을 것이었다. 버스는 어느새 마을 공터에 와 있었다. 여기가 하루 세 번 버스가 오가는 수곡리 정류장이었다. 마을은 높은 산에 가려 있는 분지였고 다섯 개의 마을이 산 주위에 몰려 있었다. 마을 이름들이 독특했다. 누른점, 안쪽내, 햇빛마을, 논골, 깊은골 이름대로 동네가 배치되어 있다고 했다. 이런 이름들은 김 선생님이 와서 우리말로 고친 것이라 했다.

학교는 역시 생각대로 작은 학교였다. 6학급이었고 교감도 담임을 맡고 있었다. 내가 가기 전까지는 선생님 한 분이 비어 있었기 때문에 그야말로 내가 온다는 것만으로도 환영받을 만한 처지였다. 그는 나와 어떻게든 잘 사귀어볼 요량인지 학교 운동장으로 돌아오면서까지 친절히 안내해주었다. 내가 학교로 들어가자 해는 붉게 변했다. 운동장도 학교 건물도 모두 붉게 변해 있었다. 봄 노을이 짙었다. 그런데 이상한 현상이 있었다.

우리가 학교 운동장으로 들어가자 운동장에 웬 군용 지프가 서 있었다. 군용 지프가 학교에 왜 서있는 것일까? 그런데 놀랍게도 우리는 대위 계급장을 단 장교와 사병 2명에 끌려 나오는 한 사내를 볼 수 있었는데 처음에는 그곳에서 일하는 용원이거니 했다. 그는 무척 피곤한 모습으로 두 헌병에게 양팔을 잡혀 마지못해 끌려 나오는 표정이었는데 그 모습은 더 이상 피할 곳이 없는 또는 오랫동안의 도주 끝에 잡혀 차라리 홀가분하다는 그런 표정이었다.

나와 같이 학교 운동장으로 걸어가던 김 선생을 침이 마르도록 칭찬했던 그 사람은 순간 깜짝 놀라는 것 같았다. 그의 얼굴은 마치 자신이 수갑을 찬 채 양 어깨를 헌병에게 맡긴 채 끌려 나오는 것처럼 바들바들 떨고 있었다.

'아니, 김 선생님이 왜?'

나는 그가 신음하듯 내지르는 모습에서 비로소 그가 김 선생님이라는 것을 알았다. 그 순간 놀란 것은 오히려 내 쪽이 더했다. 아니, 내가 아는 김 선생님은 저럴 분이 아니었다. 뭐가 잘못되어도 한참 잘못된 것임에 틀림없었다. 마을 사람은 김 선생님을 향해서 쏟아냈다.

"아니, 선생님, 어찌 된 일입니까?"

마을 사람이 장교와 헌병들을 향해 외치듯이 말했다. 김 선생님은 우리를 한번 힐끗 쳐다보더니 도로 고개를 숙였다.

"김 선생님은 아무 잘못이 없어요. 도대체 왜 이렇게 잡아간단 말입니까?"

그러나 헌병들은 아무 말 없이 김 선생님을 지프에 태웠다. 뒷자리에 김 선생님을 가운데 두고 양 옆에 헌병이 앉았다. 대위는 앞자리에 앉고 운전

병은 쏜살같이 운동장을 빠져 나갔다. 그 빠져 나간 운동장이 일요일 아침 운동장처럼 횡했다. 운동장에서 노는 아이들도 없었다. 교무실로 들어가자 선생님들이 멍한 표정으로 앉아 있었다. 혼란스럽기는 선생님들도 마찬가지인 모양이었다. 내가 부임해온 사실보다도 김 선생님이 잡혀 나간 사실에 더 신경이 쓰이는지 내가 부임한 새내기라는 사실은 뒤로 묻혀 있었다. 김 선생님이 잡혀간 이유는 곧 밝혀졌다. 군대를 가지 않기 위해 피해 다니다 결국은 잡혀 들어간 것인데 더욱 놀라운 것은 김 선생님이 김 선생이 아니라는 것이었다.

선생님들끼리 하는 이야기로는 김 선생은 어느 날 길거리에서 교사자격증을 줍게 된다. 직업이 없었던 그는 그 자격증을 들고 김 선생 역할을 주욱 해왔던 것이었다. 그것도 교사 자격증에 적힌 주소인 경상도가 아닌 경기도에서. 김 선생님이 수갑을 차게 되었던 것은 혁명 이후 점차 자리를 잡아가자 군대를 다녀오지 않은 사람들을 사회 정의 차원에서 잡아들이게 되었는데 그 과정에서 결국 김 선생님의 신분이 드러난 것이었다. 이 사실을 알고 학교는 모두 깜짝 놀랐던 것이었다. 평범한 선생님이었으면 몰랐을까? 김 선생님이 남다른 열정을 가지고 마을과 학교를 위해 봉사를 한 참다운 교사였기 때문에 학교에서는 충격적인 표정이었다. 더더욱 놀란 것은 김 선생님은 김 씨가 아니라 이 씨였던 것이었다.

나의 첫 부임의 광경은 이러했다. 수십여 년이 지나 퇴직한 지금 그때 일을 생각하고는 씁쓸한 생각을 했다. 그는 지금 어떻게 되었을까? 자격증을 가진 나보다도, 마지막 서울사범을 졸업한 나보다도 자격증이 없는 그가 훨씬 유능한 교사였음은 두말할 필요가 없었다. 자격증이란 무엇일까?

이상한 경험

그날 강의는 창조론과 진화론에 관한 것이었다. 가톨릭 계통 학교여서 그런지 일주일에 의무적으로 한 시간씩 성경 공부 시간이 있었다.

비신자 학생들이 듣는 경우도 있었기 때문에 학교에서는 되도록 성경을 즐겁게 가르치려고 했고 그래서 강의를 잘하고 즐겁게 아이들과 소통할 수 있는 강사를 모시려고 신경을 쓰고 있었다. 주로 은퇴한 신부님들 중에서 소통의 달인을 골랐는데 그것도 싫증나지 않게 한 달 간격으로 강사를 바꾸었다. 그런데 이 강의가 의외로 인기가 있어 정말 억지로 끌려가다시피 하는 학창 시절에 성경 시간을 기다리는 재미로 살아가는 학생도 있을 정도였다.

"이번 신부는 좀 독특하다면서, 뭐 조폭 출신이었다 그러던데."

"그런 사람이 어떻게 신부가 되었을까 신부 되기 쉽지 않았을 텐데."

"여하튼 신부가 되었으니 대단해."

"글쎄, 신부란 그런 독한 면이 있어야 되는 것 아닐까? 지난 주 그 아프리카 수녀 이야기는 정말 감명 깊었어. 사람이 어떻게 그런 길을 갈 수 있는지……"

"그러기에 말이야, 예수님도 참, 그 아까운 사람을 일찍 하늘로 보냈으니, 하늘이 하는 일은 정말 알 수가 없어."

우리는 관심 속에 유명하다는 그 신부님에 대해 혹시 네이버상에 신부님의 이름이 뜨지 않을까 싶어 뒤질 수 있는 것은 다 뒤져 보았지만 그러나 신부 안드레아 이상균은 나타나지 않았다.

우리가 그날 그 수업을 듣고 생각한 것은 우리는 물론 크리스천들은 아니었지만 진화론보다 창조론을 보다 믿게 되었다는 사실이었다. 그 이유는 간단했다. 그 신부님의 강의 중 이 세상은 원래 모두 만들어진 것이었지만 그 만들어진다는 것이 오늘날 '만들다'라는 능동적인 것으로 바뀌어 가고 있다는 말에서 우리의 공감을 받았기 때문이었다. 사실 처음 우리 인간은 만들어진 것이었지만 그 후 우리 인간의 역사는 모두 만든 것이 아니었던가? 진화란 부분적인 것일 뿐 근본적인 것이 되지 못했다.

우리의 고교 학창 시절은 그것 외는 별다른 기억이 없었다. 우리가 다시 사회인이 되어 만난 것은 이십수 년여쯤 지난 무렵이었다. 서로가 먹고 사는 일에 바빠 만나지 못하다가 동창 중 한 친구가 늦게 결혼하면서 다시 모이게 된 것이었다.

우리는 그동안의 서로의 살아온 날을 이야기했다. 누구누구는 성공하고 누구누구는 결혼을 잘하고, 누구누구는 감옥에 갔고, 서로가 아는 것에 대해 아는 만큼 거리낌 없이 질러대었다. 다들 학창 시절에 공부를 잘해서 이름을 날렸다거나, 기타를 잘 치거나, 콩쿨에서 상을 받은 그런 아이들의 이야기들이었다. 사십 줄이었으므로 이제 판가름 날 만큼은 판가름 났다고 여겼지만 그래도 인생은 끝까지 가보아야 알 수 있지 아직은 모른다는 말로 모두 스스로를 위로하고 있었다. 그러나 사실 우리들은 우리들의 전도를 알 수 있을 것 같았다. 이제껏 그래왔던 것처럼 더 이상 발전의 가능성은 없을 것이었다. 그러다가 다들 돌아가고 지금도 그렇지만 학창 시절 성적으로나 성격으로나 존재감이 없었던 우리끼리 따로 모이게 되었다. 그러다가 누군가가 여행 이야기를 꺼낸 것이었다

"어때 이번 만난 김에 여행이나 한번 다녀오면 어떨까? 만났으니 기념이 라고나 할까?"

그렇게 말했던 것은 영운이라는 아주 존재감 없던 친구였다. 그는 키가 작고 가벼웠고 누구나 있을 수 있는 아주 보편적인 얼굴을 하고 있어 그가 우리 반에 있었던 것인지조차 친한 우리 이외에는 몰랐던 친구였다.

"거, 괜찮은 아이디어인데."

"그래, 한 번 이 세상 끝까지 가보자."

그의 번듯한 말에 우리는 썩 괜찮다는 생각을 했다. 그런 생각을 한 이면 에는 공교롭게도 우리 모두가 그 흔하다는 외국 여행을 한 번도 가보지 않 았다는 면도 있었고 보다 더는 우리가 학창 시절이나 사회에 나와서나 별 볼 일 없는 인간이었다는 동류의식에서도 찾을 수 있었다. 사실 우리는 얼 마나 평범했던가? 그냥 성격도 중간, 열정도 중간, 내세울 것 없는 고만고만 한 그렇고 그런 존재였다. 우리들이 할 수 있는 것은 그냥 죽은 듯이 회사의 한 구석에 처박혀 찌그러져 살아가는 것이었다. 꽉 막혀 더 이상 나아갈 수 도 없고 그렇다고 뒤로 뺄 수도 없는 지금의 상황에 대하여 우리는 이 비통 한 현실에서 한번쯤 벗어나고 싶은 생각이 들기도 하였던 것이다.

그래서 우리는 구체적으로 약속을 잡았고, 이번 여름 휴가를 이용하자고 하였다. 집의 휴가 계획도 있었지만 우리는 각자 잘 설득하기로 하고 한참 바쁠 때를 피해 좀 수월한 날을 잡아 몽골 여행을 가기로 하였다. 여행지를 몽골로 잡은 것은 딴은 들은 소리, 곧 밤하늘 별 보기, 양 한 마리 잡아먹기,

게르 체험, 말타기 같은 유목민 체험을 할 수 있다고 하였기 때문이었다. 아니 좀 더 솔직히 말하면 아무도 모르는 초원에 가서 말을 타며 아무도 모르게 '우리는 루저가 아니다' 하고 소리치고 싶었던 것인지도 몰랐다. 울분이라고 해도 좋았다. 마흔이 넘도록 기를 펴지 못한 채 살아온 우리가 갖는 답답함의 토로였다. 이번 몽골 여행에서 이 모든 것을 모두 떨쳐버리고 오고 싶었다. 때가 때인 만큼 훨씬 북쪽에 있는 몽골로 피서를 간다는 그럴듯한 구실도 되는 것이었다.

우리가 몽골 징기스칸 국제 공항을 내렸던 것은 칠월의 첫째 날 여름이 한참 물오르는 무렵이었다.

"양 한 마리 잡아먹으면서 별을 본다는 것은 대단한 낭만일 거야."

"더욱이 직접 양을 잡고 그것을 실제로 구워 먹고 게르에서 잠자고 말타기를 하는 것은 이제껏 여행의 개념을 확 바꾸는 것 아닐까?"

40줄의 남자들의 생각이 실로 낯 간지럽고 채신머리 없는 것이기는 했지만 생각해보라. 최초의 외국 여행에 대해 갖는 감정이란 것이 나이 든 남자라고 해서 체면이라는 가면 아래 감추고만 있을 수가 있을까? 우리는 서로 남들이 무어라 하든 나름의 기분에 들떠 마음을 풀어놓았고 그것은 평소의 불만에 대한 이탈이었는지도 모른다.

"글쎄, 몽골 초원에서 바라보는 밤하늘은 어떨까? 서울의 그 흐지부지한 밤과 어떻게 다를까?"

"달라도 많이 다르겠지. 밝은 서울 밤거리에서 어디 별을 제대로나 볼 수 있었어?"

그것은 꼭 우리의 모습을 그대로 나타낸 것이라고 여겼다. 얼마나 밝아야 서울 밤하늘에서 뚜렷이 빛날까? 보통의, 아니 솔직히 말해 보통 이하의 세계를 살아나가고 있는 우리가 스타가 될 수는 없는 일일 것이다. 고등학교 때의 담임선생이 하던 말이 떠올랐다.

'무릇 사내라면 오기가 있어야 돼. 무엇이라도 해낼 수 있는 자신감이 있어야 돼. 그냥 위축해서 수그러들면 경쟁사회에서 낙오자가 된다. 루저가 되지 않으려면 오기가 있어야 하고 자신감이 있어야 하고 노력이 있어야 한다. 오기와 자신감만 믿고 노력이 없으면 비웃음거리가 될 뿐이야.'

그때 그 말을 듣고 우리들은 저마다 속이 뜨끔거렸다. 자신들에게 그런 것은 영원히 없을 것 같았기 때문이었다. 그때도 그랬지만 사실 지금도 우리들은 오기도 자신감도 없었고 그저 수축되고 오그라들어 그저 천상천하 루저인 채 살아갈 뿐이었다.

게르 체험하는 날은 몽골 여행의 둘째 날에 있었다. 첫째 날은 신경 쓰는 것 없이 그저 따라가면 되는 것이었지만, 이런 것이 외국 여행인가? 어찌 이런 수준의 나라가 세계를 제패할 수 있었나? 하는 의구심만은 떠나지 않았다. 그와 함께 울란바토르의 혼탁한 공기는 그런 것을 피해 보려고 왔던 우리에게 여간 큰 고통이 아니었다. 우리는 버스를 타고 울란바토르 시내를 구경하면서도 매연과 좁은 도로, 체계 없는 교통 정책, 이런 것을 보며 그래도 한국이 괜찮은 나라구나 하는 것을 느꼈다.

둘째 날 울란바토르를 지나 처음 말로만 듣던 초원을 실제 보았을 때, 우리는 조금 실망하지 않으면 안되었다. 우리는 말채찍을 말아 들고 말갈기를 날리며 망망한 초원을 달려가는 모습을 상상하였는데 전혀 그런 것이 아니었기 때문이었다. 그래도 첫 외국여행이라는 데에서 그리고 이제껏 국내여행 경험과는 다르다는 면에서 실망한 마음을 접고 있었다.

우리는 이미 가이드와 양 한 마리 잡는 행사를 계획하고 있었다. 우리보다 우리와 함께 간 나이 든 사람들이 더 적극적이었다. 남녀성비는 모두 부부 동반으로 왔는지 반반이었지만 우리가 모두 남성이었기 때문에 우리만큼 성비균형이 깨졌다. 그러니만치 여행의 주도권은 그들의 뜻에 따라 움직이고 있었고 우리는 그냥 그들의 뜻에 따라가면 되었다.

그리고 양 잡는 시간이 되었다. 자신의 앞으로 일어날 운명을 아는 것일까? 우리는 그날 분명히 보았다. 양의 체념한 듯한 모습을. 처음 양은 끌려오지 않으려고 뒷걸음질 치며 나름대로 발악을 했지만 두 사람의 압도적인 힘에 비해 그것은 발악이 아니라 흉내일 뿐이었다. 자신의 죽음의 순간을 안다는 것은 얼마나 참혹한 일인가? 단지 인간의 입의 즐거움을 위해 그들이 죽임을 당하는 모습을 보면서 마음이 편한 것이 아니었다. 게다가 아무리 동물이라도 죽어가는 양의 모습을 처음부터 끝까지 흥미진진하게 바라보는 인간의 모습이란 것이 참.

우리 네 사람은 그 슬픈 양과 우리들이 여지껏 주저주저 살아온 세월이 생각나서 차마 그 모습을 보지 못하고 그들 밖으로 나왔다. 동류의식이 들었다. 혹 우리가 저런 꼴이 아닐까? 우리는 게르 주변을 돌기도 했고 말똥인지 야크 똥인지 모를 마른 똥이 잔뜩 깔린 산 언덕을 오르기도 했다. 빨리 어두워지기를 기다렸다. 별이나 실컷 보자. 몽골 여행의 백미라고 하는 게르 체험과 양 한 마리 잡아 양꼬치 해 먹기, 몽골의 투명한 맑은 밤하늘의 총총한 별 바라보기, 말타기 등의 유목민 경험을 예상하고 왔던 우리지만 양 잡는 모습을 눈으로 직접 보자 그 살해당하는 양을 꼬치로 만들어 몽골 꼬냑인 40도의 '징키스칸 40'과 함께 먹는 일은 차마 상상하기조차 싫었다. 에이, 좀 남자답게 잔인할 줄도 알고, 남을 깔아뭉갤 줄도 알고, 피 묻은 양의 심장을 먹을 줄도 알고, 남을 비난할 줄도 알아야 하는데, 그런 것은 애초 소심한 우리들과 관계없는 것이었으니……

우리들은 그들과 떨어져 다른 저녁과 밤을 보냈다. 게르도 퀴퀴한 냄새가 나고 제때 불도 들어오지 않아 들어가기 싫어 우리는 그냥 길이 나 있는 대로 걸었다. 우리가 생각한 몽골 여행은 사실 이런 것이 아니었다. 우리의 허약한 위치에서 벗어나 말을 타고 양을 잡아먹고 게르 숙박 같은 거친 유목민 체험을 하고 낭만적인 몽골의 밤하늘을 바라보며 그동안 지시받고 스트레스 속에서 살아왔던 멸시받고 조롱받던 감정을 맘껏 초원에다 풀어놓고 싶었던 것이었는데, 그러나 양을 잡아먹는 일에서부터 우리들은 전의를 잃고 만 것이었다.

역시 신은 우리들 편이 아니었다. 그만큼 못가지고 태어난 인간, 그만큼 고민하며 살다가 죽어가라는 계시를 받은 것 같은 운명에 우리들은 슬프고도 비참했다. 역시 우리에게는 없구나. 비록 다른 친구들이 우리들의 무능력을, 더듬거림을, 승진 못함을 비난할지라도 우리들은 그것을 당연한 것처럼 여겼기 때문에 그것에 대해서 속은 좀 상할지라도 현실이 그런 것인데 어쩌라고 하면서 분개하거나 저주하지는 않았는데, 아니 오히려 자신들은 으레 그런 거니 하는 체념 속에서 살아와서 그런 것으로 속상해하지는 않았는데, 정작 양의 죽어가는 모습을 보자 속이 상하며 마음 속에 품고 왔던 몽골 여행에 대한 환상이 깨지는 것을 느꼈던 것이었다.

우리들은 누가 먼저랄 것도 없이 서녁의 붉은 빛이 사라지고 별들이 하나둘 나타나자 약속이나 한 듯 몽골 초원을 향해 걸어갔다. 실망 속의 몽골 여행에서 별마저 잃어버릴 수는 없을 것 같았다. 그런 것도 있었지만 별은 우리에게 무슨 희망을 줄 것 같았다. 별은 무엇일까? 사람들은 예부터 별을 하나의 희망, 비전으로 바라보았다. 해바라기가 태양을 사모하여 돌듯이 별을 사모하며 살아가는 것이 우리 인생 아닐까? 실제 우리 기업들은 모두 별의 이름인 삼성, 금성, 효성을 가졌다. 창업주들이 생각하였던 별이 주는 상징이 우리가 갖고 있는 별의 의미와 다르지 않았다.

우리들은 별이 하나둘 뜨기 시작하자, 무작정 그 누구에게도 말하지 않고 별을 바라보며 걸었다. 조금 지나 날이 완전히 어두워지자 갑자기 소리 소문도 없이 별이 쏟아졌다. 순간 우리들은 벌침 맞은 듯 놀랐다. 몽골의 별 보기란 것이 바로 이런 것이로구나. 그냥 별이 한두 개 보이다가 마는 것이 아니라 서울에서는 볼 수 없는 선명한 별이 어느 순간 폭포처럼 쏟아지는데 별 보기 하러 왔던 우리들에게 그것은 정말 구두를 새로 샀을 때 같은 즐거움이었다.

"야 저건 별이 아니라 폭포야, 별 폭포."

갑자기 나타나는 별 무리에 우리 중에 누군가가 소리쳤다.

"참 별이란 것이 신기하지. 저 많은 별들이 어디에 숨었다가 저렇게 갑자기 나타난 거지. 저것들 좀 봐 저거 은하수 아냐."

우리는 초등학교에서부터 하늘 별자리와 은하수에 대해서 배웠지만 은하수가 무엇인지 직접 보지 않아 그냥 느낌으로만 알고 있었다. 보지 않았는데 설명만으로 이해한다는 것이 가능할까? 우리들이 이해할 수 있는 별자리는 북극성, 북두칠성, W의 카시오페아 자리 정도일 뿐 하늘에 대해서 아는 것은 그냥 순수하다고 할 정도였다. 순수하다는 뜻에 모른다, 백치다, 이런 의미가 있다는 것은 잘 아는 사실이다.

모르니까 용감하다고, 우리는 우리가 아는 최대한의 지식을 저마다 일갈했다. 일갈했다고는 하지만 모르니 헛소리 해대는 것이었다.

"그런데 이상하지, 서울에서는 왜 저런 것을 볼 수 없는 것일까?"

"공기 탓 아닐까? 아니면 네온사인 같은 인조 불빛, 그런 것이 아마 하늘 길을 막은 것이겠지."

"글쎄, 그렇게 잘 놓는 다리 같은 것은 왜 없을까, 왜 하늘로 가는 다리는 놓지 못하는 것일까?"

"그러게 말이야, 그렇지만 하늘로 가는 도로는 건설되지 않아, 다리를 놓을 지주대가 없잖아."

"그런데 하늘의 별의 개수는 그 얼마나 많을까, 아니 우주의 끝은 있는 것일까?"

"그러고 보니 생각 나네. 중학교 때 과학 과목 주입중 선생 있잖아. 그 선생님이 하던 말이 기억나는데 우주의 끝은 없다고 하던 말, 아니 우주의 끝은 무얼까? 우주는 크기가 있는 것일까? 있다면 그 크기를 어떻게 재지?"

"모르지."

"그런데 최근의 이론으로는 우주가 자꾸만 팽창된다는 거야. 예를 들어 어떤 별을 어느 순간 다시 보니까 더 멀리 보인다는 거야. 그리고 그 별빛의 광도도 점점 약해진다는 거야. 별은 똑같은 별인데 말이야."

"우주가 점점 팽창되어지기 때문에 그런다는 거겠지."

"그런 논리라면 나중에는 우주가 한없이 팽창하여 하늘에 별이 보이지 않을지도 모른다는 거겠네."

"그렇겠지. 그런데 별이란 것은 생성도 하고 소멸도 한다고 하니 멀어진 만큼 또 다른 새로운 별들이 생겨나기 때문에 그런 일은 없을 거야."

"그러니까 하늘의 별은 없어지지는 않을 거야, 다만 멀어진 만큼 빠르게 별이 생성되지 않는다면 역시 밤하늘에서 별이 보이는 것이 줄어들 염려는 있어."

"그래, 그래, 우리 시대에 빨리 별이나 많이 봐두자. 와 별 좀 봐."

그러나 우리 중의 한 친구는 고개를 갸우뚱했다 그는 이른 나이에 귀농한 친구였다.

"저 정도라면 몽골의 밤하늘도 별거 아닌 것 같은데, 내가 사는 철원 평야에서도 저 정도는 볼 수 있어. 겨우 저 정도 가지고 몽골 초원에서 밤 별

보기 행사라고 할 수 있을까?"

"늘 바다에서 해 떠오르고 지는 것을 본 어부에게는 그게 특별한 의미는 없을 거야. 그렇지만 생각해봐. 저런 것을 보지 못하다가 어쩌다가 별빛 폭포를 본 사람들에게는 놀랄만한 일이잖아. 사실 서울의 밤하늘을 생각해봐. 그냥 밤하늘일 뿐이잖아. 그런 밤하늘만 보다가 별빛 폭포를 만난다고 생각해봐. 그것은 사건이라고 보아도 되겠지. 그리고 여긴 몽골 초원이야. 새해 아침 첫날 바닷가에 가서 처음 떠오르는 해를 바라보는 것과 다르지 않지."

우리는 우리가 아는 최대한의 별에 관한 지식을 떠올리며 무작정 길을 따라 걸었다. 관광객을 위한 게르 시설과도 한참 떨어졌는지 그것은 점이었다가 다시 돌아다 보았을 때는 보이지 않았다. 완전 우리는 인공의 시대를 떠나 그야말로 초원의 세계에 들어선 것이었다.

그러다 보니 덜컥 겁이 나기도 했다. 너무 멀리 온 것은 아닐까? 그러나 우리는 아랑곳하지 않고 걷고 또 걸었다. 언제 우리가 이렇게 일탈을 해본 적이 있을까? 늘 규정·규칙에 얽매이고, 가정에 얽매이고, 사회에 얽매이고, 회사에 얽매이고, 치고 받고 올라오는 후배에게 밀리고, 늘 밑바닥에서만 생활해왔기 때문에 그런 것은 아예 생각조차 해보지 않았다. 그런데 지금은 우리 마음 내키는 대로다.

그러다가 우리는 한순간 똑같이 공황장애 같은 것을 느꼈다. 두통도 났고 현기증도 느꼈다. 그러다가 한순간 갑자기 금방까지 캄캄했던 온 주변이 전등불이 켜진 것처럼 대낮처럼 화안해지면서 서로의 얼굴을 뚜렷이 볼 수 있게 되었다. 이상한 일이었다. 우리가 있는 요 작은 공간 너머로는 여전히 캄캄한 암흑세계였다. 이상하다. 그들은 순간 서로를 돌아보며 이게 어찌된 일일까 싶어 서로의 뺨을 쓰다듬어 보기도 하고 너무도 신기해 서로의 코를 꼬집어보기도 하였다. 그러나 코를 꼬집는 순간 서로 '아얏' 하는 비명을 질렀고 그리고 지금의 상황이 거짓이 아니라는 것을 알았다. 지금껏 우리가 외계로 통하는 통로를 걸어온 것일까? 아니면 차원의 순간이동이라도 한 것일까?

"여기가 어디지?"

누군가의 입에서 그런 신음 같은 소리가 흘러나왔다.

어떻게 우리가 이렇게 된 거지? 우리는 우리가 걸어왔던 길을 한번 뒤돌아 보았지만 온통 암흑일 뿐 우리가 있는 화안한 곳과는 전혀 달랐다. 우리가 지금 있는 곳은 우리의 시야가 닿을 수 있는 거리의 반의 반도 안되는 곳만 화안하게 낮처럼 빛나고 있는 공간이었다. 그리고 그 나머지는 옛날 사람들이 생각했다는 지구의 모습처럼 그 끝은 낭떠러지 같은 캄캄한 세계였다.

"계속 가볼까? 글쎄, 그런데 이상하지 않아. 어떻게 우리가 가는 여기만 이렇게 화안할 수가 있지?"

"우리가 다른 차원의 세상에 온 것은 아닐까?"

"글쎄 말이야, 이상한 일도 있네, 여기 어딜까? 분명 우리는 몽골의 초원길을 걸어왔는데 어떻게 이 부분만 이렇게 화안히 빛난다지?"

"시간은 얼마나 되었을까?"

그러면서 우리는 서로 약속이라도 한 듯 핸드폰을 열어 보았다. 그러나 놀라웠다. 누구의 핸드폰이라고도 할 것 없이 모두 작동이 되지 않는 것이었다. 우리는 아는 대로의 지식을 동원해 핸드폰을 이리저리 흔들어보기도 하고 스위치를 켰다 껐다 하며 재주껏 핸드폰을 작동하려 해보았지만 소용이 없었다. 한결같았던 것은 결코 밧데리나 핸드폰 자체의 고장은 아니었다. 분명 알 수 없는 힘이 지금 우리가 있는 공간에서 작용하고 있는 것같았

다. 이상했다

"거참 알다가도 모르겠네."

그 말은 사실이었다. 거참 알다가도 모를 일이었다. 우리는 분명 관광객을 두고 게르 촌을 떠나 무작정 길이 난 초원으로 밤의 별이 야생화처럼 돋을 때까지 무작정 걸었던 것이었다. 어느 순간에는 길이 사라져 있었다. 우리는 말들이 만들어 놓은 듯한 길을 걸었고 실제로 밤의 야생마를 보기도 하였다. 그러나 전혀 인공적 불빛이나 사람 손길이 닿은 듯한 것은 보지 못했다. 아니 이들 말로 어워라는 돌탑을 보기는 하였다. 그런 곳까지 우리는 걷고 또 걸은 것이었다. 그리고 우리는 공황 상태에 빠져 이제껏 지금의 사태와는 전혀 다른 세계 속으로 들어온 것이었다. 그것뿐이었다. 한참 동안 우리는 난해에 빠져 두려움 속에 서로를 돌아보았다. 분명한 것은 지금의 우리가 있는 곳은 우리가 지금껏 있었던 세상과는 분명 다른 세계라는 것이었다.

"이게 아닌 것 같은데, 일단 이 공간을 빠져 나가자."

우리는 누가 먼저랄 것도 없이 친구의 말에 따라 우리가 왔다고 생각했던 길을 뒤돌아 걸었다. 그런데 이상했다. 아무리 걸어도 우리가 걷는 방향으로 그 무엇도 나타나지 않았다. 꽤 오래 우리가 왔던 길을 걸었다고 생각해도 우리가 걷는 길 쪽으로 우리가 누려왔던 넓이만큼 화안할 뿐 그 너머엔 절벽 같은 짙은 어둠만이 있는 것이었다. 하늘을 바라보았다. 의아스러웠다. 꼭 우리가 있는 하늘만 낮처럼 화안했을 뿐, 저편 하늘은 별이 총총 빛났고 그것은 우리가 이제껏 걸으면서 보았던 그 하늘임에 틀림없었다. 우리가 지금 있는 요 작은 공간만큼은 전혀 다른 공간이었다.

우리는 곧 난감해 했다. 어떻게 할까? 그러나 한편으론 그냥 까짓것 될 대로 되라 어떻게 되겠지 하는 낙관론에 빠지기도 하였다. 언제 우리가 이런 세계에 놓여 본 적이 있었던가? 늘 억압받고, 늘 위축되고, 기를 펴지 못했던 사회의 실패자, 아니 실패는 아니더라도 중하류의 인생밖에는 살지 못했던 우리가 언제 이런 누구나의 간섭도, 속박도 없는 세상에 있었던 적이 있었던가? 그래 어차피 이러나 저러나 한세상인데 이 세상에서 밑바닥에 살았으니까 저세상에서는 좀 나으려나 그런 생각을 아니했던 것은 아니었지만 여지껏 살아온 것이 하류였으니 저쪽 세상에서도 루저로 살아갈 것은 당연한 것이었다. 그러니 밑바닥에서 더 이상 굴러떨어질 일은 없을 것 같았다. 정말 배짱이라고는 눈꼽만큼도 가져보지 못한 우리들이었지만 이 순간만큼은 될 대로 되라는 식의 우리들이 가질 수 있는 최대의 배짱을 부려보기로 하였다.

어쩌면 지금 게르 쪽에서는 우리를 찾는다고 난리가 나 있을지도 몰랐다. 가이드는 조금은 당황하고 우리가 있었던 곳을 샅샅이 살피고 있을지도 모른다. 그러다가 누군가가 우리가 서로 게르를 떠났다는 것을 말하는 소리를 듣고는 곧 돌아오겠지 하고 조금은 안심할지도 모르리라. 하나가 아닌 여럿이 함께 갔다는 것에 가이드는 더욱 안심할지도 모르리라. 그러나 시간이 이만큼 지났는데도 돌아오지 않는다면 가이드는 조금은 당황하리라. 그리고 다시 자정이 지나고 새벽이 와도 돌아오지 않는다면 가이드와 같이 갔던 관광객은 무슨 사고라도 난 것은 아닌가 싶어 크게 걱정할 것이라 생각하였다.

그러나 우리는 그런 걱정들을 애써 무시하기로 하였다. 다소 미안한 감은 있었지만 이 먼 곳까지 와 그런 남들에 대한 배려로 우리의 일탈의 의미를 축소시키고 싶지는 않았기 때문이었다.

그런데 다음이 또 문제였다. 이렇게 늘 루저로만 살아왔던 우리가 호기롭게 이 몽골고원까지 와서 정작 일탈을 했지만 이 일탈의 공간이라는 곳이 우리가 눈 닿은 곳의 반의 반도 되지 않는 공간에 갇혀버렸다는 것에 우리들은 이것 또한 어쩔 수 없는 루저들의 한계인 것인가 하는 의구에 빠진 것이었다. 참 38따라지 같은 인생도, 그래도, 그래도 어떻게 꿈꿔 온 일탈인데……

그렇지만 우리는 평범 이하의 존재감 없는 인간들의 호기마저 앗아가는 신의 처사에 반발할 수만은 없었다. 어떻게 한다지?

"완전 요 조그만 공간에 갇혀버린 것 아닌가?"

"그런데 이상하지 않아, 어떻게 이런 일이 있을 수가 있는 거지?"

"안될 놈은 뒤로 자빠져도 코가 깨진다더니 이게 무슨 꼴이람?"

"네놈들은 아무리 까불어도 결국 그게 네놈들 한계라고 누가 놀리는 것 같잖아."

우리들은 누가 먼저랄 것도 없이 한마디씩 내뱉었다.

"그러지 말고 빨리 이 조그마한 공간에서 벗어나야 하는 방법을 찾아보도록 하자."

그러면서도 우리들은 조금은 그 방법이 늦게 알아지기를 원했다. 자존감 없고, 존재감 없고, 그렇고 그런 기 한번 펴보지 못한 인생, 지금의 공간은 비록 작지만 이 공간에서는 우리들은 그 누구의 지시도 받지 않고 자기 마음대로 내 세계를 구성할 수도 있다. 학창 시절 선생님의 말씀대로 이 세상은 창조론과 진화론이 공존하지만 그래도 창조라는 말에 더 공감했던 것을 기억해내었다. 그러면서 신부님이 창조라는 뜻의 본질은 '만들기'라는 것을 우리에게 수차례 강조했던 일을 떠올렸다.

'이 세상 그까짓 것 만드는 거야, 슬프거나 괴롭거나 그까짓 것 때려 부수고 새로 만드는 거야, 부수지 못할 때 나만의 세계를 만드는 거야, 닭이 먼저지 알이 먼저인 것이 아니야, 닭이 필요하면 까짓것 닭을 만들어버리면 되는 거야. 신도 종교도 우주도 하늘도 그까짓 것 만드는 거야, 때려 부서, 그리고 다시 만들어버려, 먹 같은 세상 윤리도, 법도, 사랑도, 고독도 그까짓 것 깨부수고 만들어버려.'

그 은퇴한 신부님은 특히 무엇이 억울한지 한참 동안 먹 같은 세상을 질러놓고 고개를 숙였다. 우리들은 그게 무슨 뜻인지 몰랐다. 먹 같은 세상이라니? 더욱이 신부님 같은 고매한 품격을 가진 선생님이 그런 말을 해도 되는 것일까?

그런데 지금 우리는 그 신부님이 그때 무슨 심정으로 그런 말을 했는지 이해할 것 같았다. 마음대로 되지 않는 세상, 그에게도 지금 우리들처럼 무슨 이유에선지 이렇게 축 쳐진 삶을 살고 있었던 때가 있었던 것은 아니었을까?

그러나 저러나 큰일이었다. 우리가 있는 주변으로 조그만 운동장만 한 이 세계에서 우리들이 지금 할 수 있는 일은 무엇일까? 이 세상과는 뚝 떨어진 이곳에서 우리는 지금 무엇을 할 수 있을까?

"그래 세상이 어찌 되든 알 게 뭐야, 우리만의 세상을 한번 만들어보자."

지금 아니면 기회가 없다. 언제 우리가 다시 몽골 여행을 올 수 있을까? 아니 지금 밑바닥 인생인 우리에게 이런 일탈을 할 수 있는 기회가 두 번 다시 있을까?

"그래 먹 같은 세상 어쩌다가 들어왔는지 모르겠지만, 또 여기서 살아서 밖의 세계로 나갈 수 있을지 모르지만 이게 운명이라면 받아들이자."

그런 말 끝에 우리는 저마다 우리가 꿈꾸는 세상에서 있어야 할 것들을 구상해 만들어가기로 했다. 옛 인간 문명은 사막에서 시작되었다고 하지 않았는가? 척박한 사막 땅에서 문명을 일구어냈다고 하는데 초원이라고 해서 이루지 못할 것이 없을 것 같았다. 그리고 지금 우리가 있는 이 작은 공간에는 초원뿐만 아니라 모래가 있는 빈 곳도 있다.

먼저 나라 이름이 있어야겠지, 국기도 국가도 있어야 할 거야, 다음엔 경제가 중요하니까 회사도 있고 학교도 있어야 하고, 민주화나 국방 같은 것은 필요 없겠지. 무엇보다 집은 꼭 필요할 거야, 우리 가족이 살 수 있는 집, 순간 그들은 마흔이 넘도록 아직도 전세를 면하지 못하고 있는 자신들을 생각했다. 먹고 살기 위해서는 농사를 지을 땅도 필요할 것이고 공장도 필요할 것이고 기후 환경을 대비한 시설도 필요할 거야. 아니 그런 것은 필요 없을지도 모를 거야. 여기 워낙 날씨가 맑으니까.

"은행도 필요할 것이고 병원도 필요할 거야."

"지금 우리가 네 사람이야, 각자가 주인공이 되면 되니까 계급 같은 것, 권력 같은 것은 필요 없겠지."

"그래도 괜찮을까? 권력이란 것이 인간의 본능인데 서로 잘나려고 드는 것, 그것을 우리가 극복해낼 수 있을까?"

그러나 그들은 늘 지시만 받을 뿐 한 번도 자신이 잘났다고 여겨본 적이 없는 지독히 밑바닥 인생인 루저였다는 것을 생각하자 스스로 이 부분만큼은 그냥 넘어갈 수가 있었다. 아니 아예 서열을 정하지 않기로 했다. 여지껏 층층시하에서 지내왔는데 여기까지 와서 또 서열을 정하다니? 그들은 이 문제는 너무도 쉽게 해소할 수 있었다.

"국회는 필요 없겠지. 없는 것이 숫제 도와주는 거니까."

"그밖에 또 다른 것은 없을까?"

"이제 나올 만큼은 다 나왔잖아, 그렇다면 각자 역할을 만들자. 이 공간을 크게 두 부분으로 나누는 거야. 가장 중요한 것이 먹는 문제이니 반쯤은 농토를 만들고 반의 반은 공장지대, 반의 반의 반은 학교, 행정기관, 회사, 그리고 나머지는 생각나는 대로 만들어."

우리는 서로 각자 잘하는 부분을 맡기로 하였다. 삼십 대 이른 나이로 귀농한 친구가 농사 쪽, 먹고사는 쪽을 맡기로 하고, 회사원인 영운이가 회사 공장 쪽을, 그리고 임시직 공무원인 진수가 —그래도 그는 우리들 중 똑똑했다. — 행정, 학교 쪽을, 그리고 그밖에 평소 만들기를 좋아하는 달수가 나머지 부분을 맡기로 하였다.

우리들은 정말 하고 싶었던 일이었으므로 열심히 세상을 만들어 나갔다. 있는 것은 초원의 모래뿐이었으므로 모래를 끌어다가 모형을 만들어 그들이 평소 해보고 싶었던 것을 만들어 나갔다. 창조론과 진화론의 신부님을 생각하며 메이크(make)라는 말의 위대함을 실감하기 시작했다. 자신들이 꿈꾸는 세상을 만들어가기 시작했다.

"그래, 그까짓 것 만들면 되지, 없으면 만들면 되지."

우리들은 이제껏 자존감 없는 자신들을 떠올리며 먼저 우리들이 그렇게 열심히 활동을 해본 적이 있을까 싶었을 정도로 몰두해 만들었다.

시간이 어느 정도 지나자 우리들은 자신들이 원하는 세상이 만들어지는 모습에 스스로 대견하게 여겼다. 아니 실제 우리들이 만들어 놓은 세상은 없는 것이 없었다. 평소 존재감 없는 자신들을 생각해서 그런지 그 어떤 폭발적인 힘을 발휘하여 우리들이 꿈꾸는 세상을 만들어나가기 시작한 것이었다.

또 다시 얼마의 시간이 지났는지 모른다. 여전히 세상은 어둠이 깊었고 우리가 있는 곳만 화안히 빛날 뿐 저쪽 세상과는 전혀 다른 세계였다. 이상한 세계에 갇혀있는 것을 느끼고 있었다. 시간이 한참 지났을 것으로 우리들은 생각했다. 말 타기 경험과 게르 숙박, 별자리 공부, 양 한 마리 잡아먹기, 모닥불 바라보며 불멍, 산책 및 안식, 몽골 전통 공연 등을 내용으로 하는 일정을 예상하고 왔던 그들은 전혀 새로운 경험을 하고 있는 것이었다.

저편 하늘을 보니 아직 캄캄할 뿐이었다. 새벽이 오려면 아직 멀었으려나. 또 다시 시간이 얼마쯤 지나 우리들은 마침내 우리들이 이루어놓고 싶은 세상을 완성해놓고 서로의 얼굴을 마주 보았다. 우리들의 얼굴에는 서로가 흡족한 모습이 여실히 드러나 있었다. 그것은 이제껏 자신들이 살아온 세상과 전혀 다른 세상이었다. 우리들이 원하는, 우리들이 만들고 싶은 세상인 것이었다.

우리들은 조그만 시골 운동장 같은 넓이에 우리가 만든 우리들만의 세상을 바라보았다. 혹 빠진 것은 없는가? 우리들이 그리고자 했던 것들은 거의가 다 드러나 있었지만 그래도 이 세상에 완벽한 것은 없는 것을 알고 있었기 때문에 노심초사하며 조심히 빠진 것은 없는가 살폈다. 평소의 우리들은 그랬다. 회사의 업무를 보면서도 자신들이 해놓은 것에 늘 자신감이 없었다. 해놓고서도 무엇인지 미진한 것 같아 무언가 완벽하지 않으면 아니한 것과 다르지 않다고 생각했다. 우리들은 그것을 자존감 없는 자신들의 성격 탓으로 돌렸고 세월이 지나도 그런 생각이 변하지 않자 그것이 자신들의 운명이거니 체념하고 있었던 것이었다.

아니나 다를까. 우리들은 우리가 만든 세상을 둘러보며 역시 한 가지 빠진 듯한 미지근한 느낌이 계속 살아나오는 것을 지울 수가 없었다. 글쎄, 그게 무얼까? 그런 불안감은 둘러볼수록 강하게 느껴졌다. 우리들은 우리가 만들어 놓은 것에 미지근함을 느꼈고 그것이 무엇인가를 밝혀 놓아야 하는 완벽에 대한 결벽성과 마주쳤다.

그러다가 우리들은 눈을 들어 저기 저 너머를 바라보았다. 새벽이 오는지 점점 밝아오고 있었다. 순간 우리들은 조금은 당황스러웠다. 지금 저 세계와는 다른 지금 이 세계에 와 있는 우리 자신들을 다시 확인한 것이었다. 처음 이 세계에 들어와 있었을 때 다소는 될 대로 되라는 배짱과 해방감은 어디 가고 갑자기 자신들이 없어졌을 때의 약간의 사회적 혼란을 생각하기에 이르렀다. 무모함에 대한 미안한 감정도 들고 무엇보다 아내와 자식들이 생각났다. 지금 우리들은 우리 자신들이 꿈꾸어 왔던 세계, 이상향을 만들고 있지만 만일 우리가 없어진다면…… 집과 가족들은 그들의 제1순위였다. 그것은 우리들의 불안을 더욱 압박해왔다. 이 세계를 빠져나가지 못하고 영영 이 조그만 세계에 갇혀버린다면, 아, 아내는? 아이들은? 나라가 망하든 말든 대통령이 누구인들 그까짓게 무슨 소용이랴? 지금 당장 필요한 것이 내 가족, 내 부모였다. 아이들은 커가고 40대라면 한층 돈이 필요할 때가 아닌가? 지금 우리가 21세기가 아닌 23세기나 18세기의 세상에 와있다면, 아니 지금과는 다른 또 다른 차원의 세계에 와 있다면, 그리고 영영 그곳을 빠져나갈 수 없다면 어떻게 하나?

아내는 모아놓은 것도 별로 없을 텐데, 맞벌이를 한다고는 하나 아내는 겨우 최저시급의 벌이를 할 뿐이었다. 아니 이런 예기치 못한 일에 자신은 비록 어떻게 될지 모르더라도 아내와 자식은 나 없어도 먹고 살아야 할 것이 아닌가? 그러자 우리들은 누구도 빠짐없이 자신들이 전혀 이런 일에 대비되어 있지 않다는 것을 생각했다. 그 흔한 보험조차 가입되어 있지 않다는 사실을 생각했다. 미리 보험회사에 다니는 친구가 가입해 두라고 했을 때 가입해 둘 걸 하는 생각이 문득 들었다. 아니 친구 부탁으로 가입 안한 것은 아니었다. 그러나 보험료는 점점 불어났고 그리고 그것이 가계비에서 차지하는 비중이 커지자 그냥 해지해버린 것이었다. 모두들 그렇게 했다. 그래서 그들은 똑같이 지금 가입해 둔 것이 없었다. 그들은 후회했다.

우리는 그 작은 운동장만한 크기에 만들어진 우리가 만든 세계를 둘러보다가 끝나기 몇 발자국 앞에서 서로가 느낀 점을 말하기로 하였다. 우리가 만든 세상에서 빠진 것은 없는가?

"자, 이제 둘러봤으니 무엇이 잘못된 것인지 무엇이 빠졌는지 서로 한가지씩 이야기해보도록 하자."

우리들 중 누군가가 말하였다. 그 소리가 끝나자마자 누구가 먼저랄 것도 없이 우리는 거의 동시에,

"보험회사가 빠졌네."

하고 말하였다. 다른 모든 행정, 사법, 교육, 우리들이 생각했던 것은 다 만들어졌는데 정작 중요하다고 여기고 있으면서도 누구나가 간과하고 있는 보험회사가 없는 것이었다. 그것은 생각해 보면 아주 기본적인 것이었다. 그러면서도 우리는 또다시 이런 일을 놓치고 있는 것이었다. 비단 보험만이 아니었다. 이런 것이 우리 주변엔 얼마나 많을까? 커다란 등치의 회색 코뿔소가 생각났다.

우리들은 누가 먼저랄 것도 없이 회사와 병원들이 몰려 있는 곳에다 네 사람 모두가 합심으로 보험회사를 만들기 시작했다. 정작 보험회사가 완성되어가자 우리들이 이제껏 완벽을 추구하는 감정들도 점차 사라지는 것을 느꼈다. 보험회사를 만들고 끝으로 보험회사를 상징하는 깃발마저 만들어 꽂고 손을 툭툭 털자, 그러자 이상한 일이 일어났다. 이제껏 있어 왔던 화안한 세계는 삽시간에 사라지고 우리들이 게르를 벗어나 초원에 들어섰던 그 길이 다시 아득히 보이기 시작하는 것이었다 우리들은 서로의 얼굴을 바라보았다. 그리고 서로를 보며 웃었다. 참 이상한 경험이었다. 우리는 우리가 왔던 길이라고 여겼던 쪽으로 걸음을 옮겼다. 시간 여쯤 지나자 드디어 멀리서 게르들이 보였다. 게르들이 보이자 우리는 더욱 안심이 되어 빠른 걸음으로 걸었다.

아무도 모르라고

그것은 내 기억의 저편에 있었다. 죽을 날이 멀지 않은 지금, 나는 그 일로 인해 자주 악몽을 꾸었고 그때면 한결같이 내가 누구인지, 나는 어떻게 태어났는지, 내 자신의 정체성에 관한 의문으로 혼란에 빠지곤 했다.

　그때 섬을 둘러싸고 일어났던 일은 정말 알 수 없는 미로였고 아직까지도 풀지 못한 수수께끼로 남아 있다. 그때 그 풍랑(?)만 아니었더라면, 어쩌면 진실을 알 수도 있을지 모르겠다만 그 모든 것이 기억의 저편으로 사라지고 만 지금은 부질없는 일이 되었을 뿐이다. 지금 생각해보면 제주 4·3사건을 둘러싸고 일어난 일 같기도 하지만 그러나 생각만 가능할 뿐 사실을 확인할 수 없으니 이 답답함을 어찌하랴

　이제 어둡고 칙칙하기만 했던 지난날들의 기억들을 대충 생각나는 대로 떠올려보려고 한다. 왜냐하면 나는 이미 70대의 노인이 되었기 때문이다. 게다가 나는 지금 심한 병에 걸려 시한부 생명을 안고 병원에 누워있다. 혼자 있자니 온갖 생각이 다 난다. 자식들이 한번 씩 내 곁에 와서 수발을 들어주고는 있지만, 그리고 그때의 내 나이였던 손주들도 또한 한번 씩 다녀가지만 그러나 그들을 보면서 나는 한 번도 그들이 나의 핏줄이면서도 가

족이란 실감이 들지 않았다. 어릴 적 내 기억 때문이었다. 아직도 내 자신에 대한 정체성에 혼란을 느끼고 있으니 자식들에 대한 생각도 깜빡깜빡 잊어버리는 듯 했다. 이런 비극이 어찌 나 혼자만의 일이겠냐마는 나이가 들어 죽을 날이 얼마 남지 않아서 그런 것인지 그냥 모른 척 묻어두려고 했던 기억들이 자꾸만 솔솔 생각나 감당치 못하겠으니 이 어쩌면 좋겠는가.

아직도 나는 내 기억 속의 사람들인 어머니, 아버지, 김 씨, 선주船主, 선주의 부인이었던 아줌마, 그리고 할아방 그, 이들 사이에 모종의 계약이 있다고 믿고 있고 그 중심에, 아니 설사 중심은 아니더라도 그들과의 사이에 내가 있다고 믿고 있다.

할아방, 그는 내 친구(?)였다. 내가 그를 만난 것은 지난 여름 방학 때였다. 아버지가 새끼 섬의 등대지기로 옮겨 오면서 나는 이곳 분교로 전학해 왔다. 그 이전에 나는 큰 섬에 딸린 다른 새끼 섬에서 학교를 다녔다. 그때 나는 선생님이 2명뿐인 분교에서 3학년에 입학하였는데 전교생을 다 합쳐 보아야 39명뿐인 학교에서 나는 때때로 선생님 대신 선생님 노릇을 해야만 했다. 나는 3학년이었지만 4학년 보다 공부를 잘했기 때문이었다.

그는 사공이었다. 등대는 새끼섬에서 조금 떨어진 작은 섬에 있었기 때문에 등대에서 학교를 가려면 나는 늘 배를 타야만 하였다. 그때 그는 그 배의 사공으로서 나를 학교까지 태워주고는 했다. 그는 꽤 노를 잘 저었다. 학교까지 다 왔을 때는 빙그레 웃고는 했다. 나만 보면 웃었다. 너무 잘 웃어서 때때로 모자란 사람처럼 보일 때도 있었다. 그러나 나는 그것이 정말 거짓이 없는 순진한 웃음이라는 것을 알고 있었다.

단 한 사람의 손님을 태워주기 위해서 그는 아침, 오후로 나와 주었고 내가 가면 그는 빙그레 웃고는 했다. 그때면 그의 얼굴은 빙그레 웃는 웃음으로 온통 얼굴이 하회탈처럼 물결 투성이가 되고는 했다. 차츰 낯이 익어가자 나는 그에 대하여 묻고 싶은 것이 많이 생겼다. 할아버진 나이가 몇 살이야? 할아버진 집이 어디야? 할아버진 고향이 어디야? 나는 그러나 쉽사리 그에게 물을 수가 없었다. 나는 한 번도 그가 내 앞에서 말하는 것을 본 적이 없었기 때문이었다.

내가 그가 벙어리라는 것을 안 것은 아버지로부터였다. 아버지는 내가 그에게 관심을 가지자 절대로 그와 말을 해서는 안된다고 하였다. 아버지는 나에게 다짐까지 받았다. 아버지는 그가 꽤 멍청할 뿐만 아니라 허풍선이이고 마지막에는 말 못하는 벙어리라고까지 말씀하셨다. 멍청이와 친해보았자, 벙어리와 말해보았자 소용이 없다는 것이었다. 나는 그제서야 그가 벙어리라는 것을 알았을 뿐 그에 대해 아는 것은 모르는 것이나 마찬가지였다. 그러나 나는 그와 함께 배를 타고 있는 동안은 그는 말을 할 수 있다는 느낌을 받았다. 그의 깊숙한 눈은 선생님보다도 더 나를 사로잡았다.

그는 내가 좋아하는 일로 곧잘 나를 감동시켰다. 내가 학교에 갔다 배를 타러 오면 그는 작은 조개로 만든 목걸이를 만들어 내게 걸어 주었다. 내가 그 목걸이를 걸고 어쩔 줄 몰라 할 때면 그는 자기가 그러기나 한 것처럼 어쩔 줄 몰라 했다. 그는 벙어리라서 말이 없기도 했지만 설사 말을 할 수 있다고 해도 말이 없는 사람인 것 같기도 했다. 그러나 말이 많은 사람들보다 말이 없는 그가 나는 좋았다.

내가 말 못하는 그에게 고민이 있다는 것을 안 것은 그와 배를 탄 생활이 한 달여가 지났을 무렵이었다. 그때 그는 무슨 고민이 그리 많은지 늘 우울한 얼굴을 검버섯처럼 달고 있었는데 그러다가도 내가 가면 깜짝 놀라 웃고는 했다. 말 못하는 그에게 확실히 말 못할 고민이 있다는 것을 안 나는 그가 내게 해준 기쁨만큼 그에게 기쁨을 주어야 한다고 생각하였다. 그러나 말 못하는 그의 고민이 무엇인지 알 수가 없었다. 설사 그가 말을 한다손 치더라도 그는 그의 고민은 말할 수 없을 것이라고 생각했다.

그러나 나는 곧 그의 고민이 무엇인지 알게 되었다. 그의 고민은 나와 헤어져야 한다는 데에 있었다. 그때 그는 사공 일을 그만 두어야 할 처지에 있었다. 그는 아버지로부터 사공 일을 그만두라는 명령을 받은 것 같았다. 아버지는 내가 그와 가까이 지내는 것을 별로 탐탁케 생각지 않았던 모양이었다. 그때 내가 아버지로부터 들은 바로는 그는 태어날 때부터 천애의 고아라는 것이었다. 그는 지금도 집이 없었고 결혼도 하지 않았다는 것이었다. 아니 벙어리인 그는 결혼할 생각조차 하지 못했을 것이라는 것이었다.

내가 아버지에게 조른 보람도 없이 결국 그는 등대장인 아버지 때문에 그 직업을 잃게 되었다. 그 나룻배를 젓는 역할은 등대지기인 김 씨가 대신해주었다. 그 후 나는 그를 토웅 보질 못했다. 그는 이 섬 어딘가에 있을 것만은 확실한데 보이지 않았다.

내가 그를 다시 만난 것은 한 달 쯤 지난 어느 날이었다. 그는 섬에서 하나밖에 없는 어귀 술집에서 작부가 따라주는 술잔을 받고 있었는데 내가 그 앞을 지나가도 모를 정도로 그는 술에 취해 있었다. 그는 술을 잘못하는 사람처럼 그의 얼굴은 원숭이 궁둥이처럼 빨갛게 변해 있었다. 그의 얼굴을 보는 순간 난 그의 말을 다시 들었다. (오, 하나님, 하나님, 벙어리, 벙어리) 그의 얼굴이 불타고 있었다. 그의 속에서는 지금 하늘에 대한 원망이 활활 타오르고 있었다. 나는 걸음을 빨리 걸었다. 그의 고통의 말은 숫제 듣지 않는 것이 더 나았다.

그날 김 씨金氏한테서 들어보니 그는 그 후 죽 이장 집에서 기숙하며 머슴살이를 한 모양이었다. 거둘 사람이 없으니까 이장이 자기 집으로 데리고 온 모양이었다. 사실 그는 힘이 셌다. 나이는 많았어도 기골이 장대했던 그는 젊은 사람 못지않게 일을 많이 했다. 선주가 손해가 나지 않는 한 그를 쓰지 않을 하등의 이유가 없었다. 그는 그때 꽤 속이 상해 있는 것 같았다. 그가 술을 들 때는 몹시 속이 상할 때라는 것을 나는 알고 있었다. 아버지로부터 그가 사공 일을 그만두라는 말을 들었을 때도 그는 저렇게 술을 정신없이 들이켰다.

이튿날, 학교를 갔다 오다가 나는 또 술집 작부와 앉아 있는 그를 보았다. 그는 역시 술이 취해 얼굴이 발갛게 타고 있었다. 그는 연신 작부가 따라주는 술잔을 비우고 있었다. 그는 한참동안 작부의 얼굴을 바라보다가 신경질적으로 비웠다. 그리고 또 술잔을 채웠다. 작부는 옆에서 눈을 흘겼다. 그러나 나는 작부가 마지못해 그러고 있다는 것을 알았다. 그럼에도 그는 상관 않는 것 같았다. 그는 그런 일에 익숙한 것 같았다.

그는 연신 술잔을 비웠다. 나는 그가 말하는 소리를 듣기 위해 좀 더 가까이 다가갔다. 그는 또 울고 있었다. 그는 또 말 못하는 자신을 학대하고 있었다. (하나님, 하나님, 벙어리, 벙어리) 나는 순간 눈물을 삼켰다. 그에게 내린 형벌이 너무 가혹했다. 그가 받고 있는 고통이 너무 가여웠다.

그 후 내가 안 것은 그는 또다시 직업을 잃게 되었다는 것이었다. 아버지로부터 쫓겨난 후 그는 이장 아저씨네 집에서 머슴을 살게 되었지만 무슨 일에선지 이장 아저씨네 집에서도 오래 있지 못하고 나왔다는 것이었다. 그때 마침 분교에서 용원이 필요해서 용원으로 그를 쓸 계획이었는데 그런데 그가 말 못한다는 이유로 채용을 거절당했다는 것이었다. 내가 그런 소문을 들은 것은 김 씨에게서였다. 김 씨는 아버지가 그를 그만 두게 한 것은 상당히 잘못한 처사라고 말했다. 김 씨는 그가 꽤 똑똑한 사람이고 그가 예전에는 섬의 큰 갑부였다고 했다. 이 작은 섬의 재산의 반은 모두 그의 소유였고 그는 그가 가지고 있는 재산만큼 마을 사람들에게 인색치 않았다고 했다.

그런데 어느 날 어찌된 셈인지 어떤 이유에선지 재산도 가족도 모두 잃어버리지 않으면 안되었다고 했다.

나는 김 씨의 말을 듣고 한동안 어리둥절하지 않으면 안되었다. 그것은 아버지의 말과는 전혀 달랐기 때문이었다. 아버지는 그가 꽤 멍청한 사람이라고 말했고 별로 배운 것도 없다고 이야기했다. 그러나 김 씨의 말은 달랐다. 그는 꽤 똑똑하고 벙어리도 아니라는 것이었다. 누구의 말이 맞는 것인지 궁금했지만 나는 아무래도 김 씨의 말이 더 사실일 것 같다는 생각이 들었다.

결국 그는 분교 용원으로도 채용되지 못했다. 벙어리인 것도 그러했거니와 나이가 많다는 것도 그 한 이유가 된 모양이었다. 내가 그 소문을 들었을 때 나는 내심 그가 이제 어떻게 되나 하고 걱정을 했었다. 그는 가족도 집도 아무도 없었기 때문이었다. 그리고 먹고 살 길도 막연했기 때문이었다.

그런 일이 있고 나서 내가 또다시 그를 본 것은 용왕제가 있던 날이었다. 용왕제가 있던 날 선창에는 사람들로 발 디딜 틈이 없었다. 이윽고 선장이 요령을 흔들며 배에 오르자 그 뒤를 따라서 모인 사람들이 횃불을 들고 따라 올랐다. 그리고 그들은 일제히 횃불을 바다에 던지며 '받아주소', '받아주소' 하고 울부짖기 시작했다. 그 소리는 한참동안 새끼섬 앞바다를 홀릴 정도로 구성졌다.

검은 포도주보다 더 진한 어두운 밤이었다. 그러다가 나는 한순간 오로지 흥청대는 이들과는 관계없이 꼿꼿이 서 있는 한 여자를 발견했다. 그녀는 그녀가 입은 검은 차림 때문에 오히려 더 선명했다. 그렇기 때문에 이 어두운 밤에 보아도 그녀가 누구인지 담박 알 수 있었다. 선주 아줌마였다. 아줌마는 꼿꼿하게 서서 용왕제를 올리는 사람들을 마치 제주라도 되는 듯 놓치지 않고 있었다. 그러나 다음 순간 나는 소스라쳤다. 아줌마 옆에서 아줌마와 함께 저들을 바라보고 있는 할아방을 발견했기 때문이었다. 할아방은 처음부터 아줌마 옆에 서 있었던 것 같았다. 평소의 구부러진 모습이 아니었다. 꼿꼿이 고개를 세우고 바다를 노려보고 있었다. 나는 김 씨에게 손으로 옆구리를 툭툭 치며 턱으로 그를 가리켰다. 김 씨는 아까부터 알고 있는 듯 고개를 돌려 나를 한번 힐끗 쳐다보다가 이내 용왕제로 눈길을 돌려버렸다. 나는 왠지 불안한 느낌이 들었다. 분위기가 그렇게 만들고 있었다.

그러나 내 생각과는 달리 부두에서는 아무런 일도 일어나지 않았다. 어느새 호곡은 끝나고 갑판으로 올라갔던 사람들이 다시 횃불을 켜 들고 일제히 밤바다를 밝혔다. 그러자 일시에 죽었던 밤바다가 아침처럼 다시 살아났다. 나는 이번엔 보다 더 선주 아줌마를 뚜렷이 바라볼 수가 있었다. 순간 나는 하마터면 소리를 지를 뻔하였다. 어린 내가 보기에도 그녀는 너무나 아름다웠고 생각나지 않을 뿐이지 내 기억 속에 있는, 어디서 많이 본 것 같은 얼굴이었기 때문이었다.

바다를 향해 곡을 하는 의식이 끝나자 사람들은 이내 북을 두드리며 흥을 내기 시작하였다. 소리가 다시 울렸다. 바다가 다시 살아났다. 선창은 온통 횃불과 사람으로 북적거렸다. 나는 다시 선주 아줌마를 바라보았다. 아줌마는 여전히 움직이지 않은 채 무엇을 보고 있는지 한 곳을 응시한 채 꼿꼿이 서 있었다. 그녀 옆에 서 있는 할아방도 또한 움직일 줄을 몰랐다. 나는 그들을 흥미 있게 바라보았다.

잠시 흥겨운 시간이 끊어지고 지옥을 순례하는 것 같은 음괴한 시간이 흘러갔다. 사람들의 얼굴에선 흥건한 땀이 번들거렸다. 시간은 아직 자정을 지나지 못했다. 제일 큰 행사는 자정 무렵에 있다고 김 씨가 일러주었다. 나는 그때까지 남아서 보고 싶었지만 김 씨는 등대로 돌아갈 시간이 늦었다면서 나를 재촉했다.

이튿날 오후 나는 학교를 파하는 길에 다시 선창으로 가보았다. 선창에는 역시 어제 못지않게 사람들로 가득 차 흥청거렸다. 지금 배가 곧 출발할 것인데 선주가 나타나질 않아서 띄우지 못하고 있다는 것이었다. 나는 아이들과 함께 물끄러미 그것을 바라보다가 한순간 소스라치고 말았다. 할아방이 또다시 선주 아줌마와 함께 서있었다. 사람들은 무표정한 모습들이었다. 나만 놀랐을 뿐, 사람들은 주변 상황에 빠져 그들을 의식조차 못하고 있는 것 같았다. 할아방은 마치 선주처럼 군림하고 있었다. 선주아저씨가 있어야 배가 떠나겠건만 그럼에도 선주는 어딜 갔는지 나타나지 않았다. 그와 선주 아줌마 주위로 사람들이 빙 둘러서 모여 있었고 그들은 배가 떠나기를 기다리고 있었다.

이상한 것은 배가 떠날 때가 다 되었는데도 선주가 나타나지 않고 있는 일이었다. 배는 오후 4시에 떠나 연평도엔 이튿날 새벽에 도착하기로 되어 있었다. 그런데도 선주는 시간이 다 되도록 나타나지 않았다. 출항 시간이 지니도록 선주가 나타나지 않자 선장은 선주가 오지 않는 것으로 알고 서둘러 떠날 채비를 하였다.

나는 순간 할아방을 바라보았다. 할아방이 어떤 모습을 하고 있을까 궁금했기 때문이었다. 그는 또 자신의 불행을 울부짖고 있는 것일까, 그러나 그때 그는 꽤 만족한 듯이 보였다. 자신이 벙어리임을 저주하는 그런 얼굴이었다. 오히려 마치 이런 일은 자기가 적격인데 그러지 못한 것이 안타깝다는 그런 표정이었다. 결국 배는 선주를 기다리지 않고 떠나고 말았다. 선주 아줌마가 선주 대신 떠나도 좋다는 신호를 내렸기 때문이었다.

선주가 선창에 나타난 것은 배가 떠난 지 한 시간 쯤 지난 다음이었다. 선주는 배가 떠나자 발을 동동 구르며 자신의 허락 없이 떠난 것을 두고 자신의 아내를 학대했다. 그러나 사람들은 그런 선주를 편들려 하지 않았다.

놀라운 것은 선주 아줌마 역시 그런 그를 바라만 볼 뿐 미안해한다거나 잘 못했다는 죄의식 같은 것이 보이지 않았다. 부부 사이라고는 하지만 저들에게는 닮은 구석이라도는 고추씨만큼도 없었다. 나는 모든 게 의아스러웠지만 그렇다고 어떻게 알 수 있는 것도 아니었다.

이튿날 아침, 학교를 가는데 선주 아저씨네 집에 사람들이 비잉 둘러서 있었다. 거기에는 전부 여자들 뿐 남자라고는 없었다. 장정들이 조기잡이에 나갔기 때문에 마을은 여자들만의 천지가 되어 있는 것이었다. 나는 호기심에 안을 기웃거려 보았다 순간 질겁을 하고 말았다. 선주 아저씨가 여자들이 보는 앞에서 자신의 아내인 아줌마를 발가벗긴 채 가랑이를 헤벌쑥이 벌려놓고 욕을 하고 있었다.

"이년, 이 화냥년."

선주 아저씨는 마치 자기는 억울해 죽겠다는 듯이 흥분하였다. 선주 아저씨는 둘러서 있는 사람들에게 동감을 구하려는 것처럼 보였다. 선주 아저씨는 자기 아내의 하얗게 빛나는 가랑이가 벌어진 사이를 가리키며 '이 년, 지아비를 버려두고 오입하는 년'이라고 어린 내가 듣기에도 낯 뜨거운 소리를 하였다. 그래도 선주 아저씨는 분을 참지 못하겠는지 일순 아줌마의 허벅지를 번쩍 들더니 그곳을 둘러선 사람들에게 보이는 것이었다. 시커먼 털이 보였다. 나는 외면했다. 선주아줌마는 작살에 꽂힌 고기처럼 아무런 반항도 못하고 선주 아저씨가 하는 대로 질질 끌려 다니고 있었다. 둘러선 사람들이 웅성거리자 선주 아저씨는 동감을 얻었다고 생각했는지 더욱 큰 소리로 세상의 욕이란 욕은 다 긁어모으며 아줌마를 망신주었다. 자기는 정말 억울하다는 표정을 지었다. 심지어 울기까지 했다. 나는 사람들이 좀 말려주었으면 싶었지만 이상하게도 사람들은 그런 선주 아저씨를 말리려 든다거나 나서서 아줌마의 치부恥部를 가려주려고 하지 않았다. 그들은 그냥 구경만 하고 있을 뿐이었다. 선주 아저씨에게 함부로 나섰다가 선주에게 밉보이기라도 하면 어쩌나 하는 것 같았다.

그는 도대체 무엇이 억울한 것이었을까? 그는 도대체 아줌마에 대해 무엇이 불만이기에 자신의 분함을 삭이지 못해 저 모양인 것일까? 이 낙도에서 그는 재산으로 따지면, 하나밖에 없는 큰 배의 선주로서 가질 만큼 가진 세도를 부리는 사람이 아닌가.

배를 타고 오면서 나는 김 씨가 아버지를 꽤 싫어한다는 사실을 알았다. 김 씨는 아버지가 하는 일마다 토를 달아 건건이 내가 보는 앞에서 비난하였다. 나는 그런 김 씨가 싫었다.

정작 아버지로부터 내가 벙어리 할아방이 벙어리가 아니라는 이야기를 들었던 것은 그날 밤이었다. 아버지는 그날 따라 술을 거나하게 하셨다. 아버지는 또 나를 상대로 술풀이라도 하려는 듯 자기가 왜 다리를 절게 되었는지에 대해 말하기 시작하였다. 그것은 정말 지겹도록 들어온 이야기였다. 아버지는 토벌대의 한 장교였다고 했다. 한라산의 무장공비를 상대로 승승장구했는데 어쩌다 한번 불의의 총격을 당한 것이 그만 자신의 한쪽 다리를 잃는 결과를 가져왔다고 했다. 그래서 그런 것인지는 모르지만 아버지의 공산당에 대한 분개는 상상을 초월할 정도였다. 아버지는 내가 원호대상 자녀로 공부만 잘하면 대학까지의 등록금은 나라에서 대줄 것이라는 이야기를 술을 먹었을 때마다 했다. 그러나 어린 내가 아는, 또 내가 본 상이군인은 비참하기만 할 뿐 나라에서 그들을 위해 도움을 주는 것은 없는 것 같았다. 나는 그 이야기에는 진절머리가 났으므로 빨리 아버지로부터 벗어나고만 싶었다. 그런데 그날 밤 나는 다른 날과 달리 아버지로부터 색다른 이야기를 들었다.

술을 한잔하신 아버지는 말길이 끊어지지 않았다. 나는 이제껏 귀찮아하던 태도를 고치고 아버지 말을 곰곰이 들었다. 아버지는 계속해서 술에 취해 말했다. 그것은 결코 정신이 있어서 하는 소리는 아니었다.

"그때 말이지 내가 아니었더라면 저 선주 마누라도 또 그 벙어리도 살아남지 못했을 거야. 내가 들어서 살려준 거야. 내가. 그 할아방이 제법 벙어리 노릇을 잘 한다 말이지. 하하하. 하기사 제 목에 칼이 들어올텐데 가만 안있구 제 놈이 배기겠어. 그렇지만 내 다리, 어이쿠 이 병신, 이 다리 병신, 이 다리 병신"

아버지는 그날 밤 제 정신이 아니었다. 내 기억으로는 아버지가 저렇게 자신이 병신이 된 것을 슬퍼한 적은 없었다. 나는 민망했다. 나는 어른은 울지 않는 것으로 알았다. 그러나 그날 아버지는 어른임에도 크게 울었다. 그것도 아주 애절하게. 파도가 그런 아버지의 울음을 앗아갔다.

아버지는 혀가 잘 돌아가지 않는 소리로 말했다.

"세상이 어떻게 되어가는 건지 그런 빨갱이 년 놈을 살려두었다니 내 잘못이었어 내 잘못."

나는 그날 아버지에게 그리고 이 섬을 둘러싼 내가 모르는 무엇이 있다는 것을 느꼈다. 아버지의 이야기는 의미심장한 것이었다. 나는 내가 짚은 대로 그가 벙어리가 아니라는 것을 아버지로부터 확인했다. 그렇지만 그것은 내게 더 큰 고민 아닌 고민을 안겨주었다. 그는 왜 벙어리 노릇을 해야만 했던 것일까? 왜 병신육갑을 해야만 하는 것일까?

이튿날 나는 김 씨에게 은근히 물어보았다.

"아저씨, 우리 아버지 고향은 어디야?"

김 씨는 힐끗 쳐다보더니

"여기."

라고 말했다. 여기? 여기, 그것은 아버지가 늘 큰 섬이라고 주도면밀하게 얘기하던 것과는 다른 것이었다.

"그럼 벙어리 할아방 고향은?"

"여기."

역시 김 씨는 나를 힐끗 쳐다보더니 말했다. 그의 태도가 예전 같지 않고 쌀쌀했다. 그렇다면 아버지와 할아방은 이전부터 알고 있다는 이야기가 아닌가? 나는 김 씨의 냉랭한 말투에 더 이상 물어볼 용기가 나지 않았다.

다음날도 나는 학교 가는 길에 일부러 선주 아저씨 네 집을 둘러갔다. 딴은 어제 일이 궁금했기 때문이었다. 그러나 어제와는 달리 선주 아저씨 네는 조용했다. 그리고 보니까 선주 아줌마는 자식이 없었다. 여자가 자식을 생산치 못한 것인지, 아니면 그냥 자식 낳기를 그만 둔 것인지 그들에게는 나 같은 아이가 없었다. 의심스러운 것은 아줌마가 선주의 부인이라고는 하지만 내 눈에는 아줌마는 선주 아저씨의 딸로밖에 보이지 않았다. 그러고 보면 아버지도 나 하나만을 두었을 뿐이었다. 그것도 아버지의 나이에 비해서 아주 어린 나를? 아버지는 지금 쉰 다섯 살이었다. 내 나이는 이제 겨우 열한 살이었다. 쉰 다섯에서 열하나를 빼면 마흔 넷이어서 아버지가 마흔 넷이면 늦은 나이로 나를 낳았다는 셈이 되는데 아버지는 어머니와 결혼을 그렇게 늦게 했단 말인가? 어머니는 가끔 장독대 같은 데서 한숨을 쉬며 혼자 숨어 울 때가 있었다. 가끔 자다 깨어보면 아버지는 어머니 곁에서 내가 이해치 못하는 신음을 발하고는 했다. 그때면 어머니는 안타까운 듯 눈물을 흘리기도 했고 아버지를 자신의 맨몸으로 껴안으면서 아버지의 고통을 덜어주려고 했다. 아버지와 어머니도 정상적인 사람들은 아닌 것 같았다. 내가 모르는 무언가가 있는 것 같았다.

그날 오후 나는 학교를 파하고 등대로 가는 길에 선주 아줌마를 보았다. 선주 아줌마는 바다를 바라보며 서있었는데 어제 일 때문에 나는 멈칫했지만 아줌마는 그런 일은 흔히 있는 일이라는 듯 전혀 수치심을 느끼는 것 같은 표정이 아니었다. 나는 선주가 어저께 아줌마의 다리를 번쩍 들어 보일 때 시커멓게 드러나 보이던 가운데를 생각하며 몸서리를 쳤다.

그렇지만 아줌마는 어쩌면 저렇게 고울까? 바닷바람에 홍겹게 흔들리는 다홍 치마는 마치 오름을 휘덮은 진달래 같았다. 가까이서 보니 그녀는 더욱 빛났다. 너무 빛나서 눈이 부실 지경이었다. 아름답다는 것은 바로 저런 것이구나. 그런데 나를 더욱 소스라치게 했던 것은 바로 다음 순간이었다. 가까이 오자 그녀는 대뜸 나를 보더니 하얀 이를 상큼 내밀고 웃는 것이었다. 그리고는 갑자기 내 이름을 부르는 것이었다.

"동일아?"

내 이름을 어떻게 알고? 나는 잘못 들은 것은 아닐까 싶어 뒤를 돌아다 보았다. 그러나 주변에는 아무도 없었다. 나는 얼어붙은 듯 꼼짝할 수가 없었다. 그것은 가히 가증스럽기조차도 한 일이었다. 언제 보았다고 그녀는 나를 보고 웃는 것일까? 그리고 내 이름은 어떻게 아는 것일까?

그러나 더욱 놀란 것은 그 다음 순간이었다. 그녀는 갑자기 와락 나를 껴안았다. 그것은 격정이었다. 나는 너무도 순간적이고 놀라운 일이라서 그저 가슴만 콩콩 뛰며 서 있었다. 그녀는 아니 아줌마는 나의 뺨과 이마를 그녀의 뺨과 이마로 얼얼할 정도로 부벼대었다. 그녀는 흐느끼는 것 같았다. 나는 하마터면 바지에 오줌을 찔끔 쌀 뻔 하였다. 분내 나는 그녀의 애무가 싫지 않아 한참동안 그렇게 가만히 서 있었다. 멀리서 갈매기가 날고 있었다. 등대가 보였다. 파란 하늘이 보이고 그 저편에 국화빵 같은 구름이 두어 자락 부끄러운 듯 매달려 있었다. 갑자기 기척이 느껴졌다. 저쪽에서 사람 하나가 오고 있었다. 아줌마가 그를 의식했음인지 재빨리 나를 풀고 오름으로 올랐다. 나는 내 마음대로 할 수가 없었다. 그녀가 하는 대로 따라 갈 뿐이었다.

아줌마가 나를 데리고 간 곳은 일본 군인들이 식량과 무기를 비축하기 위해 만들었다는 창고였다. 오래된 창고 주변에는 잡초가 무성히 자라 발길을 저어하게 했다. 여기서는 아무도 안보겠지.

갑자기 아줌마가 두 손으로 내 턱을 받치며 나를 응시하기 시작하였다. 나는 가까이서 그녀를 똑바로 보았다. 한참동안 그렇게 마주보았다. 그녀의 눈 가장자리에 약간의 눈물 자국이 있었다. 목에서는 보일 듯 말 듯한 작은 까만 점이 있었다. 갑자기 그녀의 얼굴이 실룩하더니 그녀의 동그란 눈에 물이 고였다. 그녀는 가만히 입술을 달싹거렸다.

"동일아."

그러나 소리는 그렇게 가까이 있었어도 들리지 않았다. 다만 입술 모양을 보고 느낄 뿐이었다. 나는 '아줌마 왜 그래' 하며 말하고 싶었지만 차마 입이 떼어지지 않았다. 이상한 일이었다. 그녀는 또다시 나를 숨을 못 쉴 정도로 와락 껴안았다. 그녀의 품은 따뜻했고 아늑했다.

내가 김 씨만 보지 않았다면 정말 나는 그 선주 아줌마에 맡긴 채로 그대로 밤까지 있었을 것이었다. 김 씨는 정말 이상한 사람이었다. 그는 꼭 이런 순간에 나타나고는 했다. 그는 나를 감시하고 있는 것 같았다. 그는 나와 아줌마를 보자 의미심장한 웃음을 짓고는 이내 사라졌다. 아줌마는 분내 나는 손으로 또다시 내 뺨을 어루만지면서 나를 뚫어져라 바라보았다. 그녀의 까만 점이 또다시 크게 부각되었다. 그리고 눈물자국도 다시 보였다

"동일아."

그녀의 입술이 조금씩 떨려왔다. 그리고 한없이 그렇게 있을 것만 같았는데, 그렇게 있어주면 좋겠는데 그러나 선주 아줌마는 이내 '잘 있어' 하는 말과 함께 곧 바로 왔던 길로 되돌아갔다.

내가 김 씨가 기다리고 있는 부두로 갔을 때 나는 또 다시 김 씨의 뱀 같은 차가운 시선을 느껴야 했다. 김 씨는 다른 때와는 달리 쓴 표정을 지으며 '피는 역시 못 속여' 하는 것이었다. 나는 그 말의 뜻을 이해할 수가 없었다. 그날은 정말 이상한 날이었다.

그날 밤 나는 행복한 꿈을 꾸었다. 나는 아줌마의 포근한 품에 안겨 그녀의 젖을 빨고 있었다. 그녀는 나를 안고 내 머리를 쓰다듬고 있었다. 젖 먹는 나를 보는 그녀의 눈은 한없이 행복해 보였다. 그러다가 나는 갑자기 잠이 깨어버렸는데 파도 소리 때문이었다. 이곳으로 오고부터 나는 잠을 이루지 못하는 날이 많았다. 심심하고 무료하고 답답하였고 친구도 없었다. 그래서 그런지 나는 잠을 잘 자지 못했고 겁이 많은 소년으로 변해갔다. 그러다가 안방에서 새어 나오는 이야기 소리를 들었는데 김 씨가 와 있다는 것을 알았다. 오늘 아버지는 등대에 나가 있었다. 오늘밤은 김 씨가 비번인 모양이었다. 그런데 들려오는 소리로 내 말귀를 곤두세우지 않을 수가 없었다. 그 소리는 전혀 엉뚱했기 때문이었다.

"누님, 오늘 그년을 만났습니다. 그년이 저 새끼를 껴안고 있더군요. 죽일 년, 이제 와서 엄마 행세를 하려는 것인지?"

그러나 엄마의 목소리는 너무도 침착했다.

"그래?"

"아니 누님은 화도 안 난단 말씀입니까? 잘못하면 뺏겨요."

"별로 관심이 없어."

엄마의 목소리는 너무도 냉정했다. 그 말을 듣자 나는 갑자기 내가 우주의 미아가 된 느낌이 들었다. 이 세상에 나 홀로 떨어져 있는 것 같았다. 그런 일은 처음 있는 일이었다. 엄마가 그럴 줄은 몰랐다. 나는 엄마는 언제나 내편이었고 나를 위해 늘 기도를 드리는 것으로 알고 있었다. 언젠가 내가 다 커서 홍역을 하고 있을 때 엄마는 오랫동안 나를 위해 기도를 해주었다. 나는 고열의 무의식 상태에서 간간 기도 소리를 들었는데 엄마는 울고 있었다. 그런 일은 줄을 이을 정도로 많았다. 나는 엄마에게 배신감을 맛보는 것 같았다. 눈물이 하염없이 흘러나왔다.

어떻게 잠이 들고 어떻게 깨어났는지 몰랐다. 이튿날 아침 깨어보니 베갯잇이 흠뻑 젖어 있었다. 엄마의 섭섭함에 간밤을 나는 눈물의 홍수 속에 보낸 것이었다.

그날 밤의 일은 내게 두 가지 의문점을 제시해주었다. 첫째 선주 아줌마와 나의 관계이며 또 하나는 엄마에 대한 새로운 인식이었다. 엄마는 나의 친엄마가 맞는 것일까? 그리고 냉소적인 그 김 씨와 엄마는 어떤 관계일까? 김 씨의 말대로 엄마는 김 씨의 누나일까? 그러나 나는 곧 이런 사실을 부정했다. 나를 위해 엄마가 노심초사했던 지난 무수한 날들을 떠올렸기 때문이었다. 엄마가 친엄마가 아닐 리 만무였다.

이튿날 김 씨는 또 학교 가는 나를 위해 배에다 태워 선착장에 내려주었다. 그런 그가 고맙기는 하였지만 나는 점점 그가 보기 싫어졌다. 무엇보다도 그는 나를 감시하는 것 같아 싫었다. 기분이 나빴다. 나는 내내 그를 외면한 채로 앉아 있었다. 그는 나를 내려다주고 곧 등대로 돌아갔다.

선주 아줌마를 본 것은 곧 그 다음 순간이었다. 김 씨가 돌아가자 선주 아줌마는 나를 기다리고 있었다는 듯이 나타나서 나를 와락 껴안으며 서럽게 흐느꼈다. 나는 선주 아줌마의 이런 영문 모를 행동에 까닭없이 분노를 느꼈다. 딴은 김 씨의 어젯밤 일이 생각났기 때문이었다. 그녀가 끼어듦으로 해서 나는 아버지와 어머니로부터 벗어나 혼자라는 생각을 갖게 된 것이었다. 난 다소 퉁명스런 아이가 되어 있었다. 그녀는 의외로 내가 완강히 거부하자 다소 놀라는 듯 하더니 나를 뚫어질듯이 바라보았다. 나도 그녀를 응시했다. 눈이 한참 동안 마주쳤다. 내 두 손은 그녀의 두 손에 꼬옥 쥐어져 있었고 이상하게 나는 몸에서 점점 힘이 빠져 나가는 것을 느꼈다. 나는 내 몸을 내 의지대로 움직일 수가 없었다. 나는 그녀가 하는 대로 나 자신을 맡겨 버렸다. 순간 그녀는 어제처럼 갑자기 나를 와락 껴안았다. 나는 숨이 막힐 것만 같았다. 그러나 싫지 않았다. 이 아늑한 속, 여기가 도대체 어디란 말인가? 나는 처음과는 달리 한참 동안 가만히 있었다. 눈을 감았다. 가만히 보니 선주 아줌마는 눈 감은 나를 마치 아기들 보듯 미소를 지으며 내려다보고 있었다.

그러나 나는 또 그녀의 너무나 쉽게 풀어버린 팔 때문에 곧 깨어나고 말았다. 금방까지 나를 으스러져라 껴안던 그녀의 마음은 어디 갔는지, 그녀는 나를 너무도 쉽게 풀어버렸다. 나는 민망했다. 그러나 눈만큼은 여전히 나를 응시한 채 놓아주지 않았다. 그녀는 마치 나보기에 굶주린 사람처럼 나를 응시했다. 그녀의 눈에서 불이 붙고 있었다.

나는 갑자기 학교를 향해서 쏜살같이 뛰어갔다. 돌부리에 채여도 아픈 줄 몰랐다.

그날 밤 나는 또 김 씨가 어머니와 하는 이야기를 들었다. 김 씨는 엄마를 계속해서 누님이라고 불렀다.

"누님, 오늘도 또 그년이 저 녀석을 만났어요. 요즘 선주가 힘을 못쓰니까 바싹 고년이 다시 활개를 치는 모양입니다. 선주가 또 큰 섬으로 나가 뱀을 잡아 먹는 모양이라지요. 젊은 계집 차고 살기도 쉬운 일은 아닌 모양입니다. 누님도 정신 바짝 차리셔야 해요. 동일이 뺏기기 전에 말입니다."

그러나 엄마의 목소리는 너무도 차분했다.

"나는 관심이 없어 선영이한테도, 박 씨에게도, 또 쟤에게도."

박 씨라면 아버지를 두고 말하는 것이 아닌가? 그렇다면 선영이란 누구일까? 평소 엄마의 아버지를 대하는 태도는 너무도 냉랭하고 차분하다.

"그년도 교회에 나온다면서요?"

"아는 것이 많은 여자니까 기도도 곧잘 해."

"빨갱이 선전 아니던가요?"

"나라에서 아무 죄도 없다는데 우리가 나설 일이 아니야."

"고약한 년, 마을을 온통 뒤흔들고 있군."

그 후 나는 김 씨가 비번인 날은 잠을 설치는 소년이 되었다. 그런 날은 학교에 가서 모자라는 잠을 보충하느라 선생님에게 혼이 나기도 했다. 그러나 이 일을 좀 더 알고 싶은 마음으로 나는 점점 김 씨가 미웠지만 우리 집에 찾아오기를 기다리게 되었고 김 씨가 오는 날이면 김 씨로부터 무언가 하나씩 얻어들을 수가 있었다. 그는 이 섬의 비밀을 모두 알고 있는 사람처럼 느껴졌다. 아버지가 실지로 김 씨에 의해 움직이는 허수아비 등대장이라는 것 같다는 것을 느낀 것도 그때였다. 실제로 등대의 모든 일은 김 씨가 도맡아서 했다.

아무튼 나는 그런 김 씨가 싫었다. 그의 얼굴이 싫었다. 배를 아버지가 김 씨 대신 저어주기를 바랐다. 그러나 김 씨는 모든 일을 그의 생각대로 처리했다. 심지어 나의 학교일도 김 씨는 곧잘 그가 내키는 대로 했다. 학부형 회의에도 엄마 대신 그가 참석했다. 나는 싫었지만 할 수 없었다. 김 씨는 엄마 아빠, 나를 두고는 내 생각까지도 읽는 것 같았다.

그 이후 나는 할아방과 선주 아줌마를 토옹 볼 수가 없었다. 할아방이라면 나의 이런 답답한 마음을 속 시원히 풀어주련만. 나의 답답함을 할아방에게 속시원히 털어놓고 싶건만 그러면 그는 속 시원히 풀어줄 것만 같으련만. 그러나 그는 좀처럼 나타나지 않았다. 일부러 눈을 돌려 찾아보아도 그들은 볼 수가 없었다.

그러다가 내가 또다시 그를 만난 것은 조기잡이 떠난 배가 거의 보름 후에 다시 돌아왔을 때였다. 선착장에는 선주를 비롯해서 그와 선주 아줌마도 나와 있었다. 선주는 자기 아내의 다리를 헤벌쑥이 벌릴 때의 일은 까마득히 잊은 듯 사람들과 웃고 있었다. 나는 우스웠지만 그들을 지켜만 보면 될 뿐이었다. 할아방은 어디서 무얼했길래 보이지 않았던 것일까?

선착장에는 귀항하는 배를 환영하는 마을 사람들로 부산하였다. 하나밖에 없는 큰 배라서 귀항은 부락 잔치와 같았다. 사람들은 저마다 바구니를 들었고 그 바구니에는 귀항하는 어부들을 위한 떡과 과일이 담겨 있었다. 이 배가 안전한가 못하느냐에 따라 마을은 사람이 늘었다가 줄었다가 했다. 배는 이윽고 부두에 대어졌다. 마을 사람들 모두가 배 가까이 모여들었다. 모두가 이들 배를 탄 어부들의 가족이었고 같은 마을 사람들이었다. 그날은 학교 가는 날도 아니었기 때문에 나를 비롯해서 많은 아이들도 선창에 나와 있었다.

그냥 그것이 전부였다. 그 이후 더 할 이야기 거리가 있었다면 아마 나는 내가 품고 있는 많은 의문들을 해소할 수도 있었으리라. 그런데 그 이후 지금까지 나는 거기서 어떤 일이 있었던 것인지 알 수 없었다. 그날 거기에 환영한다고 모여 있던 마을 사람들은 그냥 누군가 쏘는 기관총에 의해 모조리 쓰러졌고 나도 심한 옆구리 통증과 함께 정신을 잃었다가 깨어났을 뿐이었다. 깨어보니 내가 병원에 누워 있는 것을 알았다. 나는 병이 나아서는 부산 釜山의 한 고아원에서 자라게 되었다. 그것뿐이었다. 그날 섬에서 무슨 일이 있었는지 나 이외의 섬사람들은 어떻게 되었는지, 심지어 아버지 엄마가 어떻게 되었는지도 알지 못했다.

나는 나이가 자라 규정상 고아원을 떠날 때까지 거기서 계속 살았고 고아원을 나와서는 고아원 원장이신 목사님의 주선으로 회사에 취직을 했다. 그 후 결혼을 했고 자식을 낳았다. 그리고 지금 죽음을 앞에 두고 있는 것이다. 어느 시구詩句처럼 내 기억이 아무도 모르는 샘물, 나 혼자 마시곤 아무도 모르라고 덮고 내려오는 기쁨이었으면 얼마나 좋았으랴. 사람은 망각의 동물이라지만 사람들은 지워지지 않는 기억이 있는 법이다. 더욱이 그것이 자신이 직접 겪었던 일이라면 세월이 아무리 흘러도 잊혀지지 않는다.

아마 내 나이 또는 그때의 상황을 더듬어 보았을 때 큰 섬의 4·3사건과 밀접한 관련이 있지는 않을까 하는 생각이 들지만 그러나 알 수 없는 일이었다. 또 실제 큰 섬이 제주도인지도 알 수가 없었다. 모든 것을 이해하기에는 나는 너무 어렸기 때문이었다.

신의 길

다음은 내가 아르바이트를 하면서 겪었던 한 안타까운 사연에 대한 것이다. 예수가 무엇이길래 그를 두고 사람들은 이토록 갈등도 하고 살인도 하고 고뇌도 하는 것인지, 그는 신인가 인간인가 아니면 로마 정복자에 의해 불행하게 태어난 사생아인가, 과연 그는 누구인가? 이 거짓말 같은 것이 거짓이 아니라는 것을 말하기 위해 다소는 거칠지만 있는 그대로 나타내보려고 한다.

내가 고독사한 사람들의 뒷 처리를 하는 특수청소용역업체에 아르바이트로 일하고 있을 때의 일이다. 우리가 연락 받은 곳은 용인의 한 임대아파트였다. 고독사한 한 남자가 살던 방의 흔적을 없애 달라는 주인 여자의 요청을 받은 것이었다. 여기 서울 일도 일거리가 많은데 팀장이 기꺼이 용인까지 가겠다고 나선 것은 대표의 고향이 용인이었기 때문이었다. 또 사실 욕심이 많았던 대표는 여기 인구 100만이 넘는 용인에도 이번을 기회로 지점을 하나쯤 내는 것이 어떨까 하는 생각을 가지고 있었던 터라 시장조사도 할 겸 기꺼이 응한 것이었다.

아침 7시에 서울을 출발했는데 우리가 문제의 아파트에 도착했을 때는 9시 가까이 되어 있었다. 도중에 아침을 휴게소에서 먹는 바람에 많이 지체되었다. 우리는 도착해서 각자가 사용할 도구들을 차에서 내려놓았고 먼저 주인 여자에게 전화를 넣어 아파트 열쇠 비번을 받아 안으로 들어갔다. 시체가 방을 나간 지 오래 되지 않았는지 문을 열자 송장 냄새가 혹 코를 찔러 왔다. 우리는 먼저 안을 둘러보고 어떻게 청소를 할 것인지 나름 머리를 맞대었다. 망자를 위한 기도를 마친 후 팀장이 큰 방 쪽을 맞고 김 씨가 작은 방을 그리고 나는 평소 해온 대로 물품 정리를 맡기로 했다.

올 때는 치울 거리가 많을 것이라고 생각했는데 그러나 막상 오니 의외로 단출했다. 게다가 너무도 깔끔한 방 상태에 우리가 생각하는 전형적인 독거사의 모습과는 전혀 다른 모습을 보여주고 있었다. 으레 술병이 뒹굴고 냄새가 나고 값싼 물건만이 어질러져 있을 것이라고 생각했는데 그렇지가 않은 것이었다.

먼저 우리는 큰 물건인 장롱을 드러내 갈기갈기 부수어 마대 쓰레기봉투에 담는 일을 하였다. 그리고 해온 대로 맡은 역할에 따라 작업에 들어갔다. 나는 집안 곳곳에 널려있는 고인의 물품들 이를테면 사진, 책, 옷가지, 액자와 같은 것들을 하나하나 살펴보고 두어야 할 것과 버려야 할 것을 구분하였다

그의 유품을 정리하고 있을 때 나는 뜻밖에도 그가 남긴 일기를 보게 되었다. 얼핏 두툼한 노오트 속의 구절을 보니 예수에 대한 비난 같은 것이 적혀 있었다. 한 두 권이 아니었다. 이렇게 착실히 일기를 적은 사람이라면 아마 젊은 사람일 것이라고 생각했다. 그가 누구인지도 어쩌다가 이렇게 고독한 죽음을 맞이하게 되었는지도 알 수 없었지만 안타깝다는 생각을 하였다. 수상한 구석이 많은 친구였지만 여하튼 우리는 부탁받은 대로 방을 청

소해주면 되는 것이었다. 나는 그의 유품들을 한쪽으로 모아서 작은 상자 안에 담아두었고 그러다가 그 노오트는 어차피 잿더미가 될 것인데 하는 생각으로 옆으로 슬쩍 빼놓았다. 내가 가져가서 한번 읽어보겠다고 생각했기 때문이었다. 혹 그에 대한 무슨 실마리라도 발견할 수 있지 않을까.

그의 집이라고도 할 것도 없는 작은 방들은 금새 청소가 되었다. 그의 책들은 그의 유언이 없었기 때문에 특별하지 않는 한 마대 쓰레기 봉투에 담아서 소각장으로 보내면 끝날 것이었다. 우리는 방 안의 물건을 전부 밖으로 옮기고 나서 소독을 했고 행여 냄새가 남았을 새라 말끔히 약품 처리를 했다. 나중에 들어올 사람이 있을 것을 예상하고 이곳이 사람이 죽은 집이라는 인상을 주지 않기 위해 우리는 매뉴얼대로 모두 최선을 다했다. 불과 3시간도 되지 않아 그 소형 아파트에서의 일은 끝났다. 오늘도 우리는 결코 있어서는 좋지 않을 건수를 한 건 올린 것이었다.

그의 일기를 가지고 온 나는 집에 와서 책상 한 곳에다 쌓아 두었다. 당장 읽어지지가 않았다. 피곤하기도 하였고 망자를 완벽히 보내고 난 다음의 그 허무함은 어쩔 수가 없었다. 누군가는 해야 하는 일이지만 그 일을 하는 사람들은 썩 내키는 일이 아니었다. 생각해보라. 죽은 사람의 뒤처리를 하는 일이란 것이……

그러다가 이튿날 나는 그(베드로)의 일기를 읽게 되었는데 읽을수록 점점 그에게 빠져들지 않으면 안되었다. 2011년부터 시작된 그의 일기는 2015년도에서 끝나 있었다. 가톨릭 신자인 것 같았다. 신부가 되려는 것에서부터 시작해 가톨릭대학 생활에 이르기까지 온통 예수와의 종교적 갈등이 그려져 있었다. 이상했다. 신부가 되려면 예수에 대한 절대 순종만이 있어야 할 것 같은데 예수에 대한 어떤 피해 의식이라도 가지고 있는 것일까? 그의 노오트에는 예수를 비난하거나 저주하는 글들로 가득 담겨 있었다. 그의 글에서 느껴지는 것은 온통 예수와의 어떤 대결 의식 같은 것이었다. 예수를 정신 분석한 내용도 적혀 있었다. 처음 노오트에서 관심있게 본 내용은 다음과 같은 것이었다.

나에게 있어서 예수는 목표이자 끝이었다. 예수와 같은, 아니 예수를 목표로 그를 향해 걸어가고 있지만 그를 알아갈수록 예수는 내가 처음 그의 제자로서 살아가려고 했던 때의 내가 아는 그가 아니었다. 내게 그는 신이라기보다는 인간, 당시 이스라엘을 깨우려는 혁명가, 또는 개혁주의자로 다가왔다. 신이라고 알았던 예수에게서 갈수록 인간적 표징에서 한발자국도 나아가지 못한 것을 보며 나는 이런 확신을 더했고 고민에 빠져가고 있는 나를 느꼈다. 나는 그가 부르짖는 사랑이란 것도 무엇인지 의문이 들었다. 그냥 단순하게 예수의 본질이 사랑이라는 것을 달달 외우던 것과는 달리 그에 대한 이해가 깊어갈수록 그 사랑이 무엇인지 의문을 품게 되는 것이었다. 서로 사랑을 하라면서 정작 그 자신은 사랑을 왜곡하고 있지 않은가? 죄를 단죄하기 위한 것이란 말인가? 유다야말로 가장 하나님의 계획에 충실한 자라 할 수 있지 아니한가?

나는 그의 노오트에 있는 예수가 신이라기 보다는 혁명적인 인간이라는 생각이 매우 흥미로웠다. 그의 다음의 글도 나를 흥미롭게 하였다.

성경에서는 그의 젊은 시절은 없고 불쑥 나이 30에 나타나 3년 동안 그의 사상을 펼치게 된다. 아무리 그가 신일지라도 이것은 올바른 방법이 아니다. 그가 어떻게 갑자기 신이 되어 나타나 설교를 하고 교화를 하고 세계적 인류애를 나타내려고 할 수가 있는가? 이것은 그가 누군가에게서 영향을 받았다고 밖에 할 수 없다. 성경에서는 그것을 말해 주고 있지 않다. 그의 젊은 시절에 대한 연구가 필요하다.

그가 동정녀 마리아에게서 태어나고 죽은 지 사흘만에 부활했다는 것도 부끄러운 일이다. 아무리 그를 신으로 꾸미려고 해도 이것은 지나친 것이다. 순수했던 이천여 년 전 당시 사람들의 시각으로 보았을 때도 그는 한갓 인간 예수에 지나지 않는다. 그러나 제자들은 이를 감추고 그를 신으로 좌정시킴으로 예수를 오독하고 있다. 아니 예수를 모독하고 있는 것이다.

그의 말대로라면 예수는 스스로가 말한 대로 사람의 아들 곧 인자임에 틀림없다. 그런데 베드로는 그것을 인정 못하고 믿음의 한 발자국도 더 이상 넘어가지 못하고 처절히 고민하고 있음을 알 수 있었다. 나는 이런 그가 매우 흥미로웠다.

베드로, 그는 누구일까? 누구이길래 왜 이렇게 죽었는가? 그의 가족들이 왜 나타나지 않고 고독사란 이름으로 그의 생애 마지막이 기록되어진 것일까?

그가 너무도 간절히 예수를 찾으려 하면서도 비판하고 있었기 때문에 나는 그의 일기를 가지고 그의 정체를 좀 더 알아보기로 하였다. 한 정신적으로 고뇌했던 남자가 남긴 흔적을 결코 쉽게 처리할 수가 없었기 때문이었다.

먼저 나는 가톨릭 대학을 찾아가 그의 이름이 있는지 알아보았다. 알아보니 그에 대한 기록은 5년 전 그가 대학 2학년 때까지의 기록만 있고 그 이후로는 그가 어떻게 되었는지는 나타나지 않았다. 가톨릭대학에서는 그가 5년 전에 그것도 자퇴가 아닌 퇴학이라는 기록과 함께 그의 최종 주소가 모 수녀회가 운영하는 고아원인 '소년의 집'이라는 것 이외에는 어느 정보도 얻을 수 없었다.

나는 내가 쉴 수 있는 날 중 어느 한날을 택해 안산에 있다는 '소년의 집'

을 찾아 나섰다. '소년의 집'은 안산 옛도심의 언덕에 위치한 예수회 소속의 수사와 수녀들의 집이었다 예수회 소속의 집은 둘레가 산으로 둘러싸인 채 있었다 그다지 크지 않은 집이었다. 거기서 이십여 명의 아이들과 그만한 수의 수사와 수녀, 그들 나름의 삶을 영위하고 있었다. 이 도심 언덕에 수녀 원의 건물이 있는 것은 이해할 수 있었지만 아이들이 그곳에서 학교를 다니 고 있다는 것은 생각 못한 일이었다.

"베드로에 대해서 알고 싶습니다."

내가 다짜고짜 원장 수녀를 만나 베드로에 대해 이야기를 하자 그녀는 놀라는 표정을 지으며 베드로를 어떻게 아느냐고 물었다. 베드로는 우리 '소년의 집'에서 추천해 가톨릭대학에 보낸 아이였다고 말했다. 가톨릭대학 에 보낼 때는 수녀원에서 모든 뒷받침을 대주는 것이었지만 베드로는 수녀 원의 지원을 일체 거부하였다고 하였다.

"그런데 언제부턴가 그에게 학비를 대줄라치면 그때마다 학교에서는 베 드로에 대해서는 아는 바가 없다는 회신이 왔고 또 어느 해인가는 학교에 서 퇴학 처리를 했다는 통보를 받았습니다. 그가 왜 퇴학을 당했는지 어디 에 있는지 알 수 없었으므로 그냥 그런 채로 지내 왔습니다. 더욱이 베드로 는 이 '소년의 집'을 떠날 나이가 넘어서 더 이상 수녀원에서도 관여할 수가 없었습니다. 그래서 더 이상의 지원도 하지 않았고 이후로 베드로의 행방도 알 수 없었습니다."

대신 나는 그 원장 수녀로부터 베드로에 대한 과거 이야기를 들을 수가 있었다.

베드로는 인근 성당의 주교로 있는 신부와 그를 시중들던 수녀와의 사이 에 태어난 아이라고 하였다. 가톨릭 규칙상 수녀와 신부의 관계를 인정할 수 없어 베드로는 수녀원이 운영하는 고아원으로 옮겨가게 되었다. 고아원에서 자란 아이는 어릴 적부터 비상했고 때때로 주님에 대한 까다로운 질문을 하여 주변 사람들을 놀라게 하였다고 하였다. 그가 자라서 신부로서의 길을 가겠다고 하였을 때 수녀원에서는 그의 앞날을 위해 지원을 아끼지 않았다고 하였다. 그런데 어느 순간부터 베드로의 행방을 알 수 없게 되고 그것이 한 해 두 해 길어지자 수녀원에서도 그에 대한 기억을 접었다고도 했다. 그러다가 오늘 나에 의해 이렇게 이런 모습으로 다시 나타난 것이라고 했다. 나는 혹시나 싶어 베드로가 자라던 고아원으로 가보았다. 지금은 몇 명의 아이들이 뛰어놀고 있을 뿐 그 큰 건물은 그늘에 가려 음침해 보이기까지 했다.

그는 이 고아원을 나와 수녀원의 도움으로 가톨릭대학교를 진학하게 되었다. 그러나 그가 가톨릭 사제의 정통코스인 한국가톨릭 대학교에 진학한 다음 2년을 마치고 이듬해 복학하지 않고부터 그의 행방을 아는 사람은 없었다. 그러니까 그가 이 수녀원과 관련이 있는 것은 대학 2년까지이고 그다음은 행방이 묘연한 상태인 것이었다.

그의 사인은 이미 자살로 결론이 난 것으로 되어 있었다. 같이 간 팀장도 그가 자살로 인생을 마감했다고 말하고 있었다. 그의 사인이 확인되기 전까지는 이 베드로가 살던 집을 함부로 손을 댈 수는 없지만 이미 사건이 자살로 결론이 나 이렇게 그의 죽음 이후를 빠르게 처리하고 있는 것이었다. 그러나 왜 그가 자살을 했는가에 대한 것은 아무도 말 못하고 있었다. 그런 이야기를 들었을 때 나는 그의 자살에 대해 조금은 궁금해 했다. 동기가 없는 자살은 무의미하다고 생각했기 때문이었다.

그로부터 일주일쯤 지난 어느 날이었다. 나는 다시 대표의 전화를 받았다.

"이즈음 바쁠 텐데 부탁하는 것이 미안하기 짝이 없네. 한 번 더 도와줄 수 없겠나?"

나는 아무 생각없이,

"네."

하고 말했다. 딴은 내가 생각하고 있는 아직 고독사에 대한 의문을 쉽게 풀 수 없었기 때문이었다. 어디까지를 고독사라고 하는 것인지, 고독사 비용은 누가 지불하는지, 행정처리는 어떻게 하는지? 딴은 그 일당도 꽤 짭짤했기 때문이기도 하였다. 우리가 알고 있는 알바가 버는 2배의 알바비를 거머쥘 수 있었다. 백수인 내게 그것은 매우 쏠쏠한 것이라 아니할 수 없었다.

이번의 고독사 청소작업은 인천의 한 빌라였다. 그날 내가 오라는 시간까지 그 아파트를 찾아가자 팀장은 나와 같은 직원 하나와 함께 나를 기다리고 있었다. 알고 보니 그는 앞서 함께 했던 직원이 아니라 대신 들어온 직원인 것 같았다. 60대로 보였고 내가 20대, 팀장이 40대로 반으로 딱 가운데 위치해 있어 일부러 그렇게 팀을 짠 것 같았다.

이번 고독사한 남자는 50대의 남자로 아파트와 오피스텔이 함께 있는 한 원룸에서 기거하고 있던 사람이었는데 사인은 스스로 목을 맨 것이었다. 그러나 놀라운 것은 한 달이나 지나서야 발견되었다는 점이다.

이번 청소는 생각 외로 쉽지 않았다. 주인 여자가 워낙 깐깐이 간섭을 하였기 때문에 그에 맞추려니 시간이 걸렸다. 죽은 지 오래되어 분비물이 계속 흘러 나와 방바닥을 적시고 벽지까지 배어 냄새가 고약했다. 이토록 고약한 냄새가 나는데도 인근 주민들이 아무 말 않고 있는 것은 정말 이상했다. 냄새가 나면 어떻게 된 것인지 옆에 사는 사람들이 신고가 한 번쯤 들어왔을 법 한데 전혀 그런 것이 없었다고 했다. 세상인심 각박하다는데 이런 일을 하다 보니 실제 몸으로 느낄 수 있었다.

50대의 그는 식당 조리사였다. 일식 양식 조리사 자격증이 그가 남긴 파일에 담겨있었다. 불황이 닥치자 그가 일하는 식당에서 그만 그는 해고되었으리라. 그리고 자리를 잡지 못해 그는 몇 달 동안 가난에 시달렸을 것이고 결국은 이런 식으로 자신을 마감하지 않으면 안되었으리라. 그가 남기고 있는 흔적을 통해서 그를 분석해내는 것은 어렵지 않은 일이었다. 그가 가진 재주와 그가 하는 일, 그리고 그가 남긴 모든 것들은 그가 어떤 사람이었다는 것을 알려주고 있었다.

그렇게 인천을 다녀온 후 나는 한동안 그에 대한 생각을 놓았다가 시간이 좀 뜸한 어느 날, 시간을 내어 그의 노오트를 다시 읽어갔다. 노오트가 작은 양이 아니었기 때문에 또 어떤 부분은 영어로 되어 있는 부분도 있었기 때문에 나는 안경을 닦아가며 들여다보지 않으면 안되었다. 그러다가 어느 순간 깜짝 놀라지 않을 수 없었는데 거기에는 우리가 이제껏 생각해왔던 예수와는 전혀 다른 모습의 예수가 그려져 있었기 때문이었다.

성경에는 예수는 성령의 계시를 받아 잉태되어 이 세상에 출생하게 되었다는 것과 그가 12살 되던 해에 총명한 아이로 부모와 함께 유월절에 예루살렘에 갔다는 두 가지 기록이 남아 있을 뿐이다

예수의 생애에 대한 진실을 찾고 싶었다. 브리태니커 사전에서 예수의 아버지가 판테르라고 나와 있는 것을 발견하였다. 판테르는 로마 군인으로 말년을 제외하고 평생을 전장에서 살았다. 정복지에서 로마 병사들의 만행과 이에 따라 불행한 사생아들이 많이 태어나는 것은 당연한 일이다. 사생아들은 이웃들의 동정을 받는가 하면 멸시를 받으며 자라난다. 군인들의 만행에 희생된 처녀들은 시집오라는 곳이 없어 결혼하기가 어렵다. 결국엔 나이 많고 가난한 홀아비들이나 겨우 그들을 받아들인다.

이렇게 예수를 낳은 마리아도 당시 16살 어린 나이인데도 혼처가 없어 나이 30살이나 위인 늙은 홀아비 요셉과 인연을 맺게 된다. 그때 벌써 예

수의 아버지 요셉의 나이 45세요 딸 둘을 출가시키고 상처한 채 그냥 살아 가던 늙은 홀아비였다. 이렇게 재혼하고 나서 뒤이어 줄줄이 씨 다른 형제들이 태어나고 예수는 자연히 의붓아버지의 싸늘한 눈초리를 받으며 소년 시절을 보낸다. 그리고 12살 되던 해 예수는 상인들을 따라 먼 나라 인도로 떠나게 된다.

이 땅에서는 자신의 설 길이 많지 않다는 것을 느끼고 아라비아 상인들을 따라 인도로 간 것이었다. 이 모든 것이 그의 불우한 가정 환경에서 기인한 듯하다. 인도에서 불교 승려가 되어 공부하다가 30살 무렵이 되어 본국에 돌아왔다. 그가 개혁을 꿈꾸고 설교를 시작했을 때 그를 알고 있는 사람들이 예수가 미쳤다고 수군거린다. 그런 것은 바로 그가 신이 아니라 충실한 인간이었다는 것을 나타낸 것이라고 할 수 있다.

이렇게 예수를 인간적인 관점으로 바라보니 성경이 모두 예수의 원망에서 비롯되는 것으로 비친다. 부모에 대한 원망적인 관점이 그에 대한 증오심으로 나타나 그의 말은 아버지에 대한 증오와 원망으로 가득 차 있다. 그것은 그의 제자들이 그를 신으로 좌정시키는 것과 달리 예수가 인간의 한계를 벗어나지 못한 것이라고 할 수 있다.

아니, 생각해 보라. 예수가 인간이지 그가 신일 수 있겠는가. 이천여 년 전에 살았던 그는 그 당시 유대 사회에서 깨어있는 선지자의 한 사람일 수는 있어도 그가 신이라고는 도저히 생각할 수 없는 것이었다. 오늘날 예수의 고향이라고 할 수 있는 이스라엘에서 예수가 크게 부각되지 못하고 있는 것만 보아도 그렇다. 그가 신이었다면 유대 사람들이라고 해서 믿지 않았을까? 예수를 보다 비판적 시각으로 바라본다면 그는 분명 인간에 지나지 않는다. 그 역시 자기 입으로 말하지 않았는가 인자라고, 그는 그의 말대로 신이 아닌 사람의 아들일 뿐이다

나는 예수의 제자들도 매우 정신적으로 문제가 있는 사람으로 생각했다. 그것은 성경을 읽으면 읽을수록 그런 확신을 더했다. 그에게 빠지면 그밖에는 보이지 않는다. 그것은 정신병적인 현상과 마찬가지인 것이다.

우리가 빙의를 느끼는 것과 같은 현상을 예수를 믿는 사람들은 자주 느낄 뿐이다.

나는 특히 이 부분을 유심히 보았는데 이런 기록이 있다는 것도 신기했고 장차 신부를 꿈꾸는 그가 이런 음모론에 가까운 이야기에 속수무책 빨려 들어간 것도 신기했다.

첫 번째 두 번째 그의 노오트를 읽고 나서 나는 좀 뜸을 들였다. 내가 고독사의 뒷처리 일을 하고 있다 보니 나를 알고 있는 잡지사의 친구가 여기에 대한 글을 한 편 써달라는 부탁을 해왔기 때문이었다. 친구는 이런 실제적인 사실들을 사진을 찍듯이 적나라하게 보여주는 것을 원했겠지만 나는 이들 고독사를 처리하면서 새삼 느낀 것을 적었다. 세상은 왜 이렇게 공평하지 못한가? 세상에 태어나는 순간에서부터 시작된 불공평은 죽는 순간까지 불공평했다. 물론 불리하게 태어난 사람이 죽을 때도 불리하게 죽는다는 그런 의미가 아니다. 살아있는 동안 여러 불공평함이 있을지라도 그래도 죽을 때는 어느 정도 공평해야 하는 것이 아닐까 하는 생각을 했는데 그런 것이 아니었다. 물론 여기서 말하는 불공평하다는 것은 가난 부자 따위의 허튼 의미를 말하는 것은 아니다. 그래도 사람은 사랑받고 사랑주고 하기 위해 태어난 것인데 태어날 때도 죽을 때도 그렇지 않다는 것이 내 생각이었다. 불공평 속에서 살다가 불공평 속에서 끝나는 것이 인생이 아닌가 하는 생각이었다.

그러나 정작 더 알 수 없는 것은 인간은 무엇인가? 인생은 무엇인가? 왜 태어나고 왜 병들고 왜 늙고 왜 죽는가? 하는 수천 년 전 인간의 스승이었던 붓다가 한 고민을 내가 그대로 묻고 있었다는 것이 놀라웠다. 정말 인생은 무엇인가? 죽은 자가 남긴 흔적을 대할 때마다 나는 어떻게 살 것인가 아니 어떻게 마지막을 장식할 것인가 하는 것을 고독하게 생각하였다.

　어느 한 날 다시 시간이 나서 나는 우연히 그의 세 번째 노오트를 읽다가 시몬이라는 이름을 발견하였다. 3권째의 노오트에서는 친구인 시몬에게 그가 생각한 바를 이야기하는 형식으로 되어 있었다. 나는 즉시 시몬이라는 친구가 궁금했다. 혹 시몬이라는 친구를 찾으면 이제껏 궁금했던 그의 실체가 밝혀질지도 모른다고 생각하였다. 그가 왜 자살을 했는지 그는 예수에 대해 어떤 생각을 가지고 있었는지 그가 왜 신부 수업을 그만 두었는지 알 수 있지는 않을까?

　　시몬이 오늘 내게 와서 신을 가까이 하고 있는 것에 대한 환희를 말하였다. 시몬은 예수에 완전 빠진 친구였다. 그는 전혀 예수에 대한 의심을 가져본 적이 없는 사람 같았다. 오늘 그에게 예수가 얼마나 허망스런 인물인가에 대해 이야기했다.

　　"예수는 로마 병사의 성 폭행에 의해 태어난 사생아였어. 냉정히 예수를 생각해봐 사람이 어떻게 동정녀에게서 날 수가 있는지 그것은 예수를 신성시하기 위해 꾸며낸 허구일 뿐이야. 그가 불교 승려였다는 소리가 있어. 나는 그것을 믿어. 곰곰이 생각해 보면 예수는 부모에 대한 원망이 많았던 것 같아 그래서 아라비아 상인을 따라 인도로 가게 되었다고 생각하지. 거기서 불교 교리를 익히게 되었던 거야. 그리고 사라졌다가 다시 나이 30이 되어서 돌아왔던 거야."

　그 뒤의 내용은 모두가 예수의 신성을 부정하는 내용들이었다. 성서상에 나타나는 내용들이 얼마나 허구인가를 낱낱이 피력하였다.

　　"시몬, 내가 이야기를 하였는데도 자네는 아직 오직 예수라는 미망에 빠져있네 그려. 생각해 보게나. 그는 그 당시 가식에 차있는 율법학자들를 비판하였네. 율법학자들 입장에서 보면 그는 눈엣가시 같은 존재였지. 기득권을 놓지 않으려는 그들과 예수의 혁명적인 생각이 맞부딪친 일대의 사건이 생겨난 것일뿐이라네. 예수는 그가 십자가형을 당하면서도 그가 신이었다는 것을 보여주지 못하였다네. 다만 그는 자신이 가는 길이 스스로가 선택한 것이라는 강한 신념을 보여주었다네. 그런데 아나, 그것은 이제껏 그가 신의 아들이었다는 것을 교묘히 피해 가는 방편이었다는 것을, 자신을 신처럼 믿고 따르는 사람들에게 실망을 주지 않아야 했던 예수는 그런 선택을 하지 않을 수 없었다네. 이 모든 것은 예수가 자신이 말한 대로 사람의 아들임에 틀림없다는 것을 말해주고 있는 것이라 할 수 있다네.”

그러다가 나는 뜻밖에도 그를 찾아가는 과정에서 역시 나처럼 베드로의 존재를 찾는 한 미모의 여인을 만나게 되었다. 그것은 내가 주말마다 시간이 날 때면 이곳 고아원에 봉사활동을 하고부터였다. 그녀도 나처럼 봉사하려고 온 것 같았다. 그런데 그녀는 이곳을 잘 아는 것처럼 행동하였다. 그러다가 우리는 서로가 베드로에 대해 궁금해 하고 있다는 것을 알고 커피숍으로 자리를 옮겼다. 그녀의 미모가 출중하였다.

“베드로와는 어떤 관계이신가요?”

내가 묻자 그녀는 아무 말도 없이 나를 보고 눈물만 흘렸다. 그러다 나는 곧 그 내용을 알게 되었다. 같이 고아원에서 자란 그들은 서로 사랑하는 사이였다. 크게 되면 같이 결혼까지 약속하는 사이로 변하게 되었다. 그런데 베드로는 이런 약속을 저버리고 어느날 갑자기 신부의 길을 걷게 된 것이었다. 그리고 가톨릭대학에 입학하던 날 모든 것을 끊고 고아원을 떠났다고 했다. 그런데 이미 그녀의 뱃속에는 아기가 자라고 있었다. 그러나 아기가 태어나기까지 베드로는 끝내 나타나지 않았다. 그로부터 아기 아빠를 찾기 위해 그녀는 온 사방을 뒤지기 시작하였지만 알 수 없었다고 했다.

그녀는 결혼을 약속했던 베드로가 갑자기 신부를 지원하게 된 이유를 알 수 없다고 하였다. 자기가 알기에는 베드로는 신부가 될 생각이 전혀 없었다고 했다. 다만 그는 자기를 이렇게 만든 가족을 증오하였다고 하였다.

우리는 내가 알고 있는 정보와 그녀가 알고 있는 정보를 서로 교환하였다. 내가 그가 죽었다고 말하자 그녀는 한없이 슬퍼하며 내가 곁에 있다는 것도 잊은 듯 울기 시작하였다. 그날 그녀로부터 나는 베드로에 대한 뜻밖의 정보를 얻게 되었다. 그녀 입을 통해 베드로의 심리상태를 어느 정도 알게 된 것이었다.

당시 가톨릭대학에 재학 중인 베드로는 처음엔 아무렇지도 않았지만 갈수록 자신의 바탕이 추악하고 추잡한 인간의 욕망 끝에 태어난 존재라는 것을 깨닫게 된다. 그는 인간의 욕망이 어디까지인지 심각히 고민하게 되고 결국 예수도 자기와 같은 비천한 출신임을 알자 예수에 대해 동류감을 느끼게 된다. 즉 예수는 로마 병사의 성폭력에 의해 태어난 사생아라는 것을 인정하게 된 것이었다. 그런 동류의식으로 예수를 바라보게 되자 아버지에 대한 증오감이 들기 시작하면서 성경 곳곳에 쓰여있는 예수의 아버지에 대한 비판이 이제 조금씩 이해되는 것이었다. 성경 곳곳에 있는 아버지는 새롭게 해석할 필요가 있는 것이다. 아버지란 증오가 서려 있는 단어였다.

그녀는 거기까지 말해주고는 먼저 일어나 커피값을 지불하고는 홀연히 사라졌다. 그녀가 누구인지 어디에 사는지 또 베드로의 아이는 어떻게 되고 있는지 그런 것을 알기도 전에 그녀는 떠난 것이었다. 그러다가 그녀의 얼굴을 다시 보게 된 것은 우습게도 한 경기도의 통합교단 기도원에서였다.

여름이 끝나가던 무렵 우리는 전화 한 통을 받았다. 내용인즉은 기도원에 냄새가 너무 나서 소독 처리를 해주면 좋겠다고 연락이 온 것이었다. 우리는 대강의 이야기를 들어보고 지금 냄새 나는 이유가 곰팡이와 화장실의 습기가 원인인 것으로 생각하고 그에 맞는 장비를 준비해 가지고 기도원으로 갔다. 우리가 기도원으로 가자 기도원에 있던 사무원이 나와 안내를 하는데 이상하게 낯이 익었다.

내가 혹시나 싶어 팀장 대신 그녀에게 다가가 청소에 대해 묻자 그녀는 깜짝 놀라며 얼굴을 반사적으로 가렸다. 그녀였던 것이었다. 베드로의 아기를 가진 그녀가 왜 여기에 있는 것일까?

"안녕하셔요. 여기 계신가요?"

"네, 안녕하셨어요. 그런데 어떻게?"

"네 직업이 바로 이런 특수 청소부입니다. 기도원 연락을 받고 왔습니다."

나는 좀 이상했다. 그녀가 왜 기도원에? 개종이라도 했다는 말인가? 내가 한참 그 남자 직원과 그녀를 번갈아 보며 서있자 그녀가 그 잠시의 긴장을 견딜 수 없는지 말했다.

"댁으로부터 베드로가 그렇게 되었다는 말을 듣고 한동안 방황하다가 이곳까지 오게 되었네요. 선생님의 말을 듣지 않았더라면 절망 속에서 아직도 베드로를 찾아 헤맸을 텐데 지금은 어느 정도 마음을 잡고 있는 상태입니다."

묻지도 않았는데 그녀는 말했고 베드로의 아이라고 하는 이제 다섯 살쯤 되어 보이는 아이를 보여주었다. 그리고 그 옆에는 낯선 사내가 하나 서 있었다. 내가 이상한 표정으로 그 낯선 사내를 쳐다보자 이내 그녀는 그 사내를 소개했다. 남편이라고 하였다.

"네, 안녕하십니까. 시몬이라고 합니다."

그 소리를 듣자 나는 까마득하게 소스라쳤다. 아니 그가 시몬이라면 바로 그 노오트 속에서 말하고 있는 베드로의 친구가 아닌가? 그는 참 근사하게 생긴 사내였다. 키가 컸고 얼굴이 준수했고 까만 곱슬머리가 유난히 선해 보이는 얼굴을 가진 사람이었다. 얼굴에는 예수에 대한 믿음 이외에는 아무것도 없는 것처럼 보였다. 그녀가 나에 대해서 내가 베드로를 찾으러 다니다가 만났던 사람이라고 소개를 하자 그는 순간 만나서는 안될 사람이라도 만난 것처럼 표정이 굳어졌다. 그리고는 이내 안으로 들어가 버렸다.

"베드로의 친부모는 지금 어떻게 지내고 있나요? 그 신부와 수녀라는 분."

나는 무엇보다 베드로가 증오했던 그 아버지에 대해 궁금했기 때문에 물었다.

"저는 알고 있습니다만 함부로 일러주고 싶지는 않습니다. 아버님은 지금 유명한 신부님이되어 본당에서 중요한 역할을 맡고 계십니다. 그 분의 명예에 누되는 일을 하고 싶지 않습니다."

"아니, 유명 신부가 되어 있다고요? 그렇다면 그 수녀님은 어떻게 되어 있습니까?"

"네, 알고 있습니다만 말하고 싶지 않습니다. 다만 수녀원을 나와 결혼도 하고 아들, 딸을 낳고 살고 있지만 역시 신부님의 이름에 누가 되고 싶지 않아 여염집 아낙으로 조용히 살아가고 있습니다. 생활이 넉넉하지 않은 것으로 알고 있습니다. 아버님은 그렇게 훌륭하게 되었는데."

그녀는 더 이상 말하지 않고 안으로 들어갔다. 우리는 그날 내내 사무실을 제외한 기도원 곳곳을 돌아가며 청소를 했다. 소독도 했고 냄새가 나온다는 곳에 특수약품처리도 했다. 아마 이렇게 하면 적어도 향후 5년간은 냄새가 나지 않을 것이었다.

그 기도원 청소가 무리했음일까 나는 그로부터 닷새가 되도록 몸살로 심하게 않았다. 이렇게 있으니까 심심해서 다시 그의 노오트를 들쳐보게 되었다. 네 권 중 마지막 네 번째였다. 시몬과의 대화가 두드러졌다. 내용을 전지적 시점에서 요약하면 다음과 같았다.

　시몬은 왜 그렇게 베드로가 예수를 인간이라고 고집하는 것인지 몰랐다. 그것이 무슨 상관이라도 있다는 말인가? 그가 예수를 그냥 성경에 나온 대로 믿어버리면 될 것을, 그는 왜 예수의 인간성을 넘기지 못하고 그렇게 예수를 미워하고 예수와의 어떤 대결 의식으로 마저 느끼고 있는 것인지, 그는 예수에 비하면 정말 하찮은 존재 아닌가? 대결 의식이라니 말이나 될 법한 소리인가?

　"예수는 신이 아니야 그런 생각을 갖고 성경을 읽어보니 정말 그가 인간들에 원망을 많이 갖고 있다는 것이 느껴져. 얼마나 사생아에 대한 한이 맺혔으면,…… 그가 하는 말이 전부 원망이라는 것을 알게 되었어."

　베드로의 말에 시몬은 순간 마귀가 나타나 자기를 유혹하는 거라고 생각했다. 그것은 시몬이 나고 자라서 결코 들어본 적이 없는 소리였고 생각조차도 못한 일이었다. 예수님이 사생아였다니? 예수님이라는 소리만 들어도 눈물을 흘릴 정도로 흠뻑 예수에 젖어 있었던 시몬에게 그 말은 살인충동을 불러일으킬 정도였다. 그런 한편으로 어찌 베드로가 그런 망상에 빠지게 되었던 것일까 하는 생각도 들었다. 사탄이 분명 있긴 있구나. 도저히 사탄이 한 짓이 아니고서는 그렇게 주님에게 쏠려있던 베드로가 하루아침에 이렇게 처참하게 예수를 증오하게 될 줄은 몰랐다고 생각했다. 그와 함께 베드로가 돌이킬 수 없는 사탄의 세계에 빠져 있다는 것을 알고 그를 구제해야겠다고 생각했다.

　"너는 지금 악마의 늪에 빠져 있어. 그것에서 빨리 빠져나와야 해. 예수님을 부정할 수 없어. 그냥 예수님은 우리의 메시아야. 이유 없이 그냥 믿어야 해. 너처럼 그렇게 예수를 과학적, 역사적으로 생각한다면 그것은 신앙이라고 할 수 없어. 신앙은 그냥 그의 말씀 진리를 믿고 따르는 거야."

그러나 베드로는 자신의 신념을 굽히지 않았다. 시몬은 베드로에게 그가 더 이상 사탄에 빠지지 않도록 해야 한다고 생각했다. 베드로가 누구인가 고아원에서 같은 방에서 지내면서 가장 친하게 지냈던 친구가 아니던가? 예수님에 대한 사랑에 빠져 그렇게 예수를 좋아하고 예수님 말씀대로 살아가길 원했던 친구가 그런데 어떻게 해서 이렇게 사탄에 빠져 예수를 부정하고 제멋대로 예수를 평가한단 말인가?

"예수가 그렇게 위대하게 된 것은 모두 그의 불우한 어린 시절의 경험 때문이었어. 그가 저주했던 불행이 오히려 그에게 가장 원대한 사상가로 자리잡게 한 것이었으니 아이러니라면 아이러니라고 할 수 있겠지. 성경에는 그의 이런 심정이 잘 나타나 있어."

"글쎄, 내 눈에는 성경 상에 그런 것을 전혀 발견할 수 없는데 네 눈에 발견되었다니 이상하군 그래. 네가 홀려도 단단히 사탄에 홀렸군."

"확실히 말할 수 있네. 그는 아라비아 상인을 따라 인도에서 불경을 공부했고 30살이 되어 이스라엘로 돌아와 설교를 시작했지. 물론 집에서는 예수를 미쳤다고 했고 형제들도 이 씨 다른 형제를 좋아하지 않았지. 생각해 보게나 이런 문제는 인류가 생겨온 이래 흔히 있었던 일이 아닌가. 그런 내용은 예수가 바로 사생아라는 실제적 사실을 알고 성경을 읽어 보면 다 보인다네. 성경 곳곳에 등장하는 심한 언사들도 또 사랑하라고 외친 것도 다 예수가 나약한 인간일 수밖에 없다는 것을 나타낸 것이라고 생각해. 사랑하라고 외친 것이 아닌, 그렇게 사랑하라고 외칠 수 밖에 없었던 예수의 슬픔을 이해한다네."

이 부분에서 나는 베드로가 예수의 사생아적 탄생과 자신의 추악한 탄생에 어떤 동류의식을 느낀 것은 아닐까 하는 생각을 했다.

내가 그의 노오트를 다 읽고 다시 경기도 기도원으로 시몬을 찾아갔을 때는 추석이 가까웠을 무렵이었다. 딴은 시몬과 그녀가 궁금하기도 했기 때문이었다. 평소에는 그렇게 붐비던 곳이었다고 하는데 때가 때이어서 그런지 기도원은 한산했다. 그녀와 베드로의 아이라는 애도 보이지 않았다. 시몬도 보이지 않았다. 나는 기도실에 들어가 기도를 하고 나왔다. 이상했다. 이 기도원에 오면 기도가 잘 받아지는 것 같았다. 교회 선배들이 말하는 장소에 따라 기도가 잘 받아지는 그런 곳이 있다는 것을 처음으로 체험하였다. 그리고는 그후에도 더러 이곳으로 생각나면 찾아올 때가 있었다. 그것은 그녀와 혹 시몬이라는 친구를 다시 만날 수 있을지도 모른다는 기대감도 있었기 때문이었다. 시몬이 그의 아이를 거두어서 길러주고 있다는 것에 나는 고마움과 감사함을 느끼고 있었다.

그러던 어느 날, 나는 내 앞으로 온 편지 한 통을 받았다. 시몬에게서였다. 편지가 상당히 길었지만 그 골자는 다음과 같은 것이었다.

내가 자꾸만 아니라고 그러는데도 베드로는 나에게 예수의 정신병적인 모습을 이야기하고 성경 상에 있는 여러 인자의 모습을 이야기하며 예수를 신으로 인정하려 들지 않았습니다. 나는 속으로 베드로를 그대로 더 이상 방치해서는 안된다는 생각을 하였습니다. 베드로에 내려있는 사탄의 그림자를 없애지 않으면 베드로는 악의 구렁텅이에 빠져 헤어나올 수 없을지도 모른다고 생각했습니다. 나는 어떤 의무감마저 들었습니다. 사탄에 물들어 있는 친구를 악에서 구해내어야 한다. 그럴 수 없다면 그를 죽여서라도 지옥에 떨어지지 않도록 해야 한다. 나는 베드로가 아니라 앞에 있는 어떤 사탄과의 대결 의식으로마저 여겼습니다. 그러나 베드로는 사탄의 유혹에서 벗어나라는 나의 말에 수긍하지 않았습니다. 도저히 베드로를 설득해도 설득시킬 수 없다는 것을 깨달은 나는 마침내 중세에 사탄에 들린 이교도를 죽임으로써 죗값을 받게 해야 한다는 마녀의 심판마저 떠올렸습니다. 마침내 나는 사탄에 빠져 헤어나지 못하고 있는 베드로를 죽이기로 결심했습니다. 그를 죽임으로써 예수의 권위를 회복하고 베드로도 더 이상 죄를 짓지 않음으로써 그가 지금까지 쌓은 선업으로 유황불 타는 지옥에 가지 않고 천국에 갈 수 있다고 믿었습니다. 그 방법은 독살이었고 자살로 위장하는 것이었습니다. 나는 마침내 생각했던 그대로 베드로를 독살했습니다. 예수를 부정하는 것은 예수를 너무도 사랑했던 나의 눈에는 아무리 친한 친구라 하여도 베드로가 사탄으로밖에 보이지 않았습니다. 사탄을 죽이는 것은 죄가 되지 않을뿐더러 그것은 예수를 믿는 사람들의 의무이기도 하다고 생각했습니다. 모든 것은 내가 다 생각한 대로 되어가고 있습니다.

그리고 다시 크리스마스를 한 달여 앞두고 기도원을 찾았을 때 전에 내가 기도를 했던 방에서 시몬은 고해의 기도를 하고 있었다. 나를 보자 시몬은 자기를 고발해달라고, 자신을 저 감옥에 넣어달라고 애원을 하였다. 그의 얼굴은 수척했고 얼마나 고민을 했던지 며칠째 밥을 먹지 못한 사람처럼 그냥 눈만 살아 빛나고 있었다. 나는 더 이상 그를 보면 안될 것 같아 우는 그를 떠나며 그냥 나왔다. 그를 고발할 생각은 전혀 없었다. 그의 후회와 통한의 회한은 그의 몫이라고 생각했다. 지극히 예수를 사랑하였던 두 젊은 수도사, 그들의 안타까운 사연은 그것으로 끝이 났다. 나는 내일은 서울의 한 아파트의 고독사 청소를 하기로 되어 있다.

강아지 울음소리

그 사람들의 이야기를 들었던 것은 부산에서 시모노세키로 가는 한국 밤 배에서였다. 그 세 사람의 이야기는 그 밤 배에서 오로지 그들만의 이야기만 들리는 것 같을 정도로 컸고, 그것이 우리 모두가 관심을 갖고 있는 사항이어서 나는 저절로 들려오는 소리에 귀를 기울이고 있었다. 아무래도 한국 배였기 때문에 승선한 사람들은 거의 한국 사람이었고 그래서 그런 것인지는 몰라도 들리는 것은 온통 한국인 목소리 뿐이었다. 얼마 지나지 않아 객실 안 여기저기에서 그 흔한 화투 고·스톱 소리가 들려왔다. 나에게도 go냐, stop이냐 그것이 문제였다.

"그런데 아무래도 알 수 없는 것은 일본인의 성격이야. 그들은 끝없이 영토 확장을 꿈꾸고 영토에 대한 관심을 놓지 않아. 독도 침탈도 일본의 그런 생각에서 찾아야 하는 것 아닐까?"

"맞아, 그들은 뻔히 역사적으로나 지리적으로나 한국의 고유 영토인 것을 알고 있을 터인데 왜 일본 영토임을 고집하는 것일까?"

"섬나라 국민의 침략주의 근성이 아닐까? 섬 나라는 늘 대륙을 꿈꾸지.

그것은 섬나라가 갖는 생래적인 것이 아닌가 해."

"그럴듯한 생각이야. 영국 또한 그렇잖아, 대륙으로 뻗어나가려는 근성."

"조선에 대한 일종의 우월감도 있어."

"오죽했으면 자신들이 문명 국가가 된 것은 북방의 문명으로 인한 게 아니라 일본 자체의 문명이라고 하지. 조선으로부터 흘러 들어갔다는 것을 인정 못하는 거야."

"일본은 주위 나라를 정복하지 않고서도 충분히 잘살 수 있었을 나라였는데 그렇게 남을 침략하고 주변 나라를 원수로 만든 길을 택했으니 과연 어느 것이 더 나은 선택이었을까?"

"아니 오히려 사방으로 갇혀있는 일본은 먹고 살기 위해 뻗어나갈 수밖에 없었을 것이야."

"침략이란 더 나은 삶을 위한 필연적인 것이 아닐까? 우선 자기부터 잘 살고 봐야지, 자기가 살기 위해 남을 해치는 것은 만고의 진리야."

"그렇다고 당한 국가들은 가만 있을까? 가만 있지 않을 거야. 자기 것을 앗으려는데 가만 있을 국민들이 어디 있을까?"

"그런데 문제는 힘이야. 힘이 있어야 대항을 하지, 그렇다고 자기 목숨을 내놓고 싸울 정도로 애국심 강한 사람이 어디 있을까? 자기 목숨은 무엇보다 소중하지."

"특히 일본은 주변 국가들과 관계가 언제나 좋지 않았어. 사방이 적이라고 할 수 있지. 스스로 그렇게 국가를 만드는 것 같았어."

"글쎄, 그 역시 섬나라의 성격이라고 보아야 하지 않을까?"

"그러나 대부분의 일본인은 그렇지가 않지."

"아니야, 그들이 뽑은 정치가가 그런 말과 행동을 하는 것은 바로 그 나라의 국민성을 나타낸 것이라고 할 수 있지. 일본의 호전성은 틀림없는 사실이야 무어라 해도 부정할 수 없는.”

“지금도 나이 든 일본인 가운데는 일본의 우월주의에 젖어있는 사람들이 많아. 우리나라를 비롯 동북아 일대를 고통에 빠뜨린 제국주의 일본은 자국의 이익을 위해 무참히 이웃 국민들을 괴롭혔어.”

“일본은 그래도 지금 세계 3위의 경제 대국이야. 그 바탕에는 이런 조선을 비롯 동북아로부터 앗은 자원의 힘이 아니었을까?”

“어쨌건 일본은 아직도 옛날 그 향수에 갇혀 사는 사람이 많지. 특히 나이 든 사람들에게는 옛날 조선을 식민지배했던 시대를 그리워하는 사람들도 있어, 특히 통치자들에게도 이런 생각을 가진 사람이 많아.”

“그 대표적인 것이 아베라고 할 수 있지. 아베는 일본 우월주의를 외쳤지. 그리고 특히 독도를 자국 영토로 편입시키려는 실제적인 행동을 했던 사람이야.”

“우리가 반도체 소재의 수출을 규제한 건 정당하니 한국은 왈가왈부 말고 일본이 정한 대로 따라야 한다. 다케시마는 일본 땅이니 한국은 실효 지배에서 손을 떼야 한다. 한국의 전후 경제 성장은 일본 덕분이니 감사하고 고개를 숙여야 한다. 일본인들의 전형적인, 특히 아베의 생각이지.”

“글쎄, 그런 아베 같은 사람들이 일본에는 많다는 거야.”

“아니 바로 지금의 일본 모습이 아베라고 할 수 있지.”

일본의 정치인들은 불리하다 싶으면 한국을 건드렸다. 특히 건드려서 유익하다고 여겨지면 독도를 건드렸다.

“그럴 때마다 화가 나지, 안그렇겠어. 우리 것을 자기 것으로 우겨대니 그것도 꼭 신경질이 나도록 콕콕 찔러대니.”

“정말 스트레스 쌓이지, 가만 있어도 화가 나고 차라리 생각을 말아야지.”

“아마 대부분의 사람들이 그럴 거야. 일본이 독도를 언급할 때마다 화가 나고 분노를 느끼지. 아마 드러내지 않아서 그렇지 그런 소리를 들을 때마다 자기 분을 이기지 못해 홧병으로 쓰러지는 사람도 있어. 참 악랄한 수법이지.”

“글쎄, 그렇지만 한국 사람이란 것이 그것이 다 아닐까? 우리 국민성이 그런 걸 어떻게 해. 금방 분노했다가 쉽게 잊어버리는 것, 이런 심리를 교묘히 이용하는 것 같기도 해.”

“나도 그렇다고 생각하는데 문제는 그때 우리가 어떻게 대처하여야만 하는지에 대한 노하우가 전혀 없다는 거야, 어떻게 해야 할까?”

“언젠가 일본 불매 운동이 있었잖아. 유니클로 그거 몇 달 못갔어. 지금 봐, 그전보다 유니클로 매장을 찾는 사람들이 훨씬 늘어났다고 해. 당시도 일본 회사가 매장수를 줄였지만 손실 면에서는 크게 차이가 없다고 해. 그 뒤 유니클로 매장 소리 소문도 없이 크게 늘어났어. 이것을 인식하고 있는 사람도 드물어.”

“아니, 그걸 알고 있었어. 그렇지만 나도 모르게 찾게 되지, 우선 편리한 곳에 있으니까 우선 내 형편에 적당한 매장이니까, 저급부터 고급까지 스펙트럼이 다양하니까.”

“그렇지만 일본이 그런 속을 뒤집는 소리를 할 때마다 정말 참을 수가 없고 그에 대한 적당한 대응 방법이 없으니까 더욱 화가 나고 분노가 솟구치지.”

“글쎄, 그런데 뚜렷한 대응 방안이 없으니 실제적으로 독도를 지배하고 있음에도 어떤 방법이 없어.”

“중요한 것은 그들이 그 어떤 말을 하여도 우리가 흥분하거나 스트레스를 받지 않아야 하는데 그게 쉽지가 않아. 일본 정치인들은 이런 점을 교묘히 이용하거든, 그리고 실제로 그렇게 필요할 때마다 우리의 속을 긁었어."

"대표적인 예가 김영삼 대통령의 경우지. 일본이 독도를 자기네 땅이라고 긁었어. 그러니까 대통령이 발끈한 거야. 그리고 일본을 처단하겠다고, 에이 참 지금 생각해도 그렇지. 참 생각 없는 대통령, 무얼 그걸 가지고 화를 내고 그래. 그렇게 화를 내는 바람에 일본은 용케 걸려들었구나 싶었겠지. 그 바람에 그만 독도가 세계 분쟁지역으로 변해버리는 거잖아. 대통령한 마디가 이렇게 중요한 거."

"그렇지만 자신을 괴롭히고 스트레스로 작용한다고 해서 감정적 정치적 안전 지대에만 머물 수는 없어. 독도 문제를 두고는 조금 한 박자 죽여가는 것이 실효 지배를 하고 있는 입장에서 필요하다고는 보지만 일본이 저렇게 도발해오는데 가만 있을 수도 없잖아. 독도 문제에는 한일 간 상처받은 민족 감정이 자리 잡고 있지. 이성적으로 해결할 자리가 크지 않고 정치적 폭발력도 매우 크다고 봐. 그렇다고 마냥 미룰 수만은 없는 것이 한일 간 문제라고 생각해."

"그래, 어쨌든 우리는 결코 일본의 수법에 말려 들어서는 안돼. 특히 그들이 도발을 하더라도 결코 화를 내서는 안돼, 감정적으로 밀리면 점점 독도가 일본의 것이 될 수 있다는 가능성이 점점 많아져. 왜냐하면 국가 간의 문제는 결코 감정의 문제가 아니거든 냉철한 판단력, 이성, 결단력 이런 것이 독도 문제에서는 요구되거든. 그리고 독도를 모르는 일본으로서는 별 답 답한 것 없어 밀져야 본전이거든."

"그런데 과거 우리 정부의 독도 정책을 보면 이성적인 판단이라기 보다는 감정적인 부분이 많았어. 특히 김대중 정권 시절 해수부 장관의 발언은 참 기가 막혀, 국회의원들의 질문에 화도 나고 말문이 막히니까 일본 해수부 장관과 자기는 형님, 동생 하는 사이라고 해서 쉽게 문제를 풀어나갈 것이라고 떠벌렸지. 그런데 이 소식을 들은 일본의 농수산부 장관은 미리 이런 일이 있을 줄 알고 동해에서 일본과 한국의 어획량 같은 독도 협상에서 제기될 문제의 핵심을 미리 파악해 조사를 철저히 했어. 그 후 신한일어업협정에 있어서 유리한 고지를 차지했지. 그때 얼굴이 시뻘개져서 침을 튀기며 이야기하는 해수부 장관의 모습이 아직 기억이 생생하네."

"무능하면 그만 두어야지, 그깟 장관이 무어라고."

"속을 긁을 때마다 뚜렷한 대책이 없으니 우리나라로서도 참 답답할 거야. 뻔히 눈 뜨고 당하는 꼴이라니까 바둑으로 치면 일본이 훨씬 많은 팻감을 가지고 있는 꼴이야. 무슨 독도 대처 방안 같은 것이 없을까?"

"반드시 독도 문제는 아니라고 하더라도 일상에서 이런 경우가 얼마나 많을까? 그럴 때 대처할 수 있는 노하우가 있다면 좋을 텐데."

일본에 대해서는 어딜 가나 독도가 주요 이슈였다. 그들 주변으로 사람들이 몰려들고 있었다. 그들은 이내 주변 사람들이 부담이 되었는지 선실 안으로 들어가 버렸다. 로비 한쪽 텔레비전 스크린 속에서는 9시 뉴스가 나오고 있었다.

나는 그들이 선실 안으로 들어가자 이층으로 올라왔다. 객실로 들어가보았자 잠도 오지 않을 것이었다. 벌써 이런 백수 생활이 반년을 갔다. 이 층으로 올라오자 부산 국제 여객선터미널에서 보았던 사내가 혼자 턱을 괸 채 골똘히 생각에 잠겨 앉아 있었다. 터미널에서 그를 처음 본 순간 단번에 그의 처지를 알아차릴 수 있었다. 너도 나처럼 사업에 실패해 어쩔 수 없이 배를 탔구나. 그것도 비행기가 아닌 배라는 면에서 나는 더욱 확신할 수 있었다. 그도 나를 알아보았으리라. 우리는 서로의 동류의식으로 바로 말을 텄다. 서로가 서로를 알아보았기 때문에 우리는 서로의 비참한 신분에 관한 이야기는 일절 하지 않았다. 더욱이 사업에 관한 이야기는. 우리는 속으로 서로를 여행객이라고 세뇌시키고 있었다. 그래 우린 관광객으로 일본에 가는 거야. 우리는 서로 관광객으로 만난 거야. 그래 우리는 루저가 아니야. 우리는 다시 로비로 내려왔고 캔맥주를 하나씩 구입했다. 맥주 한 모금 들이마시자 자연 일본에 대한 이야기가 나왔다.

"참 일본과의 관계는 쉽지 않지요, 생각해봐요. 차와 배우자는 바꿀 수 있어요. 그렇지만 이웃 나라는 바꿀 수 없지요."

"왜 일본은 독도 문제에 그렇게 민감한 것일까요?"

"영토의 문제이기 때문이지요. 정부 존재의 이유가 뭐야? 자기 나라, 자기 국민, 자기 영토를 잘 지키고자 하는 것이 존재 이유가 아닌가요? 특히 일본은 여러 지역에 걸쳐 영토가 흩어져 있기 때문에 자신의 영토에 민감하지요. 독도가 군사적으로나 자원적으로 매우 중요하다는 내부 판단을 하고 있기 때문인 것도 같아요."

"일본의 침탈은 노골적이고 아팠어요."

"문제는 우리 탓이지요, 세계사의 변화에 제대로 준비하지 못해 국권을 상실하고 고통받았던 우리의 과거, 다 조상 탓이라고 말하지 않을 수 있을까요?"

우리는 다시 맥주를 한 모금씩 마시고 그리고 서로 얼굴을 보며 웃었다. 얼굴에 그대로 지금의 형편이 드러나 있었다. 재기가 불가능할 것 같은 나이, 실직, 더 이상 뻗어나갈 수 없을 것 같은 암울한 미래, 너도 나같이 이 여행을 반성의 기회로 삼기로 한 거겠지. 돈을 아껴야 한다는 생각에 비행기가 아닌 배를 이용한 것이겠지. 이 밤이 새고 나면 내일 아침 시모노세키에 닿을 것이었다. 내일은 어찌하려나? 고려시대도 아닌데 청산별곡이라니?

역시 앞의 사내도 그럴 것이라고 생각했다.

오십 넘어서 사업에 실패했다는 것은 얼마나 답답한 노릇인가? 그러나 내가 그렇게 보아서 그런 것일까? 그는 전혀 내 생각과는 다른 것 같았다. 음울, 처연, 외로움, 슬픔 이런 것을 전혀 느낄 수 없었다. 우리는 술을 못하는 것인지 아니면 서로의 돈을 아끼려는 것인지 맥주를 조금씩 마셨다. 한 모금 마시고 또 한 모금 마시고 두고 하였다. 조금이라도 시간을 길게 보낼 수 있는 것이라면 서슴지 않았다.

"그런데 일본 반성에 앞서 우리 조상들도 좀 반성해야 할 것 아닌가요? 나라만 앗기지 않았더라면 지금 이토록 친일 문제로 나라의 동력을 허비하고 있지 않아도 될 터인데 그만 못난 조상 탓에 나라를 뺏겨 그 하나의 문제 때문에 이토록 고통을 느끼는 것이 아닌가요?"

"맞아요, 못난 조상만 아니었더라도 이토록 고통을 느끼지 않아도 될 터인데."

"정말 못난 조상 때문에 그 대가를 혹독히 치르고 있는 거지요."

"일본 이야기가 나왔기에 말입니다만 일본 국민성은 겉과 속이 다른 거로도 유명해요. 그것은 막부시대의 오인조五人組 제도 때문이라고 하는 사람이 있어요. 천주교가 일본에 들어오면서 이를 박해하였지요. 그 방법이 서로가 서로를 감시케 하는 것이었어요. 그래서 겉과 속이 다른 일본인이 태어났다고 하지요."

"한국이 아무리 발악을 하고 일제 침탈을 불법이라고 하여도 우리가 식민지였다는 사실은 지울 수는 없어요. 그런데 중요한 것은 우리가 똑똑해져 두 번 다시는 일본에 잡아먹히는 일은 하지 않아야 하는데 그간의 일을 살펴보면 참 부끄럽기 짝이 없는 일이 한두 가지가 아니에요. 과거를 자꾸만 들추어내기보다 바람직한 오늘과 내일로 차곡차곡 덮어 버려야 해야 하는데. 왜 학교에서도 그러지 않아요 나쁜 행동을 고치기 위해서는 그 나쁜 행동보다 좋은 행동을 10배로 많이 하라고."

"나는 아직도 30여 년 전 일본의 시모노세키 항에 내렸을 때의 그 깨끗한 도시의 인상을 잊지 못해요. 화장실이 솔직히 말해 내 방보다 깨끗했어요. 그뿐만이 아니라 그들의 남들에 대한 배려, 질서, 친절, 청결 이런 것은 가히 세계적이라 할 수 있지요."

"생긴 대로 논다는 말 있지요. 얼굴에 그 사람의 인격이나 성격 같은 것이 드러난다는 뜻이지요. 그러나 정형화된 외모의 공식은 진실의 한편만을 담을 뿐, 다는 아니지요. 일본인이 그래요, 반은 알 수 있고 반은 알 수 없는 경우가 많아요."

"다른 나라 사람은 그렇지 않은가요?"

"일본 사람들이 좀 더 심하다는 뜻이겠지요."

"그러나 참 암흑기 우리 지식인들의 태도를 보면 정말 화가 납니다. 나라가 망한 다음 하는 비분, 강개, 절망이 무슨 소용이란 말인가요? 평소에 그랬어야지."

"글쎄, 진정으로 일본을 보복하고 싶지만 그 방법은 무엇일까요?"

"과거를 탓하고 적을 원망하고 망하게 하는 것보다 적보다 더 강한 나라, 힘 있는 나라, 살기 좋은 나라를 만드는 것이 우선이 아닐까요. 당대의 무능한 임금과 정치를 탓하고 나라와 국민들 전체가 나라를 지키지 못한 것에 대한 반성과 성찰이 자유민주 대한민국과 국민을 위한 국가발전의 원동력이라는 사실을 기억해야 합니다."

"일본과의 미래 경쟁에서 이겨야 하는 것은 당연한 거지요. 그러나 원한과 분노가 일본을 이기기 위한 전략이 될 순 없어요. 한국에서 돌 던지면 일본에서 우리 동포가 맞을 가능성이 많아요."

"한국은 일본보다 인구가 적고 자원도 없어요. 또 북北이란 엄청난 안보 리스크를 안고 있고 지정학적 한계로 세계 질서를 선도하는 국가군에 들어 가지 못할 가능성이 많아요."

"좀 이기고 지는 것도 주고받았으면 그러려니 할 텐데 이건 만날 얻어터 졌으니 늘 피해의식에 사로잡혀 있는 거지요. 한 번도 이겨보지 못했으니 마음에 맷집이 없는 거지요."

"일본에서 혐한론은 참 가관이지요. 그 배경에는 일본 우월주의가 깔려 있어요. 혐한론 자체가 그렇게 일본 정치권을 떠도는 유령처럼 강경 우익정 치인을 돕는 실질적 힘으로 작용하기도 합니다."

"지난 대통령의 3·1절 기념사를 두고 말이 많은 모양이지요. 여당과 야 당의 주장이 서로 달랐어요."

"세계사 변화에 제대로 준비하지 못해 국권을 상실하고 고통받았던 우리 의 과거라고 대통령은 국권 상실을 우리 탓에 비중을 두었어요. 그런데 야 당은 이를 공격했지요. 전적으로 일본 제국주의 침략의 희생양으로 말입니 다."

"글쎄, 어느 것이 맞을까요?"

"반반이라고 보아야겠지요. 어느 것도 틀리지 않고, 어느 것도 맞는. 그 렇지만 결과적으로 앗긴 것을 누굴 탓할까요? 힘이 없어 막아내지 못한 우 리를 더 탓해야 하는 것 아닐까요?"

"일본인은 속을 감춥니다. 반면 한국인은 감성적입니다. 좋으면 좋다고 싫으면 싫다고 그리고 냄비 근성인 것도 사실입니다."

"가끔 보면 일제 강점기를 그리워하는 사람들도 있지요."

"그러나 식민지 시기 생활은 우리말로 했지만 읽고 쓰고 하는 데는 일본 어 비중이 컸어요. 식민지 민족의 슬픈 운명이라고 할 수 있지요. 지금 중국을 보세요. 완전 소수민족 언어를 박해하고 있잖아요. 민족의 정체성을 잃게 하려는 정책이지요."

"그뿐일까요? 아무리 일제 강점기를 찬양하는 사람들이 있다손 치더라도 일본이 우리나라를 지배하면서 좋은 일을 많이 했다손 치더라도 그들은 주인이었고 우리는 종이었어요. 그들은 갑이었고 우리는 을이었어요. 다시 말해 그들의 이익을 위해 우리를 부린 것에 불과했어요. 이런 것을 결코 잊어서는 안되어요. 그런데 한번 친일에 꽂힌 사람은 이것을 인정 못해요. 아니 아예 이해하려 들지 않아요. 종이면 어떻고 을이면 어떻냐? 나만 잘 살면 그만이지. 무조건 일본 찬양이니 참 안타까운 일이지요. 일제 강점기는 굴종의 문제여요. 일제시대가 좋았다며 불편한 진실 운운하는 것은 역사의식에 문제가 있다는 것이지요. 만일 그랬다면 그것은 민주주의가 왜 좋은가를 이해 못하는 사람들과도 같다고 할 수 있어요."

"참 시대 전환기에는 변화와 내용, 방향을 읽어내는 지식인들의 역할이 무엇보다 중요한데 그것을 못했으니, 아니 그 당시 조선 사회에 지식인들이 있기나 한 거였을까요?"

"그런데, 우습지요. 지금도 일본과 중국을 욕하는 나라는 한국밖에 없어요."

"주변은 급변하는데 이것을 읽어내지 못하고 국수주의에 빠져 고립주의를 자처한 결과가 아닐까요. 서양을 배척하고 일본을 경멸하고 청나라마저 한심하게 보았던 것, 자신은 쥐뿔도 없으면서 남을 조롱하다니, 우리 조상들의 고질병이라 할 수 있지요."

"하긴 수레가 들어갈 수 없는 좁은 길에 순응해 지게를 만들어 낸 우리 문화를 보면 참 안타깝기만 해요. 우리의 정치·문화가 모두 이런 식이 아니었을까요? 왜 길 넓힐 생각을 하지 않았는가 말이지요."

"모두 자기만을 생각한 결과지요. 나라가 무언지 생각이나 했겠어요."

"일본과의 문제는 참 해결할 수 없는 것이 많아요. 위안부 문제, 강제 징용 문제, 역사 교과서 문제, 독도 영유권 문제 참 가까운 이웃이 이러니 속 편히 사는 것은 어렵지요."

"더군다나 언제나 손해를 보는 것은 다급한 쪽인 우리입니다. 우리가 먼저 서두르니 일본은 답답해할 필요가 없는 거지요."

"늘 그랬어요, 한국은 급하고 일본은 느긋하고 국가 사이에 힘이 얼마나 중요한가 말입니다."

"일본을 비난하기에 앞서 먼저 우리의 반성이 앞서야지요."

"그런데 우리가 일본을 꺼려하는 것 못지않게 일본에도 혐한론이 있는데 일본의 혐한론은 어디에서 기인하는 것일까요? 옛날의 혐한론과 오늘날의 혐한론이 조금 다르다고 보는데."

"옛날의 혐한론은 우리가 일본을 무시하는 것과 다르지 않다고 봐요. 그런데 최근의 혐한론은 우리의 나날이 높이기는 위상, 국력, 힘 이런 것에 대한 두려움이 아닐까요? 일본의 최근 혐한론 속에는 분명 우리를 경계하는 심리가 있어요. 우리가 상대를 비난하는 것은 바로 그런 두려움 때문이라는 것을 안다면 말입니다."

"웃기는 것은 비단 한국에서만이 아닙니다. 항일, 항일하면서도 김정은이는 항일 성지라던 백두산까지 렉서스 타고 가고 경호원들은 일본 에스유브이 타고 가고 그 꼴을 무엇으로 설명한다지요?"

"옛날 대구역 앞에서 본 꼬락서니와 똑같네요. 신토불이를 앞세우며 우리 농산물을 쓰라고 외치던 대학생들이 온통 영어로 도배된 티셔츠를 입고 있더군요."

"그건 그렇고 일본인의 인간차별, 인종차별, 자국인 우월의식은 어디에서 기인하는 것일까요?"

"글쎄, 열등감이 아닐까요? 심리학적으로 그래요. 남을 무시한다는 것은 열등감에서 비롯된다는 것, 일본인의 열등의식은 생래적인 것이라 할 수 있지요."

"문제는 그 열등감이 어디서 왔냐는 거지요?"

"글쎄, 아무래도 하키코모리(ひきこもり)가 문제 아닐까요? 자기 표현을 어려워하고 튀면 안된다는 생각이 만연해요. 남을 의식하는, 다른 사람에게 맞춰야 한다는 압력을 받고 있어요. 집단과 다르다는 것에 대한 괴로움을 그들은 견딜 수 없어 하는 거지요. 자신의 감정을 무시하는 원인이 되고 있지요."

"맞아요. 비교, 주위 눈치 보기, 개인보다 집단 중심, 국가 중심에 대한 분위기, 대인관계, 이런 것에 잘 적응하지 못할 때 일어나는 두려움이 남보다 못하다는 열등감으로 나타난 거라 할 수 있지요. 그 열등감을 또 감추기 위해서는 은폐와 조작이 또 필수예요. 그 한 가지 방법이 강한 자에게는 약하고 약한 자에게는 강하고."

"그러나 그 열등감이 오늘날 일본을 우뚝 세우려 했던 동력은 아니었을까요?"

"못지않게 이지메(いじめ)도 있어요. 물론 어느 나라나 따돌림이 없는 나라가 없을 터이지만 유독 일본인에게 이런 현상이 두드러진 것은 역시 똑같은 이유에서라고 보아요. 차별, 배척, 냉대, 무시, 중상모략, 괴롭힘, 폭력 등 온갖 이지메 현상이 존재하지요."

"결코 강자에게는 일어날 수 없는 약자에 대한 괴롭힘이 너무나 만연하지요. 그런데도 사람들은 그것을 제대로 인식 못하고 있어요."

"여성으로 살아가는 것이 쉽다고 할 수 없는 나라이기도 하지요. 성추행,

성폭력, 이런 것이 만연해요. 그런데 그런 것을 느끼지 못하고 있다는 것이 문제지요. 여성에 대한 조롱, 멸시, 비하는 공공연합니다."

"그런데 우리나라 사람도 참 딱하지요. 일본을 보고 무조건 사죄하라, 반성하라, 역사 왜곡을 하지 마라, 끝없이 제기하는데 이런 것은 이런 일본인의 성격을 잘 모르는 데서 기인하는 것이라고 생각해요. 일본의 조선 침략을 그들은 정당화하였고 오히려 일본이 한국을 도와준 것이라고 생각하고 있지요. 나아가서는 서양의 동진을 일본이 막았다고 오히려 자부심을 가지고 있거든요, 식민지 근대화론을 펼치기도 하지요. 과거사를 미화하여 마치 자신들은 동양의 정의의 사도처럼 생각하지요. 그러니 일본이 사죄하겠어요. 가해자는 원래 피해자의 아픔을 모르는 것이잖아요?"

"맞아요, 일본인 사죄하지 않아요. 사죄할 민족 같으면 벌써 사죄했지요. 그것도 모르고 그냥 무턱대고 일본에다 대고 사죄하라고만 하니 그게 되겠어요. 그리고 사죄를 받아보았자 있는 사실이 없어진다는 것일까요? 자신이 한 일이 옳다고 하는 사람에게 사죄하라는 말은 통하지 않지요. 오히려 일본의 한국침탈을 한국을 위해 잘한 일이라고 보지 잘못된 일이라고 생각하고 있지 않아요. 자신들의 정당성을 위해 불리한 역사 지우기도 많이 하잖아요. 그것은 원래 일본의 국민성이 그런 것이거든요. 차라리 일본의 잘못된 제국주의를 비난하세요. 그리고 우리의 각오를 말하세요. 각오를 자꾸 말하면 그것이 씨가 됩니다."

"사죄 않는 그 원인은 무엇일까요?"

"글쎄, 그들의 사무라이 정신에 기인하는 것이 아닐까요. 무사들은 결코 무릎을 꿇는 일을 하지 않지요."

우리들은 일본에 대해서 우리들이 아는 바를 마치 경쟁이라도 하듯 풀어놓고 있었다. 그때 비로소 나는 이 배가 일본으로 가는 배이고 지금 우리는 서로가 배 위에서 만난 사이고 그와 나는 지금 경제적으로 최악의 상태에 있고 앞으로 일본에 가서 어떻게 헤쳐 나갈 것인지에 대해 압박감을 받고 있다는 현실적인 생각을 했다. 내 코가 석 자였다. 우리가 이렇게 일본에 대해 이야기를 하지만 내일 아침 떨어질 일본 땅에서 어떻게 해야 할 것인가에 대한 두려움이 갑자기 살아왔다. 일본에 대한 비판이나 하고 있을 때가 아니었다.

어느새 시간이 꽤 흘렀는지 우리들은 로비에 조금 떨어진 곳에서 일본 텔레비전을 보고 있는 한 사람을 제외하고는 우리만 남은 것을 알았다. 일본 티브이를 보고 있는 것으로 보아 일본 영역에 들어 왔다는 것을 알 수 있었다. 우리가 더 이상 일본에 대한 이야기를 하지 않자 그가 우리를 돌아다보았다. 그의 얼굴을 보았지만 우리는 그가 한국인인지 일본인인지 구분할 수 없었다.

그는 우리를 바라보다가 계속 우리가 아무 말이 없자 무슨 생각에서인지 의자를 가지고 우리 쪽으로 다가왔다. 그가 우리 쪽으로 오자 우리는 조금씩 자리를 물리며 그를 우리 사이에 끼워 주었다. 그러고도 우리는 한동안 서로 아무 말이 없었다. 우리는 그도 아마 우리와 같은 처지의 사람일거니 생각했다. 아니라면 그는 아마 사업이 아닌 직장에서 잘려 우리처럼 혹시나 일본에서 무슨 일을 할 수 있지 않을까 싶어 일본으로 가는 배에 올라탄 사람이거니 생각했다. 그러나 그가 첫마디를 했을 때 우리는 이런 생각이 완전 잘못이라는 것을 알았다.

"저는 야마구찌[山口]에 사는 호소가와 유타가[細川裕]입니다. 두 분 참 열심히 일본인에 대한 이야기를 해주셨는데 옆에서 죽 듣고 있었습니다. 아니 듣고 있기 보다는 들려 왔다고 해야 하겠습니다. 일본인으로서 반성되는 점이 많습니다. 일본인에 대해서 더 들려줄 말은 없습니까?"

우리는 그가 일본인이라는 사실에 적잖이 놀랐다. 그가 꽤 한국어에 유창하다는 것도 알았다. 그렇다면 그는 여지껏 우리가 하는 이야기를 다 듣고 있었던 것이 아닌가. 우리는 그를 두고 일본에 대한 비판을 했던 것에 대해서 다소 미안한 감을 느꼈다. 그러나 한편으로는 그가 우리 민족을 착취한 일본인이라는 사실에 조금은 반감도 느꼈다. 우리의 일본에 대한 생각은 한결같았다. 어떤 주의, 어떤 사상을 갖는 것은 좋다. 그러나 일본은 자신의 욕망 때문에 이웃인 한국의 인권을 짓밟고 행복을 유린했다. 그러니 곱게 볼 수 없는 것이다. 우리는 다시 그 일본인의 허용 아래 우리가 알고 있는 일본에 대한 좋지 않은 면을 모두 까발렸다. 특히 일본의 역사 지우기, 일본의 침략 근성, 일본의 중국 남경에서 저지른 만행, 731부대의 만행, 그밖에 최근에 있었던 일본 수상 아베의 노골적인 침략 근성, 이런 것에 대해 성토했다. 여하간 우리는 일본인도 알아들어야 한다면서 일본에 대한 욕을 할 수 있는 것이라면 다했다. 호소가와 유타가 씨는 우리가 열나서 떠드는 것이 일본인으로서 자존심이 상하고 귀가 외로울 뻔도 할텐데 일체 무표정으로 일관했다.

여하튼 우리는 일본인 호소가와 유타가 씨를 앞에다 두고 일본을 맹폭하였다. 동아시아에서의 일본 제국주의의 만행은 아무리 비난하여도 모자랄 것이 없을 것 같았다. 아울러 우리는 마치 일본을 히로시마에 원폭 투하하여 항복을 받아내듯 함께 일본인의 반성을 촉구하였다. 호소가와 씨는 아무 말이 없었다. 그가 아무 말이 없으니까 불안해진 쪽은 오히려 우리였다.

"더 이상 하실 이야기가 없는지요? 다른 이야기를 더 들었으면 좋겠는데."

우리가 분노했음에도 호소가와 유타가 씨는 별다른 얼굴 표정이 없었다. 그러나 우리는 우리가 아는 만큼 풀었기 때문에 더 이상 할 이야기가 없어 그만 서로를 바라보고만 있었다. 우리가 아무 말이 없자 호소가와 유타가 씨는 웃음 띤 얼굴로 우리를 바라보았다.

"혹 일본에는 무엇 때문에 가시려는 것인지 물어도 될까요?"

우리는 그가 너무도 정중히 물어왔기 때문에 조금은 감정 섞인 말을 토해낸 것을 미안해 했다. 그리고 그의 진실된 말투에 우리의 속내를 조금 내비치지 않을 수 없었다.

"우리는 사업하는 사람들로 이번 팬데믹으로 인해 그만 사업체를 잃고 말았습니다. 옛날 일본 여행을 하며 사업을 구상했던 때가 생각이 나 다시 일본 배를 타게 되었습니다."

"사업 규모는 어느 정도의 규모이셨습니까?"

"매출이 50억 정도 직원은 이십여 명 정도."

나는 조금 부풀려 말했다. 실제로는 그 반의 반도 되지 않았다.

"네, 안타깝군요. 그럼 지금은 어떻게 지내고 있습니까?"

우리는 사람이 참 별걸 다 물어보네 싶었다. 그가 정중히 물었지만 나는 이번에는 다소 뻣뻣하게 말했다. 그를 무시하는 듯한 태도도 보였다. 쪽발이 새끼 주제에 점잖은 척하기는. 그래, 그 겉과 속이 다른 그 근성은 변함없군. 우리는 모두 그에 대한 우월감, 무시, 그가 결코 신체적인 면에서까지 우리보다 나은 것 없다고 생각해 그를 한 수 아래로 보았다. 나이도 우리보다 아래인 것 같았다. 우리는 대답을 않고 다소 같잖다는 투로 그를 바라보았다. 그러나 그는 우리의 그런 시선에도 아랑곳하지 않고 우리의 답을 기다리는 것 같았다. 우리가 무슨 계획을 가지고 있든 당신이 무슨 상관이야, 우린 여전히 그를 무시하며 말없이 있었다. 그는 한참만에 말을 이었다.

"혹시 일자리를 구하고 있는 것은 아닌가요? 이번 한국 방문은 저와 함께 일할 한국 사람을 구하러 갔다 오는 길입니다. 지금 일본은 일자리가 넘

쳐나 대학 졸업자들은 일자리를 골라 가는 중입니다. 제가 하고 있는 회사
는 시모노세키에 있는 작은 무역회사인데 수산물 가공 관련 회사입니다. 주
로 한국과 대만에 내다 파는 일을 합니다. 혹 이것도 인연이라면 인연인데
함께 할 수 있을까 싶어 여쭙습니다. 제가 일본인이지만 한국어 소통이 어
렵지 않아 한국인을 선호하는 편입니다. 저와 함께 일해볼 의향은 없으십
니까? 직원이 50여 명 남짓의 작은 회사지만 알찬 회사입니다. 통상 임금은
일본에 따르지만 부족하다면 한국의 경우와 비교해서 모자라지 않게 하겠
습니다."

그 말에 우리는 순간 귀가 번쩍 뜨여졌다. 그 일은 내가 잘하는 일이었
다. 바로 내가 말아먹은 것이 바로 그런 일이었기 때문이었다. 이번에 취업
해 다시 한번 일어서고 싶다는 생각을 했다. 옆의 친구도 귀가 솔깃한 모양
이었다. 금새 우리들은 남자의 그 말을 듣고 몸이 수그러드는 것을 느꼈다.
기세등등하던 그 아까의 모습은 어디로 갔는지 우리 두 사람은 앞의 일본인
이 자신들을 채용해주었으면 하는 것을 은연중에 나타내었다. 아니 간절했
다고 하는 표현이 더 옳을 것이었다. 그때였다. 나만 들었던 것일까? 어디
선가 강아지 울음소리가 들려왔다.

"깨갱."

그 울음소리는 다시 한번 더 들려왔던 것 같았다. 우리는 이층으로 올라
가 30분쯤 앉아 있다가 다시 로비로 내려왔다. 심정이 복잡했다. 일본인 호
소가와 유타가 씨가 캔맥주를 준비하고 우리가 내려오길 기다리고 있었다.
우리는 다시 마주 앉았다. 우리는 맥주캔을 들고 서로 웃으며 다시 이야기
하기 시작했다. 우리의 태도는 어느덧 비굴할 만큼 급공손으로 바뀌어 있었
다.

허수아비

그렇게 독도 여행에서 중국인 왕소군王笑君 씨와 헤어지고 그가 다시 전화 연락해 온 것은 코로나가 끝난 여름도 한참 지나 마악 낙엽이 지려는 때였다. 그때 나는 사업이 망해 의욕이 꺾여 부산 집에 칩거하고 있었다. 분이 삭여지지 않았던 것은 동고동락했던 회사 직원들의 스트라이크였다. 월급이 두 달 밀렸지만 다음 달은 밀린 월급을 해결해줄 것 같다고 생각할 때였다. 납품 회사가 대기업에 인수되면서 회사 자금이 다소 융통될 것 같아 이것을 몇 번이나 직원들에게 이야기하면서 한 달만 버티어달라고 했지만 결국은 직원들은 내 말을 믿지 못하고 스트라이크를 일으켜 할 수 없이 회사를 접게 된 나는 당분간 사람 만나는 것이 싫고 잃어버린 회사 생각에 조국을 위해서, 이 사회를 위해서 한구석을 쓸고 싶다는 생각이 얼마나 낭만적이고 부질 없는 것인가를 깨닫게 되었다. 그 후 나는 두문불출한 채 내가 갈 길이 무엇인지 곰곰 생각하고 있었다. 그런데 그가 연락을 해온 것이었다. 이번에 다시 한국 여행을 계획하고 있다는 것이었다.

　그렇게 해서 우리는 다시 또 만날 수 있었다. 사업이 망한 나와는 달리 그는 그때 독도로 가는 배에서 만났을 때와 전혀 다르지 않은 오히려 활기

찬 모습으로 나타났다. 우리는 반가움에 서로 얼싸안았지만 생기 찬 그와 달리 나는 아무래도 그만큼 반길 수 없었다.

우리는 공항 내의 카페로 들어갔다 그동안 궁금했던 서로의 이야기를 하였다. 나는 아직도 억하심정으로 다소는 험악한 목소리로 회사 직원들에 대한 분노를 나타내고 있었다.

"아직도 분이 풀리지 않는 모양이군요?"

"네 모든 것을 그냥 깨부수고 싶은 마음입니다."

"왜 그 분노의 감정으로 다시 한번 회사를 일으켜 볼 생각은 없으시구요. 처음 사업을 일으킬 때를 생각해 보십시오. 어떤 마음으로 사업을 했는지."

"그런데 맘이 풀리지 않는군요. 깨어나 살아있다는 것을 느낄 때마다 직원들의 배신이 떠올라 쉽게 회복이 되지 않습니다."

"참, 김 사장님도, 김 사장님 같은 분이 그런 작은 것에 마음을 잡지 못하고 계시다니, 그것 회사원 입장에서야 당연한 것 아닙니까? 요즘 같은 세상 어디 회사 입장, 사장 입장에 서는 사람이 있습니까? 자기 살길을 우선 마련하려고 하는 것 아니겠습니까? 목구멍이 포도청인 세상에 회사가 어디 있습니까? 그것은 인간의 본능입니다. 그 본능을 잘못이라고 하는 우리 김 사장님이야말로 정말 사업엔 아마추어이십니다."

순간 나는 망치로 한 대 얻어맞는 것 같았다. 아니 순간 마음 속에 낭떠러지가 있어 그쪽으로 떨어지는 느낌이라고나 할까? 그게 본능? 사업의 아마추어라고? 나는 그의 말에 충격을 받고 잠시 앉은 채로 비틀거렸다. 이마에 손을 얹었다. 그러다가 고개를 떨구었다. 순간적이나마 눈물이 핑 돌았다. 아, 그렇구나. 이리도 명확한 것을, 왜 그동안 억울한 마음에 사로잡혀 감정을 낭비하고 있었던 것일까?

"김 사장님, 사업을 한다면 무엇보다 최우선으로 사업만을 생각하셔야 합니다. 회사의 이익을 최우선으로 생각하고 나머지는 그냥 보통으로 생각하셔야 합니다. 국가나 사회나 직원을 위한다고 생각하는 것은 아마추어입니다. 일제 강점기 때부터 살아남은 기업들을 생각해보십시오. 왜 살아 남았겠습니까? 그들이 나라나 민족을 생각했더라면 그 회사가 살아남았을 것이라고 생각하십니까? 다만 좌면우고하지 않고 오로지 사장이 회사만을 생각했기 때문에 살아남은 것이라고 할 수 있지요. 사업을 하는 이상에는 살아 남아야 할 것이고 그것은 회사의 이익을 최우선으로 할 때 가능한 것입니다. 그래야 회사의 구성원들도 살아남을 수 있는 것 아닙니까? 회사가 살아남아야 다음을 도모할 수 있는 것입니다. 그것이 사업을 하는 것이라 할 수 있습니다. 국가 운영도 마찬가지입니다."

"아, 그것을 왜 몰랐을까요? 오로지 회사만을 생각하여야 한다는 그 말, 왕 사장님 그 한 마디 정말 제게 큰 충격을 주었습니다. 더 이상 말씀하시지 않아도 알 것 같습니다. 제가 어리석었습니다. 저는 정말 아마추어입니다."

나는 한동안 고개를 들지 못하고 그동안의 어리석음에 대해 통한의 눈물을 흘렸다.

내가 눈물을 그치고 고개를 들자 왕 사장님은 이번에는 디엠지 방문을 기획하고 있다고 하였다. 한국을 사랑하는 마음이 가득해서 한국에 대한 모든 것을 철저히 알고 싶다고 했다. 우리는 그날 디엠지 여행을 계획하고 그에 앞서 그를 부산 내 집으로 안내했다. 회사 빚잔치하고 외곽에 겨우 마련한 보증금 오백에 월세 50의 투룸 소형아파트였다.

나는 그와 함께 내가 아는 한의 부산을 소개하였다. 그리고 우리는 부산의 한 여행사에서 정보를 제공받아 디엠지 관광을 시작하게 되었다. 국도 7호선을 따라가며 펼쳐진 동해 바다의 맑은 하늘, 끝없는 수평선을 보며 그는 연신 감탄을 금치 못했다. 지금 한국 동해의 모습은 결코 돈으로 살 수 없는 하늘로부터 받은 축복이라고 하였다. 한국이 전체적으로 매우 아름다운 나라라는 것을 말하였다. 물론 중국의 경우 곳곳에 매우 훌륭한 관광자원이 많지만 한 곳에서 이렇게 바다와 산을 동시에 볼 수 있는 나라는 드물 것이라고 했다. 여행이 그런 여행이다보니 우리는 누가 먼저랄 것도 없이 자연스럽게 통일에 관한 이야기를 시작하게 되었다.

"십여 년 전인가 그때 한국을 세 번째 방문했을 때는 한국의 서해안과 파주를 통해서 땅굴을 볼 수 있었지요."

"땅굴을 통해서 어떤 느낌을 받으셨어요?"

"어떻게 여기까지 땅굴을 뚫을 생각을 했을까, 그것이 내 나라 일이 아니어서 그런지 생각만큼 크게 와닿지는 않았지만 김일성이가 늘 전쟁을 머리에 두고 살았구나 하는 생각이 들었어요."

"모두가 그렇지요. 자기 일이 되어야 다급함을 느끼지 자기 일이 아니면 그냥 조금 느끼다가 말고는 하지요."

"그걸 보면 북한이 어떻게든 통일하려는 의지가 대단했던 것을 알 수 있지요."

"첫 땅굴 발견이 70년대이니까 제가 초등학교 시절입니다. 그때 반공교육이 있었던 것을 기억합니다."

"그때는 한중수교가 되지 않았던 것을 저도 기억합니다."

"지금 생각으로는 그냥 옛날 같아요. 불과 50여 년 전 일인데."

"그런 것을 보면 참 이상하지요. 북한은 또 남한은 또 왜 통일을 하려고 드는 것인지, 무슨 이유가 있을 것 아니겠어요?"

"단지 한 민족 한 언어를 쓴다는 면에서, 예부터 한 국가 한 주권에서 생활해 왔다는 점에서, 남북 분단의 고통과 불안을 더 이상 지속시켜서는 안 된다는 면에서, 과도한 분단비용을 없애기 위해서, 긴장 완화로 평화로운 삶을 살기 위해서, 대륙에 있는 물류 통로 확보, 지하자원 확보라는 면에서 그런 이유를 댈 수 있을 것 같아요. 무엇보다 경제적 문제가 우선이지요. 지금 제가 말하는 것은 모두가 남한 입장에서 말하는 것입니다."

"북쪽에서는 왜 통일하여야 한다고 생각하나요?"

"……"

"이러니 통일이 되겠습니까? 오로지 남쪽에서만 자기 입맛에 맞게 통일의 필요성, 당위성, 목적을 말하니……"

"……"

"참 한국인들은 딱하기만 합니다. 한때는 독일이 통일되었다니까 독일 통일 방식에 대한 연구를 하고 그것을 모델로 삼아 한국적 통일 방안을 모색해 본다고 한층 떠든 적이 있습니다. 이런 것은 독일에서 공부하고 온 사람들에 의해 한층 더 흥분한 적이 있습니다. 그걸 보며 도대체 한국의 지식인들이란 것이 무엇인가 하는 생각이 들 때가 있었습니다. 과거 세계에만 갇혀 자기가 보고 있는 것이 세계의 모든 것인 줄 아는 당시의 통일학자들을 보며 저는 비록 중국인이지만 그런 한국인들을 비웃었습니다. 그게 말이나 되는 소리이겠습니까? 한국은 독일과 다릅니다. 같은 언어, 같은 민족, 같은 땅덩어리라 할지라도 통일이 되지 않고 있는 나라 많습니다. 대만과 중국도 마찬가지입니다. 성격은 조금 다르지만 루마니아와 몰도바도 마찬가지입니다. 예멘과 남예멘도 있습니다. 예멘과 남예멘은 통합되었나요? 갈라져서 다시 싸우고 있습니다. 왜 합쳤다가 갈라져서 다시 싸우고 있습니까?"

"그렇다면 통일이 안 된다는 말씀인가요?"

"통일 안 된다고는 말하지 않았습니다. 어렵다고 이야기했습니다."

"그러니까 그 어려운 이유가?"

"남한과 북한은 통일정책이 서로 상반되어 타협점을 찾는 것이 불가능합니다. 설사 이 두 차이점의 타협점을 찾았다고 해도 그 타협점을 실행하는 데에는 어려운 점이 많습니다. 아니 자유민주주의와 공산주의를 절충한 제도가 세상 어디에 있고 그렇게 운영하는 나라가 세상 어디에 있습니까? 그런 것은 결국 얼마 가지 못해 전쟁만을 유도할 뿐입니다. 그리고 세계사적으로 볼 때 그런 정치 체제는 결국은 북한의 공산 통일에 이용될 뿐 평화 통일에 하등 도움을 주지 못합니다."

나는 우리 둘밖에 없었지만 순간 버릇처럼 주변을 둘러보았다. 이런 말을 들어도 되나. 아무리 그가 중국인이라지만 그의 한국 통일에 너무 깊숙이 관여해 부정적으로 내뱉는 말은 여간 내 귀를 애닯게 하는 것이 아니었다.

국도 7호선을 달리는 차는 이제 영덕을 지나고 있었다. 나는 차를 해맞이 언덕으로 몰았다. 통일에 대한 이야기를 듣고 싶었는데 정치적인 이야기로 흐르는 것 같아 나는 말문을 닫았다. 갑자기 복잡한 생각이 떠올라 해맞이 언덕에서 먼 바다를 그냥 하염없이 바라보았다. 사업 실패에 대한 회한이 내 마음을 우울하게 했지만 왕소군 사장으로부터 사업이란 것이 무엇인지를 확실히 깨달아서 그런지 한결 마음은 가벼웠다. 나는 그에게 다시 한 번 물었다.

"만일 김 씨 왕조가 무너지면 통일이 쉽게 될까요?"

"김 씨 몰락이 북한의 붕괴를 의미하는 것은 아니겠지요. 없어지면 또 다른 실력자가 다시 북한을 이끌 것입니다. 그것이 개인이든 집단이든."

"그런데 왕 사장님은 어떻게 한국인 저보다 통일에 대해서 그렇게 많이 생각하고 관심이 많으십니까?"

"중국 역시 대만과의 문제가 있지요. 확실한 것은 대만이 아무리 발버둥

쳐도 결국은 중국의 한 성으로 남을 것이라는 점입니다."

"아직 우리 통일에 왜 그리 관심이 많은 것인가에 대해서는 답을 하지 않으셨네요?"

"네, 그전에도 말했지요. 한국을 사랑합니다. 한국을 좋아합니다. 한국에 무슨 일이 있을 때마다 고향에서의 일처럼 가슴이 아픕니다."

"고맙습니다, 우리나라를 한국인보다 더 사랑해주셔서. 그런데 모순 아닙니까? 남북한 간 통일은 쉽지 않은 것 같다면서 중국 대만 간 통일은 그리 어려운 것이 아니라고 보는 이유는 어디에 있습니까?"

"모든 것이 압도적이지요. 그런데 참 돌아다녀 보면 한국 정말 잘 사는 나라입니다. 정말 자유스러운 나라입니다. 과거는 어땠는지 모르지만. 그런데 한국인들만이 이걸 모르고 있는 것 같아요. 특히 젊은 세대들이 더합니다. 한국에 산다는 것에 자부심을 가지질 못하고 있어요. 더군다나 어떻게 된 셈인지 자기가 살고 있는 나라를 부정하거나 하찮게 보면 그럴수록 더욱 높게 평가받는 것 같아요. 땅덩어리가 좁고 인구는 많아서 그런 것일까요. 교육이 잘못되어서 그런 것일까요?"

"나라 안에서 생각하는 것은 그렇지 않아요. 멀리 떨어져서 보기 때문에 그럴 거에요."

"지금 통일문제를 두고 생각해 봅니다. 통일을 위해 노력하는 사람들이 많은가요? 그 사람들은 대체로 어떤 생각들을 가지고 있나요? 통일에 관해 어떤 생각을 가지고 있든 전쟁 나기를 원하지 않고 또 남북이 영구적으로 굳어지는 모습을 보고 별로 신경 쓰기를 원하지 않는 사람이 늘어가지는 않나요? 통일이 어려운 이유 중 한 가지는 여기에도 있지요. 중국도 마찬가지지요. 중국은 통일에 좀 더 적극적일지 모르지요. 경제적으로 잘 살고 있는 대만인들은 대류파이든 독립파이든 지금 이대로가 좋다는 것이지요. 대만

쪽으로 보아서는 대륙과의 미묘한 관계는 앞으로도 상당히 길게 이어질 것입니다. 또한 대륙의 공산당도 굳이 대만에서 독립선언을 하거나 독립할만한 능력의 토대가 되는 전략무기 체계 등을 구축하지 않으면 적극적으로 문제 삼지는 않고 유화책을 유지할 것입니다."

"최근의 대만 위협에도 불구하고 말입니까?"

"하하, 위협일 뿐입니다. 더 이상의 악화된 상태를 중국은 원하지 않습니다. 이대로 갈진 모르지만 이대로 이어질 것입니다. 아무리 대만이 독립을 원한다 하더라도 대만은 중국의 일부이니까요. 한국과는 다르지요."

"그렇다면 진정한 통일이란 것은 무엇입니까?"

"무엇보다 한쪽이 군사 관계가 없어질 때, 그래서 국가적으로 군대가 한 개의 조직이 될 때 가장 초보적인 통일이라는 말을 쓸 수가 있지요. 지금 중국은 대만의 군사력을 실제는 아니지만 중국군의 일개 군단이 주둔하는 것이라고 보지요. 그래서 중국 대만 간의 큰 문제만 없다면 그냥 넘어가는 것입니다."

"한국의 경우는 그렇다면 북한의 핵을 비롯 비대칭적인 군사력이 있는 한 통일이 어렵다고 보는군요."

"한국과 달리 북한의 통일전략을 먼저 알아야겠지요. 아까도 말했지만 북한과 남쪽의 통일전략은 출발부터가 달라요. 한국은 민족공동체통일방안을 제시했지요. 그런데 어디 통일에 한 발자국 더 나아갔나요? 공산화 목표와 민주화 목표가 같이 이루어질 수가 있겠어요.

북한은 자신의 체제를 영구 지속하기 위한 '두 개의 조선' 연방제 통일 방안을 굳건히 하고 있지요. 아니 그것은 통일도 아니지요. 한 나라가 되자고 하는 것이 통일인데 두 개의 나라 그대로인 채 통일을 원하다니, 그것은 연방제도 아닙니다. 아니 두 개의 나라가 두 개의 군대를 가지고 두 개의 정권을 가지고 있는데 그것을 통일이라고 할 수 있나요? 그것은 두 나라 간의 관계이지 통일이 아닙니다. 상대방 체제 인정과 존중이라는 것은 나라가 두 개라는 것을 전제로 할 뿐입니다. 정체성이 다른데 어떻게 그것을 통일이라고 할 수 있겠습니까? 문화나 종교 경제 따위는 그 다음의 일이지요.

더욱이 한국이 월등히 잘 살고 있는 지금은 정은이는 더 나아가 연방제가 아닌 영구히 분리된 두 개의 나라로 고착되기를 원하고 있습니다. 통일을 접었다고 할 수가 있겠지요."

"그러나 왕 사장님 생각과 달리 최근 세계와 북한의 동향으로 보아 곧 통일이 멀지 않을 것처럼 생각하는 지식인들도 많던데……"

"곧 눈앞으로 다가오는 통일이 아닙니다. 또 통일은 김정은 체제가 무너진다고 오는 것도 아닙니다. 아마 김정은이가 무너지면 중국, 러시아, 미국 등이 서로 먹으려고 들걸요. 세상이 얼마나 복잡한데 단순한 생각으로 통일될 것이라는 생각에 사로잡혀 있다니, 그런 사람들은 장밋빛 희망을 내려놓아야 됩니다. 지금껏 통일방안이란 것이 그냥 긴장 완화를 위한 노력이지 그게 무슨 통일이었겠어요. 김정일과 김대중 대통령이 했다는 6·15선언도 참 말은 그럴 듯 한데 그게 되었던가요? 그게 실천되었습니까? 처음부터 될 수 없는 것을 가지고 그럴듯한 말장난을 했다고 저는 봅니다. 두 개의 다른 이익 추구 집단이 서로의 원원을 위해서 협상을 한다고 칩시다. 그것은 협상일 뿐 통일이 아닙니다. 국가간 공평은 어림없습니다. 한국이 조만간 통일할 수 있는 방안은 좀처럼 없습니다. 지금의 남북한 대립이 어느 정도까지 이어질 것이라고 봅니다만 통일은 쉽게 이루어지지 않을 것입니다. 통일은 두 가지 가능성을 가지고 접근할 수가 있다고 봅니다.

첫째는 북진이든 남진이든 무력에 의한 것입니다. 그러나 이것도 쉽지 않습니다. 핵 공격 하나면 모든 것이 끝납니다. 그래서 북쪽에서는 그렇게 핵 개발을 서두르고 핵 개발을 놓지 않으려고 하는 것이지요. 곧 핵은 체제 유지 보존 수단입니다. 그런 것도 모르고 한국의 대통령들은 미국이나 중국에 갈 때마다 북한의 핵 포기를 구걸하고 있으니 다른 나라 사람이 볼 때는 참 추하기조차 합니다. 북한 핵 포기 하지 않아요. 그렇지만 북한에서 핵 포기할 거라고 한번 믿는 사람들은 절대로 북쪽에서 핵 포기할 거라고 믿어요. 그런데 조금만 냉정히 생각해 보아요. 북한이 핵 포기하겠어요. 핵, 그것이 체제 유지 종결판인데, 그런데 그것을 죽도록 믿고 있는, 아니 죽도록 믿고 싶은 정치인들이 엄청 많아요. 그런 대통령도 있어요. 사상적으로 한번 빠지면 거기서 헤어 나오기 쉽지 않아요. 한번 물어 보세요. 많이 왼쪽에 기울어 있는 정치인들에게. 그런 사람들은 우리가 선의로 대하면 상대도 선의로 대할 것이라고 생각해요. 이게 개인 간의 관계가 아니고 국가 간의 문제인데도 말입니다. 참 기가 막힐 노릇이지요. 우리 중국인이 볼 때에도 김정일의 아들이라는 것 말고는, 사람을 잘 죽인다는 것 말고는 별로 내세울 것 없는 김정은이를 왜 한국 좌파 정치가들은 그렇게 좋아하는지…… 둘째는 압도적인 경제력에 의한 통일을 들 수 있습니다. 모든 것은 경제입니다. 압도적인 경제력으로 북한을 압박하십시오. 군사적 압박보다 훨씬 효과적일 것입니다. 통일은 점진적으로 오는 것이 아니라 어느 순간 갑자기 오기 때문에 항상 돈을 비축해두고 있어야 합니다. 그러나 이것도 쉽지 않습니다. 한국이란 나라가 지금껏 이만큼 경제를 성장시켜 왔지만 한국인은 본래 분열을 잘하고 파벌 짓기를 좋아하고 좀 살만하면 과거를 생각할 줄 모르고, 학연 지연에 얽혀 있고 시기를 잘하고 곳간을 좀 쌓아두면 그것을 민심을 얻기 위해 깡그리 써버리니, 그러니 통일은 어렵다는 것입니다."

나는 속이 좀 좋진 않았다. 아무리 왕소군 씨가 겸손하고 세계적인 시각을 가지고 있다고는 하지만 한국민을 무시하고 현학적인 언변을 놀려대는 데에는 화가 나기도 하였다. 그러나 한편으로 그의 한국에 대한 탁월한 식견과 매우 현실적인 접근방식에는 거듭 고개를 끄덕이지 않을 수 없었다.

우리는 사흘에 걸쳐서 울진 성류굴을 둘러보았고 강릉 경포대, 설악산 케이블카, 속초 아바이 마을과 그리고 고성의 김일성 별장을 가보았다.

나흘째 휴전선을 따라 횡단하려던 날, 우리는 먼저 출입 신고를 하고 고성의 통일전망대와 디엠지 박물관을 들렀다. 삼엄한 경계로 다소 두려움도 있었지만 무엇보다 우리가 지금 분단국가에 있다는 것이 실감되어 왔다. 통일전망대에 올라 저쪽을 바라보았다. 왕소군 사장님은 자신은 저쪽 금강산뿐만 아니라 북한의 수도인 평양, 원산의 명사십리까지 가보았다고 했다. 개성 근처에서 망원경으로 북한에서 바라보는 남쪽을 보았다고도 했다. 보아야 남쪽의 조금밖에 볼 수 없어서 아쉽기는 했지만 아무리 분단이 되었어도 땅덩어리야 어디 갔겠는가. 그가 웃으면서 이야기를 했다. 왕소군 씨는 한국의 산은 중국의 산과 달리 어느 산이나 오를 수 있어서 좋다고 했다. 그것이 한국의 산이 갖는 매력이라고 하였다. 우리는 다시 휴전선 가까운 쪽으로 차를 몰았다. 최대한 휴전선 가까이 차를 몰아 지금의 분단된 모습을 느껴보고 싶었다.

"그런데 왕 사장님은 도대체 어떻게 그런 세계적인 안목을 갖게 되었습니까? 흔들리지 않는 균형 잡힌 시각으로 세계를 보편적으로 바라보는 데는 제가 배울 점이 많습니다."

"원 과찬의 말씀, 저는 다만 세계를 공평하게 보는 시각을 가지도록 노력했을 뿐입니다."

"참 생각이란 것이 우습지요. 그저 한곳에 빠지면 남들이 볼 때는 뻔한 거짓인 줄 알면서도 그것이 아니라는 생각을 못하지요."

"그런 일이 세상에 얼마나 많겠어요. 그때마다 조금씩 균형된 시각을 가지도록 노력하다 보면 공평한 시각이 길러진다고 생각들어요."

"그런데 지금까지 왕 사장님은 통일을 매우 부정적으로만 이야기하신 것 같았는데 천하가 오래 되면 반드시 분열되고 분열이 오래되면 언젠가는 통합된다(合久必分分久必合)[1]는 말도 있지 않습니까? 우리의 통일도 그렇게 볼 수 있지 않습니까?"

"네, 맞아요. 그런데 그 언젠가가 문제지요. 분단이 그렇게 오래 되지도 않았습니다. 나라가 하나 되고 군대가 하나 되고 그런 진정한 통일은 요원하다고 봅니다. 다만 노력에 따라서 경제적, 사회적, 문화적 완화는 이룰 수 있을지도 모르겠습니다. 그러나 그것은 통일이 아닙니다. 어쩌면 그런 상태가 계속되면 오히려 통일은 더욱 되기 어렵다고 봅니다. 한번 생각해 보십시오. 체제 유지가 목적인 북쪽이 체제를 허물면서까지 통일을 하려 들겠습니까? 이런 것은 남쪽도 마찬가지입니다. 민주 체제를 허물면서까지 통일을 원하십니까? 아니 어쩌면 남쪽이 보다 쉽게 무너질 수도 있겠네요. 지금처럼 한국에 북한이 적화통일을 해도 괜찮다는 통일지상주의에 휩싸여 있는 사람이 많다면 말이지요. 통일에 집착하면 오히려 멀어질 뿐입니다. 그렇다고 무시하라는 이야기는 아닙니다. 멀리 보면서 통일 역량, 경제력을 꾸준히 키워나가는 것이 통일의 가장 훌륭한 지름길이라고 할 수 있지요."

"그런데 통일을 너무 절대시하여 지금 김정은이에게 국가를 넘겨주어도 그는 통일 국가를 다스릴 만한 능력이 되지 않는다며 북한을 얕보는 소리를 하는 사람도 있던데……"

"그야말로 위험한 생각입니다. 얼핏 보면 그럴 것 같지만 아마 김정은이 보다도 남쪽에서 공산 통일이 된다면 좋다고 날 뛸 사람 엄청 많을 걸요. 공산주의자가 아니더라도 뭐, 한번 뒤집힌 세상 나도 한번 나서보자. 아마 인

1 [출전] 『三國志演義』

구 반은 김정은이 편에 서서 바뀐 세상이 좋다고 살아갈 사람 많아요. 지금도 그렇지 않은 가요. 한국이 민주국가라 하지만 붉은 생각을 가진 사람들, 아니 지금은 붉지는 않더라도 쉽게 붉게 물들 사람들 부지기수예요. 그러면 한국 국민은 서서히 낮게 평준화되고 국력도 줄어들고 자유도 소멸되어지고 전세계에서 골치 아픈 국가로 전락할 것입니다."

"그렇지만 우습기는 합니다. 왕 사장님이 소위 공산주의 국가라고 하는 중국인이면서 그 공산주의를 마치 부정하는 듯한 말을 하는 것을 보니 말입니다. 더욱이 우리의 왼쪽에 있는 사람들을 고운 시선으로 보지 않는 것을 보면……."

"우리는 한국의 좌파 사상을 가진 사람들을 존중합니다. 그런 세력도 필요합니다. 그러나 민주국가에서 그런 사람들이 주류라고는 생각지 않습니다. 마찬가지로 공산국가에서도 자유 세력이 필요합니다. 그러나 그런 사람들이 공산국가에서 주류라고는 보지 않습니다. 다만 그런 사람들도 필요하다고 봅니다. 저 역시 공산주의 국가 출신이지만 공산주의 역시 사람이 만든 것인데 사람이 못살 데가 있겠습니까? 주의나 이념은 상층부의 사람에게나 해당되는 것이지 먹고사는 일에 바쁜 나머지 사람들에게는 그것이 무어 그리 중요한 것이겠습니까? 자기가 하고 싶은 일에나 열심히 관심을 가지면 되는 것입니다."

"그런데 중국의 통일문제 특히 대만을 두고 5년 내 중국이 대만을 침공할 우려가 있다고도 하는데."

"아까도 말했지만 중국은 빠른 시간표로 통일을 추구할 것이고 만약 평화적 수단의 효과가 없으면 강압적 수단을 쓸 것입니다. 하지만 실제론 그렇지 않습니다. 중국은 다만 위협을 할 뿐입니다. 따지고 보면 중국만큼 평화로운 국가도 없습니다. 인권 문제도 그렇습니다. 죄와 벌을 엄격히 할 따름이지 그것이 인권과 관련된 만큼 억압적이지 않다는 것을 말하고 싶습니다."

"그것도 처음 듣는 소리 같습니다. 밖에서는 다들 중국의 인권 문제를 다루고 있는데."

"그것에 대해서는 김 사장님과 동조하는 생각이 많습니다. 그러나 저는 중국인입니다. 중국을 비난하는 일에서는 조금 비켜 서 있고 싶습니다."

"한국과 중국의 통일의 차이점은 무엇일까요?"

"중국과 대만의 관계는 한국과 북조선의 관계보다 훨씬 부드럽습니다. 무역도 가능하고 오갈 수도 있고 이주해 살 수도 있고 아주 느슨합니다. 분단인 듯 분단이 아니지요. 그러나 한국과 북조선의 관계는 그렇지가 않습니다. 그런데 참 안타까운 것은 한국의 정치인들입니다. 통일의 정확한 의미를 꿰뚫어보지 못하고 그냥 통일이 되어야 한다, 통일이 되어야 우리의 기술력과 북한의 지하자원이 시너지 효과를 일으켜 부강한 국가가 될 수 있다, 북한 주민의 낮은 소득을 끌어올릴 수 있다, 등등 뜬구름 잡는 이야기를 하고 있으니 더욱 기가 막힙니다. 언젠가 한국의 매우 저명한 좌파 스님, 우파 목사님의 유튜브를 들으니 이와 똑같은 이야기를 하더군요. 맞아요. 그렇지요. 이론적으로는 그럴 수 있지요. 그러나 그것이 실제 가능하겠습니까? 저명한 사람들이 그런 이야기를 하니 그 말을 듣는 사람들은 공감을 하게 되고, 그러나 그것은 통일이란 희망 사항에 과도하게 취해 있는 사람들이 하는 이야기일 뿐입니다. 아니 통일의 당위성은 그게 맞을지도 몰라요. 그런데 그 당위성으로 통일에 가까워졌던가요? 그 무언가가 잘못되었기 때문에 여지껏 통일에 한 발자국도 다가가지 못하고 있는 것 아닙니까? 매우 다른 제도에서 또 다른 지역에서 수십 년을 살아온 사람들인데 정체성이라든지 신념이 서로 같겠어요. 통일에 대한 희망에 가득 차서 이 차이를 무시하고 있는 것은 아닌지, 이 차이를 극복할 수 있는 준비는 잘되고 있는지 반문은 해보았는가요?"

"그렇다면 어떻게 해야 합니까?"

"특별한 것 없어요. 다만 있다면 내가 잘 살고 내가 바른 판단을 하고 내가 결코 진영에 휘둘리지 않고 정치적 사실에 비판적 사고를 하고 어느 거짓 사실에 휩쓸리지 않을 때 통일은 조금 더 가까워지리라고 봅니다."

"오히려 그것이 뜬구름 잡는 이야기 같은데요."

"한국인들의 사상의 폭이 넓어졌다고는 하지만 그렇지 않아요. 아직도 자유 민주국가에 대한 굳건한 신념을 갖지 못하고 있어요. 아마 이대로 두면 빠른 시간 내 많은 사람들이 붉은 쪽으로 기울어질 걸요. 통일만 따진다면 쉽게 공산국가가 되어질 거에요. 그러나 자유민주 체제에 익숙해 있는 사람들이 공산 통일 국가 속에서 살아갈 수 있다고 생각하나요. 살아보면 얼마 가지 못할 거에요. 그때 지금처럼 못살겠다고 데모를 일으킬 수 있다고 생각하나요. 그때는 아마 촛불, 태극기 따위 들고 나서지도 못할 걸요. 그랬다간 아마 총알받이가 될 거에요. 설득하라, 또 설득하라 그래도 설득되지 않을 때 총을 사용하라, 공산주의 지침 아닙니까? 데모하고 싶을 때 데모할 수 있는 지금의 국가의 고마움을 아서야 하지요. 괜히 이념에 갇혀 날뛰지 마셔요."

"너무 한국인을 과소평가하는 것 아니세요. 그렇게 말하는 중국인은 한국인보다 나은 것이 무엇입니까?"

"적어도 공산주의에 대한 신념만은 확고하지요. 그것은 그대로 애국심으로 나타내고 있어요. 그래서 홍콩의 봉기가 있을 때도 대륙의 사람들은 똘똘 뭉쳐 홍콩 쓸어버려도 문제가 되지 않는다고 했습니다. 중국은 그렇게 사상적으로 자유롭지도 않고 언론의 자유 같은 것도 많은 통제를 받고 있습니다만 공산주의에 대한 신념만큼은 확고합니다."

"그런데 이상하지요. 북한은 우리가 마지막 하나까지 쳐서 무찔러야 할 원수였는데 어느 순간부터는 그 증오심이 무디어졌다는 것이 참 신기해요. 반공교육도 마찬가지구요."

"그것 모르겠어요. 그 이면에 바로 경제력이 있다는 것을, 한국의 발전과 자신감이 바로 북한을 동정심으로 바라보게 했다는 거에요."

우리는 또 하루를 걸려 인제, 양구, 철원을 지나 경기도 연천지역으로 넘어왔다. 그동안 철의 삼각전망대, 철마는 달리고 싶다의 월정리역, 노동당사, 백마고지 등을 둘러보았다.

"아마 김정은이는 통일, 통일 하면서도 속으로는 통일이 될까 봐 겁을 내고 있을 것입니다. 그들이라고 통일의 가능성을 모르겠습니까, 다 알고 있지만 기득권자들은 지금까지의 삶이 싫지 않기에 속으로는 통일을 기꺼워하고 있지 않지요. 지금 정은이가 두 개의 나라로 가려고 하는 것이 바로 그것 아닙니까?"

"우리의 통일을 반대하는 주변 세력도 만만찮은 것 같은데."

"주변의 나라가 강성화되는 것을 누가 바라겠어요. 주변의 나라가 자기보다 못살거나 약해야지 주변이 강대국이면 불편한 점이 한두 가지가 아닐 것입니다. 그러니 일본, 러시아, 중국이 한국의 통일을 환영하겠습니까?"

다음날 우리는 다시 연천을 지나 파주로 와서 제3 땅굴을 둘러보았다. 왕 사장님께서는 두 번째라고 했다. 우리가 현재 발견한 땅굴은 공식적으로 모두 4개이다. 첫 발견은 1974년 11월이었고 그로부터 4년 후인 1978년 10월경에 바로 이 세 번째 땅굴을 발견하였다. 제3 땅굴은 파주에서 발견되어 가장 쉽게 가볼 수 있는 곳이기도 한 곳이었다. 우리는 안내에 따라 제3 땅굴을 갈 수 있는 데까지 갔다가 돌아 나왔다.

"무얼 느끼셨어요?"

"글쎄, 너무 오래된 일이어서 그런지 별로 느끼지 못했어요."

"저하고는 반대군요. 저는 김 사장님이 생각하는 것과는 정반대로 한반도는 매우 다급하고 위험한 전쟁 중이라는 생각이 문득 떠올랐습니다. '한반도는 휴전 중'이라는 말을 다시 한번 확인할 수 있겠더군요."

말은 그렇게 했지만 나는 사실 땅굴을 보았을 때 왕 사장 못지않게 아직 우리나라가 전쟁 중에 있다는 사실을 떠올렸다. 만일 전쟁이 난다면 쉽게 전쟁이 끝날 것은 아니었다. 지금은 더욱이 전장이 있을 수가 없다. 김정은의 책상 밑에 핵 단추의 가방이 놓여 있다는 사실을 알면 전쟁이란 공멸을 의미했다. 따라서 전쟁은 일어날 수도 없지만 일어나서도 안된다. 흔히 남북의 강경파들이 전쟁 운운하는 것은 정말 위험한 생각이다.

"그까짓 것 그냥 통일되었더라면 지금의 이 고통을 겪지 않았을 텐데 왜 조상들은 나라를 앗기고 또 미군과 소련이 삼팔선을 갈라놓게 해놓았는지 조상 탓이라는 것을 이런 것을 볼 때마다 느끼게 됩니다."

"무어겠어요? 힘이 없었으니까 그런 거죠. 국방은 무엇보다 중요한 것입니다. 누군가 말했지요. 경제는 먹고 사는 문제고 국방은 죽고 사는 문제다. 북한은 부국은 못할지라도 국방은 하고 있지 않습니까. 나라 존립이 문제가 되니까 핵이라는 것도 만들어낸 것 아닙니까?"

마침 그때 한 건물 앞에 통일안보교육을 한다는 현수막이 세워져 있어 우리는 그리로 들어가 보았다. 남녀 고등학생들이 뒤섞여 토론을 하고 있었다. 우리는 뒤에서 학생들의 수준이 어느 정도인가를 보고 있었다.

"통일의 이유가 무엇이라고 생각하나요? 왜 우리는 통일을 하여야 합니까? 지금 우리 민족의 가장 중요한 비전은 휴전선의 철조망이 없어지고 지뢰가 제거되고 통일 한국을 이루어 그 통일 한국이 유사 이래 처음으로 세계의 선진국으로 솟아오르는 것입니다. 이 비전을 위하여 우리들은 고민하여야 하고 행동하여야 합니다."

"통일이 되지 않는 이유에는 우리 국민들 중 우파 때문이라는 말이 있습니다."

"그럼 자유민주주의를 포기하고 통일해야 할 만큼 그렇게 통일이 가치 있는 것일까요?"

"통일이 만일 북한 측 주장대로 된다면 그 정체는 무엇일까요? 공산주의 국가 아닙니까? 공산주의 국가 속에서 살 수가 있겠어요? 지금과 같은 번영을 누릴 수가 있겠습니까?"

"만일 우리나라가 공산주의 국가가 된다면 종교의 자유가 있을까요? 사상의 자유가 있을까요? 선거에 의해 뽑히는 일꾼들이 있을 수 있을까요? 비공산당원의 공무원 임명이 가능할까요? 개천에서 용 나는 일이 가능할까요? 노력에 의한 성공이 가능할까요? 감시당하지 않을 자신이 있을까요?"

"통일의 접근방식이 남쪽이 아니라 남북 모두가 좋은 관점에서 통일을 논해야 할 것이라고 생각합니다. 지금 우리가 말하는 통일의 이유를 북쪽에서도 인정할까요?"

"지금껏 우리의 통일정책 결과는 초라했습니다. 앞으로의 통일 논의는 무엇보다 가성비를 따져야 할 것이라고 생각합니다. 이제껏 통일 논의는 너무 남쪽의 허상이었다고 보여집니다."

"북한에 왕창왕창 퍼주면 북한이 고맙다고 할까? 핵 포기할까? 사정사정 만나달라 애걸복걸하면 김정은이 공짜로 만나 줄까? 학생인 제가 보기에도 우스운 전략 같습니다. 좀 더 새로운 전략이 필요할 것 같습니다."

"그래서 저는 평화 통일이 어렵다고 봅니다. 그 이유로 만약 통일이라는 악몽이 실현되는 날에는 북한 김 씨의 독재 세습 정권은 엄청난 집안 재산과 지위를 모두 잃게 됩니다. 북한은 철권 통치와 국민세뇌의 바탕 위에서 유지되는 왕조 국가인데 통일이 되면 종묘사직을 잃게 됩니다. 바로 이점이 북한 독재 세습 정권이 통일을 원하지 않는 근본 이유라고 생각합니다. 중국으로서도 통일은 자신들의 턱밑에까지 미군이 진주하게 됨으로써 반가울 턱이 없습니다. 만일 북한이 통일이 된다면 김정은이는 권력을 앗기고 지난날 죄를 심판받아야 하는데 통일을 원하겠습니까? 그러니 북한이 원하는 통일은 자신들이 한반도의 지배권을 갖는 적화통일 오로지 그 한 가지일 것입니다."

끝으로 인솔 교사인 듯한 사람이 올라서 지금껏 우리 정부의 통일 방향에 대하여 말하였다. 우리 정부의 통일방안은 1989년 9월 발표된 노태우 정부 때 발표한 한민족공동체 통일방안을 근본으로 하고 있다.

"자주·평화·민주 원칙 아래 먼저 공존공영, 그 다음 남북연합, 그 다음 단일민족국가를 이루는 3단계로 상정되어 있습니다. 김영삼 정부 때도 통일방안을 발표하였지만 이와 대동소이하였고 지금의 윤 정부 때도 지난 8·15 경축식에서 통일 독트린을 발표하였지만 역시 그 틀은 이 삼단계에서 크게 변하지 않았습니다. 다만 윤 대통령의 8·15 통일 독트린은 기존의 정책에 자유 통일에 대한 생각을 더욱 강화하였다고 할 수 있겠습니다."

그때 왕소군 씨가 픽 웃었다.

"왜 웃어요?"

"그게 되겠습니까? 말만 번지르르할 뿐 실천해야 할 것은 그 어디에도 없지 않습니까? 공존공영이라니, 남북연합이라니요? 두 체제라면 그것을 통일이라고 할 수 있겠습니까? 대한민국과 북한의 통일정책은 서로 상반되어 타협점을 찾는 것이 불가능하고 세계 어디에도 자유민주주의와 공산주의를 절충한 제3의 정치 체제로 통일하거나 국가를 운영하는 사례는 없습니다.”

“그러니까 타협이 필요한 것 아닙니까? 애초 같았다면 타협이나 협상이
왜 필요하겠습니까?”

“네, 그것은 협상이나 타협일 뿐이지 통일은 아니지요. 가장 최상의 결과
인 윈윈했다고 할지라도 그것은 서로의 체제를 견고하게 할 뿐 통일은 아니
지요.”

“그렇지만 그것은 통일에 이르는 과정이지 결과가 아니지 않습니까?”

“네, 맞아요, 과정이지요. 그러나 절대로 그런 과정으로 통일은 오지 않
는다고 생각합니다. 통일은 어느 순간 일시에 오는 것이지 그런 순서대로
오지 않습니다. 다만 준비는 하여야 하겠지요.”

왕 사장이 좀 더 보고 가자는 것을 나는 그냥 끌고 나왔다. 왠지 더 보아
선 안될 것 같았다.

“그런데 한국의 입장에 서서 말합니다. 저는 중국인이기 때문에 아무런
거리낌없이 말할 수 있지만 자유민주주의를 수호해야만 하는 한국은 걱정
이 이만저만이 아니겠습니다. 김 사장님은 신문을 몇 개나 읽으십니까? 저
는 중국인이지만 한국의 신문을 읽습니다. 그런데 일전에 신문에 난 내용입
니다. 일부 학교에서 김일성의 생일을 묻는 등 공산통일교육을 실시하였다
는 기사를 본 적이 있습니다. 편향적이고 그릇된 교육인 것 같은데 나라에
서는 손을 놓고 있습니다. 그런가하면 지리산 어느 대안학교에서는 대놓고
공산주의 우월성을 가르치는 학교도 있습니다. 대통령들의 생각이 자유민
주주의에 대한 신념이 뚜렷하지 못하다보니 그냥 두고만 보고 있는 것 같습
니다. 가르치는 사람의 국가관, 안보관은 확실해야 합니다.

통일국가에 목표를 두면 한국이 공산국가가 되어가는 것은 이상한 것은
아니겠습니다만 그러나 자유민주국가에 우선을 둔다면 통일은 비록 되지

않았지만 오늘날 남쪽을 이렇게 잘 사는 국가가 되게 하지 않았습니까? 저는 북쪽은 북쪽대로 남쪽은 남쪽대로 그냥 그 사람들이 선택했을 뿐이라고 생각합니다. 그 선택권을 존중하자는 것이지요. 지나친 통일에의 관심이 체제 유지를 원하는 김정은이를 자극해서 자칫 광기적 대응을 불러 올 수 있어요. 통일이 아무리 중심에 있다고 하여도 국민을 불안하게 하고 무력 충돌의 위험을 감수하면서까지 과도한 관심을 가질 필요가 있을까요? 어느 한쪽이 자신의 체제를 싫다고 했을 때 통일은 자연스럽게 오는 것이라고 생각합니다. 그렇게 한국인들이 들떠 마지 않아 했던 독일 통일 방식이 바로 그런 것 아니었습니까? 독일의 통일이 서독 정부에 의한 것이었습니까? 아니에요. 독일의 통일은 동독에 살고 있는 사람들에 의한 것이지 서독 정부에 의한 것이 아닙니다. 김정은이가 왜 그렇게 촘촘하게 북한 주민들을 감시하고 있겠습니까? 우악스럽게 한쪽으로 강제적으로 통합하려면 전쟁이 나는 수밖에 없습니다. 바로 지난 한국전쟁이 그러지 않았습니까?"

"그런데 두 달 전 사업에 실패하고 부산 시내 거리를 터덜대며 걷고 있는데 무슨 우리 민족 서로 돕기 운동 본부인가 뭔가에서 강연에 참석해 달라면서 직장 없는 저를 데리고 가던 데요. 시간이 많은 줄 아는지 가면 식사와 음료가 제공된다면서 숫제 끌고 가더군요. 거기서 들은 것이 '한반도 중립화 통일 방안'이라는 표현이었어요. 통일과 중립국과는 어떤 관계라 할 수 있을까요? 들을 때는 그게 가능할까 싶은 생각이 들었습니다. 여지껏 온갖 통일 전략이 영靈이었는데 무슨 통일방략이 더 있다고."

"잘 봐두어요. 그 말 자체가 모순이에요. 나라 통일도 안되는데 무슨 중립국 운운하는 건지 중립화론은 통일 이후에나 논의될 문제지요. 속은 통일이 되지 않는데 중립화라고 해서 통일이 되겠어요. 그런 걸 이야기하는 사람들도 참, 물론 한국 통일에 관심 가진 사람들이 하도 통일이 되지 않으니

246

까 하는 소리이겠지요. 그러나 그런 것이 오히려 통일을 방해하는 것인지도 모르지요. 그것보다 통일이 그렇게 자신들 생전에 또는 10년 안에 이루어져야 할 만큼 그 사람들에게는 그렇게 간절했던 것인가요. 그 사람들 자기 발밑은 보고 하는 소리인가요. 우리 주변에 통일보다 훨씬 절박한 사실이 많이 있습니다. 북한도 중요하지요. 그러나 통일 설정보다 자기 주변부터 살피는 일은 중요하지요. 그 다음 통일에 대한 논의도 병행한다면 통일에 대한 그런 논리적 실수는 하지 않으리라 생각합니다. 나의 정치적 목표는 남북통일, 남북화해라고 말한 통일지상주의를 내세우는 낭만적 정치가도 있습니다. 그러나 그런 사람일수록 방법론을 보면 그냥 퍼주기, 우리가 이렇게 도의적이면 북쪽도 감동해서 마음을 풀 것이 아니겠는가라는 기본 전제를 가지고 있습니다. 그나마 나라 경제를 이만큼 성장시켜 놓았기에 그런 생각도 나오는 것이지 옛날에야 어디 이런 생각이 가당키나 했겠습니까? 그러면서 박정희를 욕합니다. 민주주의든 통일이든 경제가 잘 돌아야 가능합니다."

"그렇다면 통일을 준비하지 말라는 말씀인가요?"

"아닙니다. 제가 말하고자 하는 것은 지금까지의 통일 방향은 그대로 두더라도 방략을 바꾸어 보아야지요. 변화입니다. 어디 통일방략이 제대로 먹혀 들어간 것이 있습니까? 아무리 취지가 좋아도 결과가 안좋으면 욕먹는 게 정책입니다. 햇볕정책이나 개성공단, 지금 그것이 제대로 되고 있습니까? 아마 이런 이야기를 한국인들이 하면 그것을 지지하는 편한테서 욕을 먹겠지만 저는 중국인이어서 주위 살필 필요없이 당당히 이야기할 수 있습니다. 개인의 정책은 실패할 수 있어도 국가의 정책은 실패해서는 안됩니다. 차고 넘치지 않을 바에는 남 생각보다 자기 앞이나 잘 다스리는 것이 먼저입니다. 그러니까 통일 전략을 바꾸어 보자는 것입니다. 되지도 않는 전략을 베껴 먹고 말만 바꾸고 퍼주기나 하고 따위의 것은 할 필요가 없다고 하겠지요. 끊을 것은 끊고 맺을 것은 맺고 압박할 것은 압박하고 지금까지와는 전혀 다른 전략을 세워보자는 거지요?"

"그것이 무엇일까요?"

"네, 지금껏 통일방략 모두 실패했습니다. 그렇지만 한 가지 확실한 것은 통일은 돈이라는 거지요. 정말 통일이 필요한 것이라면 국가의 비전을 분명히 하고 국민의 역량을 경제 발전에 집결해야 할 것입니다. 언젠가는 통일이 되어야 할 것 아니겠어요. 그리고 그 통일은 갑자기 올 것입니다. 그때를 대비해 국민 모두가 지금보다 10배쯤 잘사는 나라를 만드는데 노력한다면 그때 보다 수월하게 통일이 이루어질 것입니다. 아니 지금 우리가 미국만큼의 국력이 있다면 북한을 통째로 살 수도 있을 것입니다."

"그게 쉽겠습니까?"

"그렇다면 다른 것은 쉽습니까? 이것은 못해도 국가발전은 남을 수 있지만 다른 것은 오히려 안 하느니만 못할 수 있습니다."

나는 왕소군 씨의 말을 깊이 경청하다가 잠시 잘못된 길로 접어들었다. 휴게소에 들렀다가 다시 돌아나왔다. 그랬다. 우리나라는 지금 갈기갈기 찢어져 있었다. 남북, 좌우, 동서, 혈연, 지역, 남녀, 세대, 보혁, 빈부 등 어쩌다 우리나라가 이렇게까지 되었을까? 앞장서서 이런 분열을 조장하고 있는 것은 정치인임에는 틀림없는 것 같다. 그것도 민주주의 꽃이라는 선거에 의한 장치로 선출된 사람들이 가장 비민주적인 결과를 낳고 있으니 이 또한 민주주의의 아이러니가 아닌가 싶다.

우리는 길고 긴 여행을 지나 저녁 무렵이 되어서야 통일로를 통해 서울로 들어서고 있었다.

"그러나 저러나 김 사장님, 앞으로 어떻게 하실 생각이신지요?"

"네, 일단은 전에 했던 보따리상을 다시 해볼 생각입니다. 제가 영업에서 시작했으니 다시 영업으로 일어서볼 생각입니다."

"참, 잘 생각하셨습니다. 저도 이젠 접었습니다만 50여 명을 거느린 사업체를 가지고 있었습니다. 역시 제일 중요한 업무는 영업입니다. 만드는 것은 파는 것에 비해 별 것 아닙니다. 노동조합 운운하지만 정작 노동조합이 필요한 것은 영업직 사원들에게서지요. 물건을 파는 것 정말 얼마나 어렵습니까? 지금 현장에서 발로 뛰고 있는 영업사원들, 적게는 자영업자들, 또 기업가들, 월급을 주는 사람들, 정말 존경해야 합니다. 국가는 정말 그들을 존중해주어야 합니다. 그들 정말 애국자입니다. 지금의 김 사장님이나 소시민들은 그냥 자기 앞의 일을 할 뿐이지요."

"노동조합원들이 들으면 큰일 날 소리예요. 그냥 제가 안들은 것으로 할게요."

"제가 말한 것은 영업의 중요성, 국가가 별로 도움을 주지 않았는데도 스스로 먹고 살아가고 있는 자영업자들의 고마움을 말했을 뿐입니다. 나라에서는 얼마나 그들이 고맙겠습니까? 기분이 나쁘셨다면 사과하겠습니다."

"모두가 중요하지요."

"그러나 정말 물건을 파는 것은 무척 중요하고 어려운 일입니다. 큰 대박 나시기 바랍니다."

그가 아쉬운 듯 물건 파는 것에 대해 더 말하려고 하자 내가 저어하고 말을 끊었다. 나는 조금은 미안했다. 사업을 해왔던 왕소군 씨는 영업의 중요성이 얼마나 중요한 것인가를 얼마나 절실히 깨닫고 있었겠는가. 나 역시 마찬가지였다. 생각해 보라. 물건을 팔기 위해 남의 마음 얻기가 그리 쉬운가?

차를 타고 가면서 우리는 밭 가운데 한쪽 팔이 잘려진 허수아비를 보았다. 묘한 감정을 불러 일으켰다. 척 보아도 오래된 허수아비임을 알 수 있었다. 그러나 허수아비에 입혀둔 옷은 비교적 새것이었다.

그걸 보자 왕소군 씨가 웃었다. 저걸 보고 짐승들이 속을까요?"

"글쎄요. 그래도 여기 사는 사람들은 안하는 것보다 나으니까 또는 속는 짐승도 있다고 믿으니까 또는 그렇게 함으로써 짐승들 피해로부터 농작물이 보호된다고 믿으니까 그렇게라도 하는 것인지 몰라요."

"짐승들이 그리 허술할까요? 처음 한두 번 두려울지 몰라도 곧 하등 겁낼 필요가 아니라는 것을 알고는 피땀 흘려 지은 농작물을 파먹을 것입니다."

"그래도 마음으로 위안이 되니까요."

"한국의 통일 전략이 그런 것 같아요. 떡 하나 주면 안잡아 먹지, 그래서 떡을 내주고 또 떡 하나 주면 안잡아 먹지 그래서 또 떡 하나 주고 나중에는 팔다리 다 떼어주고 결국에는 떼어줄 것이 없을 때 호랑이는 사람을 잡아먹지요. 중국 공산당이 그랬어요."

"아니 중국인이 그런 말을 해도 되나요?"

"네 괜찮아요, 모택동의 수법이 그런 것이라는 것을 가장 잘 알고 있으니까요. 일단 평화, 그리고 때가 되면 잡아 먹지요. 평화라는 말에 속은 인물이 얼마나 많은지 아십니까? 그들은 결코 기분 나쁜 말을 하지 않습니다. 처음은 좋은 말만 하지요. 속은 철저하게 감춥니다. 우리 민족끼리, 민족 화해, 평화 통일, 얼마나 달콤합니까? 또 그런 생각을 가진 사람들은 그 말을 끝까지 믿으려 듭니다. 전향하지 않은 좌익수들을 보세요. 이념은 그만큼 무서운 것입니다. 이념에 빠지면 자신을 객관적으로 볼 수가 없으니까요. 그렇지만 그들을 마냥 미워할 수만도 없어요. 그것이 인간 본능일지도 모르니까요. 사이비 종교에 빠진 사람들도 보십시오. 한번 빠지면 헤어나올 줄 모르잖아요. 비교가 잘못되었는지는 모르지만. 여하튼 한번 빠지면 빠져나올 수 없는 무서운 것이 이념, 사상이지요. 지금껏 부정적으로 통일을 말하였지만 그러나 한국의 통일은 지금 당장은 아니지만 언젠가는 이루어질 것입니다. 모든 것이 북쪽보다 월등하니까요. 그때까지 부지런히 돈을 모아 놓아야 합니다. 빚이 없어야 합니다. 한국의 국가, 국민 빚이 도합 3000조 원이 넘는다고 신문에 났던데 그런 형편에 지금 당장 통일이 된다고 하여도 그 통일 비용을 감당할 수 있겠습니까? 어쩌면 남북이 같이 망하게 될지도 모르겠습니다. 중국이 대만을 쉽게 통일할 수 있다고 생각하는 것은 대만이 중국보다 훨씬 잘 살고 있기 때문입니다. 통일 비용을 생각할 필요가 없으니까요."

우리는 임진각에서 자유의 다리를 보았고 평화의 종도 보았다. 도라산 전망대에서 송악산, 개성시, 북한 선전 마을 등을 관측했다. 그리고 서울로 돌아왔다. 왕 씨는 다시 중국으로 돌아갔다.

나는 다시 부산으로 내려왔고 내려가는 동안 그동안 내가 억하심정에 사로잡혀 우울증에 갇혀 있었던 것이 얼마나 손해인가를 깨달았다. 그래, 그 까짓 것 다시 도전하면 되는 것을 무얼 그리 속상해 가지고 자책했던가. 왕 소군 씨가 사업에 대해 말해주었던 것도 속속들이 옳은 말이었다. 나는 내가 처음 했던 어물을 떼어다가 파는 일을 다시 시작했고 조금씩 활동을 늘려 나갔다. 한 번밖에 없는 인생, 다른 사람이 아닌 바로 내가 스트레스 받지 않고 잘 살아야겠다는 생각을 했다.

마지막 파도

시드니의 첫인상은 규모의 도시랄까? 적당의 도시랄까? 꼭 그랬다. 인구 500만 규모에 그에 적절히 배치될 수 있는 만큼의 적정 건물, 적정 교통, 적당한 거리, 옛날부터 오페라하우스와 하버브릿지는 우리들 귀에 익숙한 이름이었다.

나를 안내하는 이 선배는 역시 내가 예상한 대로 이 두 개의 상징에 대해서 이야기를 했다. 그리고 곧장 나를 서울 명동이라 할 수 있는 시드니의 옥스퍼드 거리로 데려갔다. 거기서 그는 낯선 이야기를 해주었다.

"세계 게이 축제가 호주에서 열린다는 것을 알고 있나?"

"금시초문인데 호주 같은 이런 청정국가에서 게이 축제라니요?"

"매년 3월 첫째 주가 바로 성소수자들의 축제가 열리는 주야. 그때 되면 전 세계의 온갖 게이들이 몰려들지."

"게이들만 몰려드는가요, 다른 성소수자들은 어때요?"

"말이 게이들의 축제지 실제로는 전세계 성소수자들이 다 몰려오지. 그때 되면 정말 해괴망측한 일들이 많아져, 해괴망측하다는 이야기를 했지만 우리가 쉽게 접할 수 없을 정도의 성적인 온갖 퍼레이드가 펼쳐진다는 말이지."

"나는 그 이야기를 듣자마자 금방 속이 받히기 시작하는데 생각만으로 접해오던 것을 직접 선배에게 들으니 실감이 돼서 그런지 소름이 돋기까지 했다."

"게다가 그 중심이 시드니 한복판인 바로 저기 무지개색이 보이지 바로 저기서 퍼레이드를 시작해."

"그 이야기 그만해요. 시원하게 바다로나 나가요."

나는 역겨움에 말머리를 돌리려 했다.

"뭐가 그리 급하나, 마음 속에 응어리가 가득 찬 것 같은데 염려 말게, 바다 구경 실컷 시켜줄 테니. 호주 대륙 전체가 바다에 둘러싸여 있지 않은가, 어찌 보면 호주는 바다의 나라라 할 수 있지. 그러나 그 큰 대륙을 어찌 다 볼 수 있겠어, 시드니에도 옛날부터 알려진 비치가 있지만 시드니를 조금 벗어나면 자네에게 보여줄 수 있는 환상의 바다가 있을 테니 조금만 기다리게나. 내일이나 모레 그곳에 데려다줄게, 그러니 오늘은 시드니 구경이나 실컷 해. 하긴 저 멀리 망망대해를 바라볼 때면 인간이 참 하잘 것 없다는 것을 느낄 때가 많지. 자네 마음 이해하네."

그는 내가 매우 바다를 보고 싶어 하자 그냥 바다를 보는 것이 아닌 바다에 첨벙 몸을 담그었다 나올 수 있는 유명한 비치로 나를 데려다 주겠다고 약속했다. 그러나 그날만큼은 아닌 듯 나를 그의 차에 태워 시드니에 대해 소개하려고 하였지만 늘 빌딩들과 사람들에 둘러싸여만 있었던 내게 그의 시드니에 대한 소개는 그냥 한 귀로 듣고 흘리는 정도에 지나지 않았다. 그냥 어서 바다가 보고 싶었다. 시원한 바다, 속이 툭 트이는 바다, 한국에서도 멋진 바다, 사랑스러운 바다, 망망대해 같은 것이 없는 것은 아니었지만 그러나 무언가 답답했다. 좀 더 큰 것, 저런 것 말고 달에서 지구를 보는 듯

한 또는 우주에서 다른 우주를 보는 듯한 것은 없을까? 그런 치기 어린 감정 속에서 나는 자꾸만 내가 작아지고 작아져서 마침내 점이 되고 다시 점에서 점점 작아져 그냥 지구의 작은 한 귀퉁이에서 사라지겠구나 하는 생각이 들었다.

내가 호주 여행을 생각했던 것은 달리 특별한 생각, 이를테면 호주를 다녀와야 한다는 특별한 사정, 호주에 대한 동경, 또는 출장, 이런 것이 아니었다. 일은 풀리지 않고 자주 계획에 어긋나니 답답한 마음에 그냥 훌쩍 어디론가 떠나보고 싶었던 것이었다. 코로나 이후 꽈악 막혀있는 경제 사정은 조금도 회복될 기미를 보이지 않았고 늘어만 가는 빚에 나는 이전에 가졌던 용기와 자신감마저 잃고 방황을 하고 있었다. 아울러 이 여행이 나에게 어떤 결정도 제시해주기를 바랐다.

김형은 같은 동문으로 호주 시드니 대학에서 음악 석사 과정을 마쳤다. 그와 공항에서 차를 타고 오면서 여러 이야기를 나누었다.

"여기 온 지 꽤 되었지요?"

"한 시 오륙 년 됐으려나? 유학 온 때가 2008년인가 그랬으니, 여기서 결혼도 하고 아들, 딸 낳고 살고 했으니 호주 사람 다 됐지."

"왜 돌아올 생각은 없구요?"

"나이 들어 나도 고향에 가서 텃밭 일구고 싶긴 한데 아내 반대가 만만찮아."

"아니, 형수님은 여기가 좋으시데요?"

"좋대, 여기에 이웃, 여기에 친구가 있고 직장이 있고 애들이 있고 그런데 무엇하러 그 좁은 세계로 다시 돌아가느냐는 거지. 내가 그런 이야기를 하니까 여간 난리 아니야."

"도대체 뭐가 좋은 가요? 나도 좀 알고 싶네요. 가능하면 나도 여기서 살고 싶어요."

나는 마음과 다르게 말했다. 그냥 한번 해본 소리였다.

"글쎄 뭐가 그럴까? 한국과 비교한다면 제일 큰 것이 삶의 방식에 여유가 있다는 거겠지. 한국, 참 어떻게 보면 척박한 땅이지. 매일 같이 경쟁, 경쟁, 매일 같이 빨리, 빨리, 죽어라 일해야 겨우 먹고 살 수 있는 나라, 그런 것을 벗어나니 세상에 없이 살 만 하네. 여기 그렇게 하지 않아도 먹고 살아, 복지가 잘 돼 있어, 풍부한 자원 그런 것이 한국과 다른 점이 아닐까?"

"그렇다고 한국을 버리고 호주를 택했다는 것은 좀 김형답지 않은 생각이 드는데요, 한국은 그만큼 삶의 보람이 큰 곳이 아닐까요? 인간이 이 세상에 온 이유를 대변하는 것 같은 곳이 바로 우리나라라고 생각드는데, 더군다나 김형 같은 재원이 한국을 떠난다는 것은 한국으로 보아도 큰 손실인 것 같아요."

"글쎄, 삶의 방식이 각자 다른 것 아니겠어. 그런데 자네가 이곳에 온 것도 나와 같은 이유 때문이 아닌가? 혹 내가 잘못 짚었다면 용서하게."

나는 아무 말도 하지 않았다. 말은 아니라고 하고 싶었지만 어쨌든 나 역시 삶에 대한 패배감으로 이런 방황을 하고 있는 것이 아닌가? 김형은 말끝에 자신이 지금 하고 있는 이 가이드 일이 싫지 않았다고 했다. 대학원을 마치니 생각이 복잡해졌다고 했다. 큰 꿈을 갖고 유학을 왔지만 뜻대로 되지 않았고 앞날에 대한 것도 그렇고 무엇보다 먹고 살려니 무엇이든 해야 했다. 생각한 것이 가이드 생활이었다. 그런데 이 일이 의외로 적성에 맞고 수입도 꽤 쏠쏠하게 게다가 호주가 살기도 좋아 그냥 귀국 않고 눌러 앉았다고 했다. 자기가 이루려 했던 것을 내려놓으니 세상이 그렇게 편할 수가 없다고도 했다. 몸은 좀 고달프지만 이 일을 통해 자기와 자기 가족이 먹고 사는데 부족함이 없고 호주의 시민이 된 이후로는 복지제도가 잘 되어 있어 그 혜택을 고스란히 받고 있다고 했다.

호텔에는 한국 사람 밖에 없는지 만나는 사람 모두가 한국인이었다. 호주에서 맛보는 기쁨 때문일까, 나와는 달리 그들은 모두가 충만해 있는 얼굴이었다.

나는 호텔에 묵으면서 내일은 어떻게 해야 하나 하는 생각으로 진을 뺐다. 지금 내가 무엇하러 여기 와있는 거지, 이런 반성의 의문은 무겁게 내 머리를 누르고 있었고 나는 더 이상 나아가지 못하는 내 자신에 짜증을 내고 있었다.

이튿날 오후 김형과 내가 찾은 곳은 호주라면 생각하게 되는 오페라 하우스와 하버브릿지였다. 오페라 하우스에서는 마침 오페라 두란도트를 공연하고 있어 같이 보았다. 김형은 튜란도트를 보자 약간 눈물을 흘리는 것 같았다. 청운의 꿈을 품고 서울의 유수한 음대를 졸업하고 이곳까지 왔는데 결국은 오십 넘어 육십 가깝도록 성공도 못하고 그냥 호주 땅 한 구석에서 살아가고 있는 자신이 측은해 보였던 것이었는지도 몰랐다.

그러나 그날도 내 마음은 별로 나아지지 않았다. 그러면서도 신기한 것은 한국인이 시드니에 이렇게 많은지 몰랐다는 것이었다. 모두 관광객인 것 같았다. 세계의 모든 나라에 온통 한국인 관광객이 없는 곳이 없었다. 한국, 정말 잘 사는 나라였다. 그렇게 한국을 떠나고 싶은 사람이 많다는데, 그렇게 싫은 한국이 세계 10위의 경제대국이라는 것을 알면 그 사람들은 어떨까 싶었다. 다른 나라에 가서 살아 보았자 마음이 편할까 싶었다.

다음날도 김형은 나를 위로한다는 명목으로 호텔로 차를 끌고 찾아왔다.

"잘 잤어. 아무리 그래도 집보다는 못하잖아."

"아니, 잘 잤습니다. 피곤해서 그런지 잠이 잘 오더군요."

나는 마음에도 없는 거짓말을 하고 있었다. 간밤 묵직한 머리 때문에 제대로 잠을 이룰 수가 없었다.

"오늘은 아무 생각 말고 나를 따라오게나."

김형은 전철과 배와 트램이 한곳에 몰려 있는 한 부둣가로 나를 데리고 갔다. 무조건 유람선을 타고 돌고래가 자주 보이는 곳까지 나아가서 돌고래를 보게 했다. 뒤돌아보니 시드니가 한눈에 들어왔다 그곳에서 김형은 뜻밖의 말을 했다.

"지금 배를 보게나 조용할 때도 있지만 흔들리고 있지 않나. 흔들리면 흔들리는 대로 흔들리지 않으면 흔들리지 않는 대로 그냥 배에 몸을 맡겨버려. 스스로 어떻게 해보겠다는 생각 말고 그냥 세상 흔들리는 대로 자신을 맡기는 거야. 무슨 세상이 있을 것 같지만 별 세상 없어. 그냥 사는 거야, 괜히 되지도 않는 것 억지로 붙잡고 있는다고 되는 것 없어."

김형은 호주에 온 내게서 무엇이라도 읽었던 것인가? 김형에게 나 자신의 처지에 대해 일체 말하지 않았는데, 김형이 뜬금없이 그런 말을 하니 나는 조금은 당황스러웠고 조금은 반박하고 싶었지만 그냥 흘려 듣기만 했다. 그냥 파도치면 파도치는 대로, 흔들리면 흔들리는 대로 맡겨 버려라. 솔깃도 했지만 반발이 없는 것도 아니었다. 그러나 김형이 짚은 말이 잘못이라는 것을 말할 수 없던 것은 딴은 사실일 수도 있기 때문이었다. 꼭 나를 위한 것이 아니라 자기 이야기를 하는 것도 같았다.

"호주 여행은 그렇게 하는 거야. 기분 나빴다면 용서하게나."

그 다음날 나는 김형을 따라 그가 소개한 호주의 바다를 구경하기로 했다. 김형은 바다를 따라 시드니에서 좀 떨어진 뉴캐슬의 한 곳에서 내리며 바로 여기가 그 유명한 노비스비치라고 하였다. 그런데 김형을 따라 내리며 노비스비치를 바라본 순간 나는 깜짝 놀라지 않을 수 없었다. 나는 순간 충격마저 느꼈다. 아니, 이럴 수가? 이럴 수가? 이곳은 바로 '마지막 파도'의 그곳이 아닌가?

　나는 갑자기 불현듯 그 '마지막 파도'를 보았던 때를 떠올렸다. 그 '마지막 파도' 속의 배경과 바로 이곳이 너무도 일치하였다. 인사동의 한 갤러리에서 정신 놓고 바라보았던 그 그림의 제목은 '마지막 파도'였고 나는 무슨 힘에 이끌려서인지 한참 그 그림 앞에 서있었다. '마지막 파도'라, '마지막 파도'라, 나는 그 그림을 보며 거듭 신음처럼 내뱉었다. 그림의 제목이 내 마음을 울리고 있었다. 내가 거의 시간여 동안을 그 그림 앞에 빠져 움직이지 않고 그 그림 앞에 서 있자 갤러리의 큐레이터가 내 곁에 다가와서 인사를 건네왔다.

　"그림에서 무슨 느낌이라도 받으셨어요?"

　"네, 이 그림이 주는 웅혼하고 힘찬 파도가 제가 여지껏 생각해온 파도의 이미지와 다르고 세상에 파도가 저런 모양을 하고 있다는 것도 또 신기하네요. 그림에 문외한인 저에게도 끌리는 무언가를 주고 있네요."

　"네, 일주일 동안 보고 나서도 평생 모르는 사람이 있는가 하면 어떤 그림은 잠깐 보고도 평생 생각할 수도 있지요. 그런데 어떤 그림 앞에서는 사람의 눈은 모두 비슷하더군요. 많은 사람들이 선생님과 같은 느낌으로 이 그림 앞에서 한참 동안 머물다 가고는 했지요. 파도의 힘, 파도밖에 보이지 않는 그림, 파도를 봄으로써 도저히 인정할 수밖에 없는 인간의 그 말할 수 없는 그 무엇, 그림이 말을 한다고 할 수 있는 그림이라고 할 수 있지요."

　"그런데 그림에 대한 아무런 설명이 없네요. 작가가 누구이고 그리고 왜 '마지막 파도'라고 했는지 작가가 없는데 어떻게 그림 제목을 붙일 수 있었던 것인지 그것도 알 수 없구, 여하튼 신비한 그림이네요."

　"네, 이 그림은 한 특수 청소업체 사장님이 기증해주신 그림인데 한눈에 보기에도 보통 그림이 아니라는 것을 알 수 있어 이번 전시회에 내걸도록

했습니다. 고독사한 사람의 집을 청소해주다가 발견하였다고 하는데 고독
사한 사람은 식당 주인이었다고 합니다. 그가 어떻게 이 그림을 소장하고
있는지는 알 수 없습니다. 이 그림을 그린 작가도 알 수 없고 그 작가가 그
림을 전공했는지도 알 수 없습니다. 이 그림을 그린 장소가 어디인지 왜 작
가가 이런 그림을 그렸는지도 알 수 없습니다. 이 그림 속의 장소가 우리나
라에 있는지도 알 수 없습니다. 다만 제목은 원래 작가가 지었던 것이고 저
그림 왼쪽 편에 조그맣게 보이는 등대는 작가가 무엇을 나타내려고 했던 것
같았는데 그것이 도통 무엇인지 알 수가 없습니다. 보통 이 그림을 보면 희
망이 느껴진다고 하는데 희망, 그렇다면 어떤 희망인지 고독사한 소장자가
안내받으려 한 그 희망은 무엇인지 궁금하기는 하지만 그 어떤 정보도 남아
있지 않습니다.”

그때 갑자기 큐레이터를 찾는 사람이 있어 그녀는 급히 그 자리를 떴고
나는 그녀가 떠나고 나서도 한참 동안 그 그림 앞에 서 있다가 왔다. 그리고
그 그림에 대한 것은 그 뒤 잊고 지내고 있었다.

그랬다. 그런데 지금 여기 바로 언덕에서 바라보는 노비스비치의 등대와
파도가 바로 그 ‘마지막 파도’에 있는 장소와 너무도 똑같았다. 아니 백 퍼
센트 확신할 정도로 바로 그곳이었다.

청靑이 아니었다. 아니 녹綠도 아니었다. 그 둘의 합성, 그 색이 주는 크
고 넓고 혼이 깃든 웅장함, 그리고 언덕 가까이서 하얗게 부서지는 파도, 바
로 이곳이 그 그림의, 그 ‘마지막 파도’의 장소였다. 이상했다. 아니 호주,
이 뉴캐슬의 여기 언덕에서 바라보는 이곳이 어찌 그 ‘마지막 파도’에 담겨
진 곳과 일치하는가 말이다. 아니 그 작가가 이곳에 온 적이 있다는 말인가,
아니면 이곳 노비스비치의 사진을 보고 그린 것이란 말인가? 두고두고 생
각해 보아도 그 그림을 그린 주인공이 한국인일 수 밖에는 없다고는 생각하

면서도 어떻게 이 그림이 인사동 갤러리에 걸려 있는지는 알 수 없었다. 혹
호주인이 그린 것일까? 그러나 그런 경우 그 그림의 제목이 '마지막 파도'라
는 한국어라는 것은 어떻게 설명할 것이고 그리고 외국 화가의 작품이라면
그 그림을 그린 화가 이름이 있을 터인데 '마지막 파도'의 화가는 미상이라
는 것은 또 어떻게 설명할 것인가.

그렇다면 백번 양보해서 사진을 보고 그렸던 것일까? 그러나 그것도 모
순인 것이 그림 속의 파도는 사진 속의 그것이 아니라 적나라한 실제적인
것이었고 심지어 만져보고 싶을 정도로 그 그림 속의 파도가 너무도 생생하
였다. 파도 자체가 우리가 생각하고 있는 그런 파도가 아니었다. 남태평양
의 거대한 물결이 대륙에 가까워 오면서 점점 작아지다가 해안에 부딪히며
하얀 포말을 그렸다. 그렇다. 그것은 하얀 색이었다. 검다가 푸르다가 결국
엔 하얗게 부숴지는 파도는 지금 이 노비스비치 언덕에서 바라보는 파도가
아니고서는 저렇게 생생하고 웅혼하게 그려낼 수 없는 것이었다. 이 모두가
아니라면 저 그림이 어떻게 이런 한국 땅까지 오게 된 것일까? 노비스비치
의 언덕에서 바라다보는 왼쪽의 먼 등대와 아무것도 없는 망망대해, 그리고
호주인들의 바다를 보며 여유롭게 차 한잔 마시는 풍경은 그림 속의 그곳과
틀림없이 일치하였다. 특히 전면의 모래밭과 파도의 모습은 바로 그 '마지
막 파도'에서 나타난 그 모습과 조금도 다르지 않았다. 그 그림 속의 모습도
그랬지만 지금 내 앞에 펼쳐진 이 광활하고 신이 사는 세계 같은 평화롭고
여유로운 모습을 보며 나는 한동안 그 노비스비치에서 시선을 뗄 수가 없었
다.

"우리 저 카페에 가서 차나 한 잔 하지."

내가 너무도 그 모습에 빠져 정신없이 넋 놓고 바라보자 김형은 나를 바
로 옆의 찻집으로 이끌었다.

"참 나는 내가 여러 나라를 돌아다녔지만 지금 이 노비스비치만큼 감동적인 곳을 발견하지 못했어요."

"차 선생이 아직 많은 곳을 돌아 다녀보지 않아서 그런 것 아닐까?"

"한때는 영덕盈德의 바람의 언덕을 보며 언젠가 성공해서 다시 이곳에 오겠다는 생각을 한 적이 있지요. 그만큼 동해안의 그 창창한 바다가 즐거움을 준 적이 있어요. 그래서 자주 차를 몰고 영덕을 찾고는 하였지요. 그런데 언제부턴가 매력을 잃었어요. 영덕 바람의 언덕에서 장사를 하는 사람들의 소란함 때문이었지요. 웬 확성기 소리는 그리 울려대는지 그곳에서 장사를 하도록 내버려두는 것도 그렇지 이런 곳을 찾아 헤메는 사람들에게는 여간 괴로운 것이 아니었어요. 그래서 차츰 흥미를 잃게 되었는데 이 노비스비치 언덕에 와서 바라보니 옛 기억이 다시 살아나는 것 같습니다. 그러나 보다 더는."

나는 숨찬 사람처럼 말하다가 말을 잠시 끊었다.

"보다 더는 이라니?"

그러나 김형은 본인도 궁금했는지 내가 말을 하지 않자 그새를 기다리지 못하고 물어왔다.

"그림 때문이지요?"

"그림 때문이라니?"

"그 그림 '마지막 파도', 그 '마지막 파도'의 궁금했던 실제 장소가 바로 이 호주의 노비스비치라는 것을 안 거지요."

"'마지막 파도'라니?"

김형은 몹시 궁금한지 다시 내게 물었다. 그것은 마치 더는 궁금해서 못 견디겠다는 듯 칭얼대는 아이의 표정이었다.

나는 김형의 얼굴을 한동안 먼 시선으로 바라보았다. 그러나 내 눈동자에는 김형의 얼굴이 있지 않았다. 김형 역시 등대와 망망한 남태평양의 바다와 한 나이 든 중년일 뿐이었다. 서울 인사동 갤러리에서 한동안 파도에 취해 바라보았던 '마지막 파도', 그 속에는 묘한 여운이 있었다. 사람을 끌어들이는 이상한 매력이 있었다.

지금 내 눈앞에는 갑자기 잊었던 그때 그 감격의 '마지막 파도'가 떠올랐다. 정신없이 그 파도 속으로 빠져 들어갔던 그때의 모습이 눈에 들어왔다. 나는 속으로 감정이 벅차 올라 소리쳤다.

"그게 그렇지요."

나는 내가 인사동 갤러리에서 보았던 때의 그 감격을 눈에 그리듯이 김형에게 말하였다. 하나도 놓치지 않았다. 그가 혹 내 감동을 그대로 전달받지 못한 것 같은 부분에서는 여러 방법으로 그에게 같은 내용을 반복하였다. 김형은 내 이야기를 들으면서 고개를 끄덕이기도 하고 때때로 무언가를 안다는 듯 한숨을 내쉬기도 하였다. 나는 거듭거듭 그때를 잊지 못해 김형에게 열렬하게 말하였다. 혹 내 뜻이 잘못되었는지는 아닌가 싶어 다시 그것을 강조하며 말하였다. 그러면서 나는 마지막으로 그에게 말하였다.

"그런데, 그런데 알 수 없는 것은 그 그림의 제목이 왜 '마지막 파도'였는가 하는 거지요. 그리고 그 그림이 어떻게 먼 이곳 한국에까지 오게 되었는가 하는 거지요. 두 가지를 예상할 수 있어요. 그 그림을 그린 작가가 한국인이었다는 것, 그리고 아니라면 호주 작가와의 교환전交換展, 그렇지만 두 번째 경우는 가능성이 없어요. 그 제목이 한글이었으니까요 말입니다. 그러나 아무리 그렇다 할지라도 그 그림의 제목이 '마지막 파도'라는 것이 도저히 이해가 가지 않는군요. 왜 하필 '마지막 파도'라고 했던 것인지 그 '마지막'이란 말이 무언가 사연이 있을 것 같은데 말이죠."

나는 그 그림이 노비스비치 언덕에서 바라보는 바다와 너무도 일치하고 바로 십여 년 전 서울에서 보았던 그때의 감격을 떠올리며 그때 가졌던 의문들을 그에게 던졌다. 김형은 한동안 내 말을 경청하더니 이윽고 말하기 시작하였다.

"차 선생이 그런 생각을 하였다는 것이 꽤나 날카로워, 더욱이 자네와 같은 전혀 예술과는 관련없는 일을 하는 사람이 그런 감수성을 지녔다는 것이 놀랍기도 해. 자네가 가진 의문들을 나도 나름대로 알아보겠어. 오늘은 실컷 노비스비치를 구경하도록 하지."

우리는 해안로를 따라 시간여 동안 저 아득한 남태평양의 노비스비치 해안 길을 걷고 또 걸었다. 아, 어쩌면 바다가 주는 아름다움이 이렇게 맑고 곱고 웅혼할 수 있단 말인가? 작은 연안의 바다밖에 느낄 수 없었던 내게 그것은 정말 경이의 일이고 천지개벽이었다. 저 아득함, 저 고독, 저 자연의 위대함, 그곳에 한점으로도 보이지 않을 내 자신이 심히 부끄러웠다. 우리는 시간 여를 해안을 따라 걷다가 다시 카페가 있는 곳으로 왔다.

그날 우리는 김형의 아내가 아프다는 전화를 받고 오후 일정을 취소하고 다시 시간 여를 걸려서 시드니로 돌아왔다. 김형은 집으로 갔고 나는 김형의 권고에 따라 시내에 있는 하버 브릿지 위에서 시드니를 내려다 보았다. 그것으로 김형과의 시드니 인연은 끝인 것 같았다. 그는 더 이상 내 전화를 받지 않았다. 그가 그의 아내에게 심한 타박을 받았다는 것을 느낌으로 알았다. 나 같은 사람이 호주까지 와서 김형에게 빌붙을 것 같다는 생각을 그녀는 했던 모양이었다. 나는 이해했다. 그의 그런 독한 생활력을 가진 아내가 아니었다면 그가 어찌 이 낯선 호주 땅에서 살아갈 수 있었으랴.

나는 나 홀로 호주 해안을 따라 호주 대륙을 돌다가 호주를 떠날 생각을 하였다. 그런데 전화를 받지 않던 김형이 이튿날 전화를 해왔다. 아내 때문에 미안했다며 그날 저녁 한인 모임이 있는데 참석하면 여러모로 도움이 될 것이라고 말해 나는 김형의 소개로 시드니의 한인들이 몰려 사는 한인 타운의 모임에 참석을 하였다. 김형은 내가 생각한 대로 나름대로 나의 속을 읽고 어떻게 하면 내게 이 호주의 잘된 복지정책과 여유 있는 사회에서 살 수 있는지를 찾아주려고 한 것 같았다. 김형의 생각은 고마웠지만 김형은 잘못 짚고 있었다. 내가 이 호주를 찾았던 것은 그냥 지금의 답답하고 풀리지 않는 인생에 대한 심기일전의 뜻이지 결코 호주에 살고 싶다는 생각으로 온 것이 아니었다. 그런데 이런 내 모습이 김형에게는 마치 내가 인생에 실패해 아예 한국을 떠나 호주에 눌러살 결심으로 온 것으로 착각한 것 같았다. 하긴 나이 40 넘어 초라한 모습으로 이 호주를 찾아온 나를 보고 김형은 젊은 날의 자기 모습을 생각하고 있는지도 몰랐다. 김형은 어떻게든 나를 희망적이고 긍정적인 마인드로 채워넣기를 부심하고 있는 것 같았다. 그리고 너도 여차하면 이 호주에 와서 살거라 그러면 너를 도와주는 사람들이 많을 것이다 하는 메시지를 나에게 끊임없이 주고 있는 것 같았다.

그 모임은 시드니 시내의 제법 널찍한 식당에서 있었다. 시드니에 살고 있는 사람들의 모임인 한인회인 것 같았다. 바로 김형이 소속해 있는 한인회였다. 김형의 말대로 나는 사업에 실패해 불편하고 괴로운 마음을 가지고 시드니행을 결정한 것은 사실이었다. 그렇지만 호주에 살고 싶은 생각은 추호도 없었다. 아무리 호주가 복지가 잘되고 자원이 풍부해서 여유롭게 살 수 있다고는 하여도 나는 호주에서 눌러 붙을 생각은 전혀 없었던 것이다. 김형은 상당히 나를 정중하게 대하였다.

"모든 것 생략하고 그냥 자네가 여기 온 목적과 앞으로는 계획 같은 것을 간단히 소개해. 여기 회장님이 시드니에 계시는 분이야. 사업도 크게 하시고 얼마 전에 호주에서 세금 내는 100인에 속하기도 했어. 호주 전체에 지점을 여러 개 두고 있지. 한국인이라면 대환영이지, 한국 사람의 성격이 어떻다는 것을 아니까 말이야."

무슨 소문을 들었던 것인지 완전 김형은 나를 실패해서 고국에 대해 치를 떠는 루저로 몰아가고 있었다. 나는 아무 말도 하지 않았다. 그러나 시드니에 올 때의 마음이 매우 울적하고 심드렁한 것이었다 할지라도 나는 뉴캐슬의 그 노비스비치와 등대를 보았을 때 이미 그런 우울감은 벗어버리고 있었다. 옛날 감격에 떨었던 그 '마지막 파도'에서 내 가슴 저 밑바닥에서 솟구쳐 오르는 강한 열정, 다시 도전해보겠다는 희망 그런 것이 다시 떠올랐기 때문이었다. 한 걸음 더 나아가 그 노비스비치의 바닷가를 거닐고 있었을 때 나는 이미 또 다른 도전을 생각하고 있었다. 이렇게 무너질 수 없다는 생각을 하였다. 김형의 생각과는 전혀 달랐던 것이다. 그러나 그 모임에서 나는 어쨌건 내 자신을 소개해야 하였고 그래서 내가 느꼈던 그 노비스비치의 바다를 보았을 때의 그 울렁임과 그 '마지막 파도'에 대해서 이야기를 하려고 마음 먹었다. 호주에는 우리 교민 10만이 살고 있었고 그중 반이 시드니에 있었다. 그 모임에는 아예 시드니에서 나고 자란 60대에서 중간에 이민 온 사람, 호주인과 결혼해서 살고 있는 한국 사람, 유학생 등 다양한 사람이 섞여 있었다.

나는 내 이야기를 하지 않을 수 없었다. 그러나 그것은 내 지금의 상태가 아니었다. 노비스비치를 처음 보았을 때 느꼈던 그 말할 수 없이 고독했던 영감과 인사동 갤러리에서 보았던 그 '마지막 파도'의 장소가 바로 이 노비스비치 바닷가라는 것을 격정적으로 말하였다. 그리고 알 수 없던 그 그림의 유래와 '마지막'이라는 어감이 주는 느낌의 처연함 같은 것까지 생각나는 대로 쏟아내었다. 그 그림이 실제로 노비스비치 언덕의 등대와 파도를 그린 것이라면 혹 이들 중에 그 그림에 대해 알고 있는 사람은 없을까. 특히 알 수 없는 것은 왜 '마지막 파도'라고 하였을까 하는 것이었다. 그 '마지막'

이라는 말은 내게는 두 가지 의미를 주고 있었다. 죽기 살기, 이 파도가 아니면 나는 죽는다는 그런 결정적, 이분법적 결연한 의미와 또 하나는 이제 이것으로 끝이구나 내게 더 이상의 희망이 없구나 하는 부정적 의미였다. 왜 '마지막 파도'라고 한 것일까, 화가는 어떤 이유로 여기까지 와서 저 웅혼하고 생동적이고 희망적이기도 한 저 남태평양의 푸르고 가없는 파도를 그린 것일까?

지금 나는 저 호주의 남태평양을 바라보며 절절하고 결연적이고 다시금 도전이라는 정신적 충격을 받고 또 받고 있지 않은가? 저 '마지막'이라는 파도도 그런 결연의 의미가 있는 것일까? 당시 인사동의 갤러리에서 보았던 그 그림이 새롭게 떠오르면서 나는 그 '마지막'이라는 의미에 주목했다. 그리고 모인 교민들에게도 나의 이런 비장한 심정을 말했다.

내가 말하자 거기에 모인 사람들은 저마다 뉴캐슬의 노비스비치 바다의 모습을 머릿속에 떠올리는 것 같았다. 파도가 유난히 강조되고 끝없이 밀려드는 허연 포말을 연상하는 듯했다.

"그 화가가 그린 곳이 여기 뉴캐슬의 노비스비치와 등대가 맞는가요, 한국인이라는 것도."

내가 했던 의문을 역시 이곳 호주에 살고 있는 교민도 똑같이 했다. 나는 격앙된 목소리로,

"네, 맞습니다. 그리고 그 화가도 이름이 없지만 한국 화가가 맞습니다."

하고 단정하듯 말했다.

"그걸 어떻게 증명하나요?"

"증명 같은 것은 없습니다. 그냥 그 그림이 한국에 있고 그 그림의 제목 '마지막 파도'가 한글로 되어 있고 그리고 느낌이 그 그림을 그린 화가가 한국 사람인 것 같았기 때문입니다. 그 옛날 나를 감동시켰던 그 그림 속 감동

의 바다가 바로 이곳이라는 것이 틀림없습니다.”

“무슨 특징 같은 것이라도 있나요?”

“파도입니다. 지금의 그 노비스비치의 파도를 보지 않고는 그런 크고 넓고 하얀 너울이 그려지지 않기 때문입니다.”

그 사람은 또 반박하려고 했지만 그냥 입을 다물었다. 생산적이 되지 못한다고 생각했기 때문일 것이었다.

“글쎄 그 ‘마지막’이란 말이 혹 그 그림을 그려놓고 자살이라도 한 것 아니었을까요?”

“파도를 중심으로 그리는 화가가 어떤 사유로 더 이상 파도를 그리지 못해 그래서 ‘마지막’이란 말을 나타낸 것인지도 모르지.”

“혹 화가 자체도 노비스비치 해변의 파도를 보고는 너무 감격한 나머지 더 이상 파도를 그리는 것이 무의미해서 그런 제목을 붙인 것은 아닐까?”

“‘마지막 파도’ 아니야.”

“그까짓 제목이 무어가 중요해. 그 그림 자체를 보고 느끼면 되지. 그 제목을 갖고 의미를 찾으려고 하는 것이 그림을 두고는 실례되는 것이 아닐까?”

“그래도 제목이 버젓이 있는 한 무슨 의미가 있는 것 아닐까?”

“‘마지막’이 주는 의미는 부정적인 것이 많은데 그 파도에서 웅혼함, 호소성, 감동을 받았다면 그 제목과 그림이 주는 이미지가 전혀 반대인 것 같은데 우리가 그림을 보지 않았으니까 알 수가 있나?”

“이 사람 무슨 말을 그렇게 해, 아까 말하지 않았어. ‘마지막 파도’의 해변의 모습이 노비스비치의 해변 그걸 생각하면 되지. 우리가 노비스비치를 한두 번 보았나?”

‘마지막이 주는 의미라.’ 나와 가장 가깝게 앉아 있었던 교민 중 한 사람이 중얼거렸다. 나머지 사람들도 매우 심각하게 받아들이는 것 같았다. 그들이 왜 여기에 왔는지 잊은 사람들인 것 같았다. 한동안 침묵이 계속되었다. 앞에 놓인 음식에 손을 대는 사람은 아무도 없었다. 그들도 내 이야기에 공감을 하는 듯 했다. 그 '마지막'이라는 의미에 대해서 골똘히 생각하는 것 같았다. 그날은 호주 교민들이 김형이 마련한 자리에서 간단한 담소를 나누다가 시간이 되어 돌아갔다. 김형은 그냥 아무 말 없이 나를 내가 묵는 호텔에다 데려다주고 돌아갔다.

이튿날 나는 내가 호주에서 돌아보리라 작정했던 수도인 캔버라와 호주인의 자부심이라 할 수 있는 멜버른의 또 다른 호주의 모습을 보기 위해 시드니 비행장으로 향했다. 비행장에 오니까 금새 마음이 바뀌어오는 것이었다. 그냥 이대로 돌아갈까, 그까짓 호주 국내 여행 티켓은 취소시켜버리면 되는 것이었다. 그러나 그런 생각이 든 순간 나는 한 교민으로부터 오늘 다시 모임을 가지니 꼭 참석해달라는 연락을 받았다. 어쩔까 하다가 그래 마음 변하지 말고 끝까지 가자 쪽으로 결론이 났다. 그날은 멜버른행 비행기를 취소하고 시드니 시내를 떠돌다가 다시 저녁이 되어 어제 그곳으로 나갔다. 어제보다 못하지만 그래도 시간이 허락하는 사람들은 나와 있었고 다들 보다 더욱 격하게 반겨주는 것이었다. 웬일일까 싶었는데 그들은 한 나이 많은 노파를 중심으로 둘러앉아 있었다. 그 노파는 어둠에 잔잔한 주름이 잡혀 있었다. 그러나 그 주름만 아니라면 그를 노파라고 부르기 어정쩡한 사람이었다.

그런데 더욱 놀라운 것은 바로 그 노파가 그 '마지막 파도'에 대해 안다는 것이었다. 그리고 바로 그 사연을 설명해주기 위해 이 자리에 왔다는 것이었다. 노파는 꽤 단아한 모습이었지만 나를 보자 금새 큰 눈이 젖으면서 이슬이 맺혔다.

"한국에서 오셨다고요, 반가워요. 요즘은 한국인이 자주 시드니로 여행을 오니 더러 한국인을 만나기도 하지만 옛날에야 어디 그랬나요. 못먹고 못살던 시대, 그때는 정말 한국인 보기가 눈에 안경을 끼고 보아도 찾을 수가 없었지요."

그러면서 그녀는 나의 손을 잡고 눈물을 흘리며 반갑게 맞이해 주었다. 그리고 알 수 없는 눈물을 연신 흘리는 것이었다.

"그 그림 알고 싶다고 했지요? 그 그림 우리 아들이 그린 거야요. 벌써 오래전 일이지요."

그러면서 그 할머니가 어눌한 말투로 말하는데 그곳에 모인 나이 든 사람들 모두가 눈물을 흘리지 않는 사람이 없었다. 나이 든 교민들, 이제 살아야 얼마나 더 살까, 기껏 살아야 10년, 조국을 떠난 지 한 번도 한국 땅을 밟아보지 못한 사람도 있었다. 좀 나이가 덜했을 때는 먹고사느라, 그리고 지금은 체력적인 한계 때문에 그 9시간이 넘는 비행기를 탈 수 없어 눌러 앉을 수밖에 없는 사람들이었다. 노파는 아주 슬픈 어조로 말했다. 그리고 도중에 흐느끼기도 하였다.

아들은 병이 들었다고 하였다.

"의사는 2년 안에 실명이 되는 병이라고 했어요. 남편을 일찍 여의고 아들 하나만을 바라보면서 살고 있는데 그 아들이 2년이 지나면 영영 실명이라니 견딜 수 없었어요. 아들이 실명되기 전에 세상의 좀 더 많은 것을 보여주고 싶었고 또 아들이 세상을 볼 수 있는 동안 아들과의 추억을 많이 쌓고 싶었지요. 생각해낸 것이 집을 담보로 대출을 받았고 그리고 여러 나라를 여행하다가 호주의 이 노비스비치까지 오게 되었지요. 그때가 실명이 마악 시작되는 단계여서 아들은 노비스비치의 파도를 보자 무슨 영감이 떠올랐는지 그림을 그리기 시작했어요."

원래 화가를 꿈꾸었던 아들은 세계를 돌아다니며 자기가 본 것을 그림으로 그리기를 좋아하였는데 그동안의 그림은 어디 갔는지 모르겠고 어떻게 된 셈인지 그 그림 하나가 남아 있을 뿐이었다고 했다. 아들이 이 해안을 너무 좋아했으므로 엄마는 여기서 몇 달을 묵었다. 한국으로 돌아와서 아들은 실명이 되었고 아쉽게도 실명 이후 교통사고를 당해 그만 세상과 이별하고 말았다고 했다. 엄마는 그 후 노비스비치 근처 크라이스처치가 있는 곳에서 몇 달을 묵으면서 사귀었던 호주인과 결혼하여 그곳에서 여직까지 살고 있다고 하였다.

"그 그림이 '마지막 파도'가 된 것은 아들이 그 이후 거의 실명을 했지요. 다시는 그것을 끝으로 그림을 그릴 수가 없게 되었으니까요."

"그래서 그 그림의 제목이 '마지막 파도'가 된 것이군요. 그런데 그 후 그 그림이 어떻게 아들을 떠나게 됐나요?"

"그 그림을 너무도 사랑하는 사람이 있어 아들이 죽자 그냥 주어버렸어요. 내가 아들의 마지막 작품이니 이것만은 가지고 있자 하는 생각을 했는데 그 그림을 본 이웃집 사람이 너무도 그 그림을 원하는 것이었어요. 자신은 식당을 운영하는 사람이라고 하면서 식당이 망해 죽고 싶었는데 그 그림에서 희망을 보았다는 것이지요. 그리고 자신만이 아니라 많은 이들이 자신처럼 이 그림을 보고 희망을 가질 수 있도록 자신이 성공하면 전국의 갤러리에 돌아가며 전시하겠다고 하였지요. 아들의 그림이 누군가에게 공감을 주고 희망이 되어질 수 있다면 비록 짧은 생애를 살았지만 아들의 인생도 괜찮은 인생일지도 모른다는 생각을 했지요. 망설이지 않았어요."

"그 그림을 인사동 한 갤러리에서 본 적이 있어요. 그리고 누구나 그 그림 앞에서 한참 동안 서서 바라보고는 했어요. 그 그림을 보며 결단을, 희망을, 도전을 다시 한번 자신감을 불태우는 것을 보았어요. 그때가 벌써 십여 년 전 일인데.”

‘마지막’은 끝이 아니었다. 마지막은 자신이 있었던 곳에 ‘첫’과 ‘희망’을 데려다 놓고 떠났다.

“고마운 일이네여. 하늘에 있는 아들도 고마워할 거에요. 자신이 조금이나마 사람들에게 힘을 주었다는 것이.”

노파는 말을 마치자 이내 손수건을 꺼내 눈물을 흘렸다. 거기 모인 나이 든 사람들 모두가 훌쩍이지 않는 사람들이 없었다. 참 한국인 대단하다고 생각했다. 내 말 한마디로 그것을 찾아내다니.

나는 호주 대륙 여행을 접고 이튿날 당장 아시아나 항공기 oz602편 10시 20분 비행기를 탔다. 한번 더 도전하리라. 그까짓 실패, 넘어지면 또 일어서고, 넘어지면 또 일어서고, 저 ‘마지막 파도’가 주는 그 웅혼함이, 그 희망의 메시지가 다시 내 안에서 불끈 힘차게 끓어 올랐다.

시소설론

1.

시소설을 제창한다. 시소설은 시와 소설의 적절하고 절묘한 거리에 있는 장르이다. 좀 구체적으로 말하면 시소설은 시적 형식을 빌려 쓴 소설이다.

시소설의 특징은 다음과 같다. 첫째 시에서 서사적 특징을 끌어들인 것이 아니라 소설에서 시의 형식을 빌린 것이다. 둘째 시소설에서는 한편의 소설을 담을 수 있어야 하기 때문에 매우 압축적이어야 한다. 그러나 그 압축이 산문적 특성을 지나쳐서는 되지 않는다. 여기서 말하는 산문적 특성이란 지나친 비틀기이어서는 아니 된다는 뜻이다. 셋째 인물, 사건, 배경 등 소설적 요소가 시적 요소보다 우세하다. 넷째 시소설은 현장 교육적 성격이 매우 강하다. 소설창작 교육의 한 대안이 될 수 있다. 다섯째 누구나 쉽게 접근할 수 있다.

시소설을 가장 쉽게 이해하는 방법은 소설은 장편, 중편, 단편, 장편(짧은 소설), 시소설 등으로 구분할 수 있다고 이해하는 것이다.

문제점은 소위 시에서 말하는 이야기시와의 구분이 매우 모호할 수 있다는 점이다. 그러나 시소설을 쓰는 사람이 스토리텔러(storyteller)이고 보면 다양한 스토리, 다양한 전개를 가지고 있다는 점에서 보다 문학적 수월성이 있다고 할 수 있다. 아울러 최근의 '짧은 소설'들과는 시소설 자체에 내적 율격이 있다는 점에서 차이가 있다고 할 수 있다. 이는 앞으로 더 구체화해 나가야 할 사항이다.

시소설은 세 가지 면에서 영향을 받았다고 할 수 있다. 첫째 효율적인 현장의 소설창작 교육 방법의 필요성, 둘째 최근의 인터넷과 모바일의 빠른 진화와 같은 시대적 변화, 셋째 소설의 장르 해체와 소설 미학의 새로운 패러다임을 추구하는 동향이 그것이다.

과거에도 이런 도전이 없었던 것은 아니다. 팔봉은 '단편 서사시'를 소설과 시의 혼합 양식으로 보았고, 또 소설과 서정시를 연결하는 과도기적인 양식으로 보는 견해도 있었다.(문학비평용어사전) 비슷한 의미를 가진 용어로 '이야기시', '담시', '서사시', '서술시', '단편 서사시', '운문 이야기' 같은 것이 있지만 정확하게 개념 규정이 되지 않고 있다. 그러나 시소설은 위와는 다른 차원이다.

이 문학적 틀이 전통적인 틀을 넘어 문학적으로 살아남을 수 있을지는 미지수이다. 그러기 위해서는 이런 류의 작품이 많이 등장해야 할 것이다. 그러나 필자는 이 영역이 많은 문학 교육현장에서 또 일반현장에서도 이루어 질 수 있는 것이라는 것을 확신한다. 설사 살아남을 수 없더라도 현장의 소설 창작 수업에는 획기적인 한 방법이라고 생각한다. 현장에서 소설 창작 수업은 쉽지 않다. 그러나 시소설을 통해서 소설 창작 교육도 주어진 시간에 가능할 수 있다.

시소설에 대한 이론은 지금 만들어가는 중이다. 좀 더 구체적인 이론이

형성되면 전문 문학지 또는 학술지에 발표하겠지만 먼저 문학신문에 시소설의 등장을 알리고자 한다.

2.

이 연구 목적은 고등학교 교실에서의 시소설 쓰기를 통한 소설창작교육의 가능성 여부였다. 이 실험은 현장 선생님의 협조를 얻지 못해 연구자가 아는 학생 중 희망 학생을 택해(5~7명, 한 학기, 3회 실시) 실시하였다. 다음과 같은 순서에 의해 진행되었다. ①소설 단편을 읽고(필자의 작품, 달빛 끄기, 지리산, 상실기 3편) 모방 시소설 쓰기(사건, 인물, 배경, 구성단계 등 강조) ②시소설 쓰기.

느슨한 조건 중 제일 중요시했던 것은 주어진 시간 내였다. 그리고 관심을 가졌던 것은 흥미 여부(전후 비교)였다

나름의 분석 결과는 다음과 같았다.(이는 오로지 연구자의 판단이며 수치나 기록으로 남길 수 있는 것은 아니다.) ①희망 학생을 대상으로 하였음에도 창작 글쓰기를 싫어하였다. 그러나 새로운 방법인지 호기심은 있어 했다. ②모방 시소설 쓰기를 비교적 쉽게 하였다(이는 기존 학습에서 모방 시 쓰기가 학습화되어 있기 때문인 듯). ③시소설을 시로 이해하였고 또 쓴 작품이 실제 시와 무엇이 다른지 알지 못하였다. (연구자 역시 시소설을 시적 형식을 빌어 쓴 소설이라고만 말하였을 뿐 구체적으로 시와 어떻게 다른지 설명하지 않았다.) ④생산된 작품이 작품의 질이라는 면에서 떨어졌다. 차라리 교실에서의 소설창작교육을 위해서 과제로 짧은 소설을 쓰게 하는 것이 더 낫지 않을까 하는 생각이 들기도 하였다. ⑤다만 소설창작교육의 한 방법으로서 현장에서 소설 단원을 마치고 짧은 시간 내 한 번쯤은 시도해 볼 만은 하다.

3.

　문제는 시소설이 소설의 한 부분으로서, 장르로서 위치를 차지할 수 있는가 여부였다. 필자가 몇 편의 시소설 작품을 가지고 시인과 소설가를 꿈꾸는 독자에게 시소설을 설명하였으나 김동환의 「국경의 밤」, 임화의 「우리 오빠와 화로」 같은 서사성 짙은 시를 넘어서지 못한다는 비판을 받았고 심지어 애드가 알란포의 「애너벨리」 같은 시와도 구별할 수 없다는 지적도 받았다. 무엇보다 시에서 소설의 서사성을 가져온 경우와 소설에서 시적 형식을 빌려 쓴 경우의 차이가 무엇인가라는 결정적 질문에 명쾌한 답을 하지 못하였다. '다양한 스토리텔링', '완벽한 기승전결' 또 '극적 반전'이라는 소설구성을 가지고 설명하였지만 그런 것은 이야기 시에서도 기법상 있을 수 있지 아니한가라는 비판도 받았다.

　출발은 다를지 몰라도 결국 도착점이 서로가 비슷한 것이라면 장르로서의 변별성을 가질 수 있는가. 이의 변별을 위해 기존의 시, 소설이론 뿐 아니라 최근의 새롭게 등장한 민조시, 스마트소설, 디카시 등의 글에서 시소설의 마땅한 이론은 없는가 살폈지만 장르로 등장할 만큼 변별적 자질을 끌어내지 못하였다. 시소설의 변별성은 시소설은 시적 형식을 빌려 쓴 소설이라는 것과 이는 시가 아니라 소설이며 중고등학교 국어나 문학 시간의 소설 창작교육에 매우 유용할 수 있는 한 방법이라는 가설이었다. 그러나 이것이 과연 장르로서 특정할 수 있을 만큼 변별성일 수 있을까 하는 데에는 한계를 느꼈다.

　앞의 결과를 보며 필자가 성급한 주장을 한 것은 아닌가 하는 생각도 들었지만 교육현장에서 소설 창작 교육의 한 방법론으로써는 설득력이 있다는 생각에서 조금씩 살을 덧붙일 생각이다.

(시소설)

이어도

돌이 뾰죽뾰죽 돋아난 산길은
누구나 가야만 하는 길을 저어하는 것 같았다
작은 꽃가마에 실려 가는 길은
사람들 얼굴에 우울함을 만들고 있었다
아무도 입을 열지 않았다.
요령잡이도 뒤따르는 사람도 구성진 상여소리도 없었다
그냥 안타까운 죽음이거니
나이 마흔의 젊은 친구가 죽다니
아버지는 이어도로 간거야
아버지는 말했다.
거기엔 쌀 돈 걱정 없고 높고 낮음이 없고 야자수 나무가 주욱 그늘을 만들고
사람들은 외로움 같은 것 걱정하지 않아도 된단다
아이는 아버지도 죽어서 이어도로 갔다고 믿었다.
이윽고 다다른 묘지에서 아이는 또다시 생각했다
아버지는 이어도로 간거야 야자수 그늘 내려앉고 하얀 모래가 넘치는 해변
죽을 고생을 하지 않아도 되는 곳
머구리 생활을 하지 않아도 되는 곳
비오는 날에도 배를 타고 바다에 가지 않아도 되는 곳

278

아버지는 그곳에 간 거야

아이는 어려서부터 귀에 못이 박히도록 들은

바다 사람들의 낙원 이어도에 아버지가 갔다고 생각했다.

아버지 시신이 없는 것이 그것을 증명한다고 생각했다.

아버지가 바다로 가 돌아오지 않은지 1년째 되는 날

동네 사람들은 시신 없는 장례를 치루었다

바닷바람에 더욱 낮아진 섬의 낮으막한 산등선 양지 바른 곳에

시신 없는 바다로 간 사내를 뉘었다

섬사람들의 꿈의 낙원 비원이 서린 이상향

아이는 시신 없는 무덤에 흙을 뜨면서

아버지는 죽어서 이어도로 간 것이라고 굳게 믿었다

조난기

더 이상 희망은 없었다

신에의 기도만이 마지막 방법이었다

이 거대한 파도 몰아치는 바람 망망한 수평선 지나가는 배도 없었다

우리 조난된 7인의 대성 502호 대원들은 서로를 부둥켜안으며 추위를 버티었다

오오츠크해 캄차카반도를 따라 명태잡이 만선을 앞두고

갑자기 당한 이 파국

낮이란 괜찮아도 밤이란 날치 떼처럼 달려드는 매서운 추위와 공포

구원의 길은 정녕 없는가 대성 501호는 어디에 있는가

시간이 갈수록 구원의 길은 점점 멀어만 가고

어제는 혹등고래를 보고 말로만 듣던 귀신고래도 보았다

작은 구명정은 흔들릴 대로 흔들려 뒤집힐 뻔도 하지만

요행히 눈이 어두운 고래는 우리를 보지 못한 듯 비껴갔다

칼바람 드는 오오츠크해의 겨울밤은 또다시 찾아오고

신에게 농락당한 우리들은 차라리 죽게 해달라고 기도했다

왜 하필 우리인가 우리가 무엇을 잘못했는가

선장의 지시에 따라 다만 명태를 잡은 일밖에는 없다.

아내를 때린 적도 없다

사흘 밤 나흘 낮을 아무것도 먹지 못하고 버티면서

아직 우리를 찾는다는 그 어떤 증표도 느끼지 못한 채 우리는 미쳐갔다

하늘은 검고 영하 40도의 강추위 속에 무조건 보이는 것이 있다면 깨고 싶어졌다.

동료들은 하나둘 스스로를 놓아버리고

놓아버린 동료들의 얼굴엔 시꺼멓게 죽음의 윤이 돋았다.

흔들리면 흔들리는 대로 부딪치면 부딪치는 대로

어제까지만 해도 아침이면 살아오는 붉은 여명에 살아 있다는 환희를 느꼈는데

죽음과 그리 멀지 않은 꿈속에서 어머니를 보았다.

그때 나는 상주면 양아리의 의젓한 청년이었는데

어머니의 귀한 아들이었는데

이제 더 이상 신의 가호는 없는가

꿈속에서 나는 기도했다.

이 피맺힌 농락 속에 다시 한번 살 수만 있다면 다시 한 번만 살 수 있다면

내 검은 의식 속 저 멀리에 또다시 거대한 파도가 몰려오고 있다.

하늘마저 우울하고 반쯤 멀어가는 모습
그리고 더 이상의 기억은 없다.

지역감정

초판1쇄 인쇄 2024년 12월 23일
초판1쇄 발행 2024년 12월 25일

저   자 차호일
발행인 박지연
발행처 도서출판 도화
등   록 2013년 11월 19일 제2013-000124호
주   소 서울시 송파구 중대로34길 9-3
전   화 02) 3012-1030
팩   스 02) 3012-1031

전자우편 dohwa1030@daum.net
인   쇄 유진보라

ISBN | 979-11-92828-76-3 *03810
정가 15,000원

도화道化, fool는
고정적인 질서에 대한 익살맞은 비판자,
고정화된 사고의 틀을 해체한다는 뜻입니다.